Penelope Bloom

# His Package

Schmutzige Geheimnisse

PENELOPE BLOOM

# HIS Package

Roman

Aus dem Amerikanischen
von Richard Betzenbichler

PIPER

*Mehr über unsere Autoren und Bücher:*
*www.piper.de*

Wenn Ihnen dieser Roman gefallen hat, schreiben Sie uns unter Nennung des Titels »His Package – Schmutzige Geheimnisse« an *empfehlungen@piper.de*, und wir empfehlen Ihnen gerne vergleichbare Bücher.

Von Penelope Bloom liegen im Piper Verlag vor:
*Guilty-Pleasures-Reihe:*
Band 1: His Banana – Verbotene Früchte
Band 2: Her Cherry – Süße Verführung
Band 3: His Treat – Sündiger Genuss
Band 4: His Package – Schmutzige Geheimnisse

FSC www.fsc.org
MIX
Papier aus verantwortungsvollen Quellen
FSC® C083411

ISBN 978-3-492-06214-5

Titel der amerikanischen Originalausgabe:
»His Package«, Amazon Digital Services LLC, 2018

Redaktion: Antje Steinhäuser
Satz: Uhl + Massopust, Aalen
Gesetzt aus der Dolly
Druck und Bindung: CPI books GmbH, Leck
Printed in the EU

# EINS

*Lilith* Die Leute glauben immer, ich sei kein großer »Menschenfreund«, was auch immer das heißen mag. Tja, wisst ihr, was, ihr Vollpfosten? Ich bin sogar ein ausgesprochener Menschenfreund. Es gibt eine Menge, was mir an Menschen gefällt. Ich genieße es, wenn Menschen, die es verdient haben, unangenehme Dinge passieren. Mir gefällt, wenn sich Menschen in meiner Gegenwart unwohl fühlen. Nur weil es nicht meine Vorstellung vom Paradies ist, mit meiner besten Freundin über eine grüne Wiese zu hüpfen, in der Hand einen Picknickkorb, macht mich das noch lange nicht zu einer Psychopathin. Dass ich vermutlich eher einer Katze das Leben retten würde als einem Menschen … nun, ich gebe zu, das deutet auf der Skala eher in Richtung Psychopathin, aber wer ist schon perfekt?

Jeder muss für sich herausfinden, was ihm im Leben am meisten Spaß macht. Was ihm heimliches Vergnügen bereitet. Mir macht es nun mal Spaß, wenn andere Leute Pech haben. Vielleicht lässt sich das auch etwas weniger verstörend ausdrücken … die meisten Menschen mag ich nicht, und mir gefällt, wenn sie leiden? Nein, so stimmt es auch nicht.

Im Grunde genommen gehe ich davon aus, dass auf jeden

ein gewisses Maß an schlechtem Karma wartet, und wenn ich das Glück habe, das miterleben zu dürfen, ist das jedes Mal ein Bonus. Der Typ, der sich auf der Fahrt zur Arbeit Kaffee auf die Krawatte kippt, ist vor ein paar Stunden vermutlich achtlos an seinem Golden Retriever vorbeigegangen, der nur ein wenig am Bauch gekrault werden wollte. *Karma*. Die Frau, der nach ihrer Mittagspause ein Streifen Toilettenpapier am Absatz klebt, hat vermutlich irgendeinen hart arbeitenden kleinen Angestellten angepflaumt, weil sie irgendeinen Gutschein am Abend vorher nicht hatte einlösen können. Schlimmer noch, der Gutschein hatte sich vermutlich nicht einlösen lassen, weil sie sich wie neunzig Prozent aller Leute nicht die Mühe gemacht hatte, das Kleingedruckte auf der Rückseite zu lesen. *Bumm*. Und wieder schlägt das Karma zu.

Aber es gibt da etwas, das genieße ich noch mehr als die zufälligen Aktionen im großen Ausgleichsspiel des Universums. Ich bin nicht leicht zu begeistern, und ich pflege auch kaum je zu lächeln – aber ich genieße es in vollen Zügen, wenn das Karma jemanden trifft, der mich verärgert hat.

Und so fing alles an.

Ich wohnte gegenüber von Mr Perfect. Seinen Namen kannte ich nicht, obwohl er schon seit ein paar Wochen mein Nachbar war, und er interessierte mich auch nicht. Vermutlich war es irgendwas Bescheuertes wie »Cade«, »Tade« oder »Spade«. Typen wie er hatten immer solche Namen, als kämen sie gerade von einer Jacht, die Füße in Segelschuhen, den Pullover lässig um die Hüften geschlungen.

Mr Perfect zog sich zwar nicht so an, aber man konnte sich ihn total gut so *vorstellen*. Es war irgendwas mit seinem Haar oder weil er eins dieser widerwärtigen Gesichter hatte, die vermutlich auch mit Glatze noch gut aussahen. Vielleicht lag es daran, dass man ihm die lange, ununterbrochene Linie absolut umwerfend aussehender Vorfahren, die über Jahrhunderte hinweg miteinander hatten schlafen müssen, um einen Mann mit derart perfektem Erbgut hervorzubringen, geradezu ansah. Vielleicht lag es auch bloß daran, dass er sich so unglaublich gut in Form hielt – ich meine, also echt, wer legt schon Wert darauf, dass sein Körper aussieht, als sei ihm jedes noch so elegante Kleidungsstück wegen all dieser perfekt modulierten Muskeln ein klein wenig zu eng?

Am Tag seines Einzugs hatte ich in einer für mich sehr ungewöhnlichen Anwandlung beschlossen, ihm eine Chance zu geben. Unbedingt festzuhalten ist, dass meine Entscheidung so gut wie nichts mit seinem guten Aussehen oder mit irgendwelchen bizarren Fantasien über ihn und meinen wogenden Busen zu tun hatte. So war das ganz und gar nicht. Ich wollte einfach nachbarschaftlich nett sein. Anstatt wie üblich böse zu schauen, sah ich halbwegs in seine Richtung und wartete, dass er sich vorstellte. Ich nickte ihm sogar leicht zu, wie Männer das oft untereinander tun. Ich kannte sowohl die Kinn-rauf-Variante als auch die Kinn-runter-Variante, also wählte ich eine aus.

Ich erwartete nicht viel. Vielleicht einmal Kinn rauf oder Kinn runter. Vielleicht ein Lächeln. Vielleicht würde er mich in sein Zimmer zerren und es mir besorgen, weil er noch nie eine so ungezähmte Schönheit wie mich gesehen hatte.

Aber er ignorierte mich komplett. Nicht mal Blickkontakt. *Nichts*. Deshalb »gab das Beef«, um es mit den unsterblichen Worten der Kids damals in der Middle School auszudrücken.

Er wollte perfekt sein? Er wollte quasi ein Schild um den Hals tragen mit der Aufschrift »mein Leben ist besser als deins«? Prima. Nur zu. Aber wenn ich jemanden ausnahmsweise nicht böse anstarre, dann schuldet mir derjenige zumindest ein Kopfnicken.

Das war Fehler Nummer eins.

Sein zweiter Fehler war, dass er immer aussah, als hätte

er einen geheimen Vorrat Flüssiges Glück aus dem Harry-Potter-Universum in seiner Wohnung, als wäre jeder Tag seines Lebens eine nie endende Abfolge superglücklicher Fügungen. Das sah man einfach an seinem Blick.

Aber halten wir uns nicht mit Einzelheiten auf. Es ging darum, dass er mich wütend machte. Deshalb wartete ich voller Aggression auf den Tag, an dem dem Universum bewusst wurde, dass es ihm dreißig Jahre Pech geballt in einem einzigen Moment schuldete. Ich wollte nicht, dass dem Typen irgendetwas Ernstes zustieß, aber es hätte mich mit Genugtuung erfüllt, ihn wenigstens einmal auf die Schnauze fliegen zu sehen. Ich hätte mich sogar mit einer seltsamen Knochenverletzung zufriedengegeben. Vielleicht verstopfte seine Toilette und flutete seine Wohnung mit Fäkalien. *Irgendwas*, echt.

Seit seinem Einzug fühlte ich mich wie ein Schatten, den der strahlende Lichtschein seines Lebens warf, und ich hatte die Nase allmählich voll.

Es war ein Dienstag, was bedeutete, dass ich ihm auf dem Weg in meine Wohnung vermutlich begegnen würde. *Eventuell* hatte ich eine ungefähre Vorstellung, wann er nach der Arbeit normalerweise nach Hause zurückkehrte, aber es ist nicht so, als wäre ich eine Stalkerin. Sein Leben war wie ein Uhrwerk, und entweder kam er eine halbe Stunde zu früh hier an und wartete draußen, bis es genau fünf Uhr war, oder sein Glück reichte so weit, dass bei ihm nie ein Zug Verspätung hatte und er nie im Verkehr stecken blieb. In Anbetracht der Tatsache, dass wir in New York lebten, konnte ich beides kaum glauben.

Ich verließ meine Wohnung um zwei vor fünf, nicht weil ich ihn treffen wollte, sondern weil ich zufällig zu diesem Zeitpunkt meine Wohnung verließ. Ich brauchte etwa zwei Minuten von der Treppe zum Briefkasten, und so kam er zufälligerweise gerade herein, als ich die Treppe hinunterkam.

Er zog sich nicht auffällig an. Billige Sonnenbrille, ausgeblichenes blaues T-Shirt und Jeans. Natürlich sah an ihm alles superedel aus, und dafür hätte ich ihm am liebsten ein Bein gestellt. Wenn das Karma seinen Job nicht auf die Reihe bekam, durfte es mich gern dafür engagieren.

Die Briefkästen waren weit oben in die Wand eingelassen, gemacht für Riesen. Ich war respektable 1 Meter 65 groß, aber ich musste mich auf die Zehenspitzen stellen, um den Schlüssel zu drehen und hineinzugreifen. Mr Perfects Briefkasten war gleich neben meinem. Er hatte keine Probleme, an ihn heranzukommen, während ich auf Zehenspitzen, das Gesicht gegen die Wand gepresst, mühsam meine Würde zu wahren versuchte. Ich fischte ein erstaunlich großes Päckchen aus meinem Kasten.

Beide verließen wir unsere Briefkästen mit einem Päckchen in der Hand – meins eine unauffällige beigefarbene Schachtel, seins eine sehr feminine rosa Box mit einem weißen Seidenband drum herum.

»Nettes Päckchen«, sagte ich. Es überraschte mich ein wenig, meine eigene Stimme zu hören. Ich dachte, mein Kopf und mein Körper hätten sich auf eine strikt passiv-aggressive Vorgehensweise verständigt, aber ich hatte mir die Bemerkung offenbar einfach nicht verkneifen können.

Er drehte sich um und betrachtete mich mit hochgezogenen Augenbrauen. *Himmel!* Der Mann sah gut aus. Schier unerträglich, als würde ihm ein filmstarmäßig gutes Aussehen nicht reichen. Nein, er musste auf der Hitliste der Perfektion bis ganz nach oben klettern. Man konnte ihn nicht mal so perfekt nennen, dass es schon wieder langweilig war, denn ein Teil seiner Perfektion bestand darin, an genau den richtigen Stellen einzigartig zu sein – so waren seine Augenbrauen vielleicht zu dunkel oder zu dicht, sie passten aber genau zu seinem Gesicht. Dann seine Nase. Ich hatte mir noch nie die

Nase eines Manns genauer angeschaut, aber es war wirklich eine hübsche Nase. Es war eine Nase, die mich zu der Überlegung veranlasste, ob ich mich plötzlich in einen »Nasen-Menschen« verwandelt hatte. Gab es so etwas überhaupt?

»Ihres ist größer«, erwiderte er und deutete mit dem Kopf auf mein Päckchen.

Da war etwas Scherzhaftes in seiner Stimme, und ich musste mir das Grinsen verkneifen. Normalerweise fiel es mir nicht schwer, nicht zu lächeln. Nicht zu lächeln entsprach weitgehend meiner Natur. Außerdem machten mich Männer nicht nervös, also konnte das seltsam unangenehme Gefühl in meinem Bauch nur entstehen, wenn einem jemand zutiefst zuwider war.

»Tja, der Dildo, den ich bestellt habe, ist extra groß.« Ich kippte die Schachtel leicht zur Seite und starrte ihn böse an.

Er lachte. Es war ein warmes, angenehmes Lachen. »Soll ich die Sanitäter rufen, falls Sie bis morgen nicht aus Ihrer Wohnung kommen?«

»Nein«, erwiderte ich. »Rufen Sie einen Klempner.«

Wieder lachte er, und ich ertappte mich dabei, wie ich *beinahe* gelächelt hätte, als ich zu ihm und seinen perfekt gereihten Zähnen hochsah. »Lassen Sie sich nicht aufhalten. Sie haben große Pläne. Ich verstehe.«

»Ja. Extra große Pläne.« Ich drehte mich um und lief die Treppe hinauf. Was für ein Arschloch! Er konnte noch so sehr tun, als wäre er charmant und nett, aber er hatte sich mir nie auch nur vorgestellt. Der Charme wird nur angeknipst, wenn ich von großen Dildos rede? Vermutlich ein Perverser …

Ich hatte tatsächlich einen Dildo bestellt, allerdings in Normalgröße, aber das brauchte er nicht zu wissen. Ich war auch nicht der Ansicht, dass der Besitz eines ansehnlichen Arsenals an Sexspielzeugen irgendetwas über das Sexleben seines Besitzers oder dessen Fehlen aussagte. Entweder hatte man das Werkzeug zur Hand, das man brauchte, oder man musste jemanden holen, der das für einen erledigte. Und in meinem Fall? Nun, ich war lieber vorbereitet.

Zurück in meiner Wohnung, brauchte ich ein paar zusätzliche Minuten, bis ich das Päckchen mit Gewalt aufgerissen hatte, weil ich zu faul und zu stur war, um die fünf Schritte in die Küche zu gehen und die Schere zu holen.

Ich erwartete, in dem Päckchen mein siebzehneinhalb Zentimeter langes und mit einem Durchmesser von fünf Zentimetern ausgestattetes Date für den Abend zu finden. Stattdessen lag darin ein langweiliger DIN-A4-Umschlag.

Ich nahm ihn heraus und drehte ihn auf den Kopf. Ein paar Plastikkarten fielen heraus, aber der Packen Papier blieb stecken. Wenn dies eine neue Spammail-Taktik war, funktionierte sie. Meine Neugier war jedenfalls geweckt.

Roosevelt, mein Kater, zeigte ebenfalls Interesse. Er war eine reinrassige Munchkin-Dackelkatze, was so etwas wie der Corgi der Katzenwelt ist – echt kurze Beine bei einem normal großen Körper. Man könnte argumentieren, es sei ein bisschen abartig, eine Katze mit kurzen Stummelbeinchen zu züchten. Sollte sie jemals nach draußen gelangen, würde sie einen Kampf mit einer anderen Katze vermutlich verlieren, weil sie zu kurze Pfoten hat. Aber man kann auch argumentieren, dass sie absolut entzückend aussieht.

Ich schnappte mir eine der Karten, die herausgefallen waren, und betrachtete mit zusammengekniffenen Augen das Foto. Es war der Führerschein meines Nachbarn. *Bob Smith?* Da hatte ich mit Cade oder Spade ja schwer danebengelegen, aber Bob war fast noch schlimmer. Vielleicht gibt es ja irgendwo jemanden mit Namen Bob, der großartig ist – seien wir ehrlich, vermutlich eher nicht –, und dann heißt ausgerechnet mein Nachbar Bob und stellt all meine stereotypen Annahmen über den Namen infrage.

Ich steckte den Führerschein zurück in den Umschlag und dachte nach. Aus Versehen die Post von jemand anderem aufzumachen war durchaus verzeihlich. Deshalb fühlte ich mich bisher auch nicht allzu schuldig. Wenn ich mir dagegen die Unterlagen in dem Umschlag ansah, würde ich mich eventuell schlecht fühlen müssen. Ich knurrte verärgert und machte die Schachtel wieder zu. Egal, welche Geheimnisse *Bob Smith* haben mochte, sie waren mir nicht wichtig genug, um den Hauch von Schuld auf mich zu laden, den ich spüren würde, wenn ich vorsätzlich in seiner Post herumschnüffelte.

Es klopfte laut an meiner Tür. Ich kraulte Roosevelt unter dem Kinn und ging dann, um zu öffnen.

Bevor ich das tat, bemühte ich mich, den passenden Gesichtsausdruck aufzusetzen, meine »Sie stören mich bei etwas sehr Wichtigem«-Miene. Aber als ich meinen Nachbarn dort stehen sah, konnte ich ihn nur ausdruckslos anstarren.

Er hielt einen lila Dildo in der Hand, in dessen Oberfläche einige hervortretende Adern eingearbeitet waren. Normalerweise hätte ich mir einen Moment Zeit genommen, diese Handwerkskunst zu bewundern und zu genießen. Solide Arbeit. Schön geformtes Silikon und ein tolles saugfähiges Unterteil. Alles, was sich ein Mädchen wünschen konnte. Tief im Inneren war es mir vermutlich peinlich, aber ich hatte schon vor langer Zeit gelernt, dass es besser war, wenn man zu seiner Verlegenheit stand, statt sie zu verleugnen.

»Oh, gut, Sie haben mein Date gefunden«, sagte ich und riss ihm den Dildo aus der Hand. Um meinen Standpunkt zu unterstreichen, knallte ich ihn mit dem Saugnapf an der Rückseite der Eier an den Türrahmen, wo er sich festsaugte und bedrohlich zwischen uns zu wackeln begann.

Er sah mich leicht amüsiert an. »Ihr Date ist in meinem Briefkasten gelandet. Ich habe mich gefragt, ob Sie stattdessen mein Päckchen bekommen haben.«

»Ich glaube, ich wüsste es, wenn ich Ihr Päckchen bekommen hätte.«

Er schien das nicht lustig zu finden. Er stand mit vor der Brust verschränkten Armen da, und seine Bizepse und sein Oberkörper sahen zum Abschlecken aus, obwohl ich vermutlich lieber hineingebissen hätte. Typen wie er hatten schließlich auch so schon genug Spaß im Leben.

»Sind Sie sich sicher?«, fragte er. Seine Stimme klang etwas angespannt.

Aus irgendeinem Grund weckte dieser Ton in mir den Wunsch, ihn anzulügen. Vielleicht hatte das Universum endlich einen Weg entdeckt, Mr Perfect eine wohlverdiente Niederlage zu bescheren – falls der Name Bob Smith, den ihm seine Eltern gegeben hatten, sein bisher einziger Versuch zu einem Ausgleich war. Vielleicht sah es in mein dunkles, verdrehtes kleines Herz und wusste, dass ich die perfekte Komplizin war.

Ich verschränkte ebenfalls die Arme vor der Brust und zuckte oscarreif mit den Schultern. »Ja. Ziemlich sicher. Ich habe gerade Katzenfutter bekommen. Vielleicht war in meinem Briefkasten nicht genug Platz für beide Päckchen, und dann hat sie den Dildo bei Ihnen reingeschoben.«

Seine Nasenflügel zuckten leicht. Es waren hübsche Nasenflügel, falls es so etwas gab, und sein leicht verärgerter Gesichtsausdruck ließ ihn noch unnahbar gottähnlicher erscheinen. Er hatte dunkles Haar, einen leichten Bartstoppelflaum und hellgraue Augen. Seine Haut war etwas blass, aber irgendwie gefiel mir das. Es bedeutete, dass er zumindest nicht draußen herumstolzierte und seine Muskeln vorführte oder schlimmer – sich in eine Minibadehose zwängte, einölte und in eine dieser Strahlenkammern namens Sonnenbank legte.

Nach einer langen angespannten Pause seufzte er. »Falls es auftaucht, wissen Sie ja, wo Sie mich finden.«

»Klar doch.« Ich stieß den Dildo an, sah zu, wie er wackelte, und packte ihn dann mit beiden Händen. Er gab ein vulgär schmatzendes Geräusch von sich, als ich ihn vom Türrahmen abzog. »Danke übrigens, dass Sie mir mein Date gebracht haben.«

Wieder seufzte er, dann schloss er die Tür. *Meine Tür.* Wer schloss denn anderer Leute Tür, um ein Gespräch zu beenden?

Mit vor Ärger gerunzelter Stirn starrte ich auf den Dildo hinunter, als hätte er vielleicht die Antwort für mich. Mit wachsender Wut schleuderte ich ihn Richtung Couch, wobei er Roosevelt nur knapp verfehlte. Mit einem ängstlichen Kriegsschrei brachte er sich rasch in Sicherheit.

Erneut holte ich den dicken Umschlag aus der Schachtel, zögerte und legte die Unterlagen dann zurück, ohne sie anzuschauen. *Tut mir leid, Universum, aber in das hier möchte ich nicht reingezogen werden.*

# ZWEI

Liam Ich schaute mir erneut die Mail auf meinem Handy an. Das Päckchen *war* an diesem Nachmittag zugestellt worden. Entweder log meine Nachbarin, oder es war im Briefkasten von jemand anderem gelandet. Ich hatte keine Möglichkeit, das herauszufinden, außer ich verbrachte den Abend unten im Hausflur und wartete, bis auch der Letzte seine Post geholt hatte. Selbst das war zwecklos, weil ich nicht wusste, um welche Art oder Größe von Päckchen es sich handelte oder ob es nicht schon früher am Tag abgeholt worden war.

All das spielte keine Rolle.

Ich wusste instinktiv, dass das Mädchen von gegenüber es hatte. Ich hatte keine Ahnung, was mit ihr los war. Seit ich eingezogen war, hatte sie nichts anderes getan, als durch mich hindurchzustarren. Es war, als *wüsste* sie Bescheid – als durchschaute sie mich und die durchsichtigen Lügen, hinter denen ich mich in den letzten Wochen verschanzte, irgendwie. Denkbar war es durchaus. Die Engstirnigkeit meiner Halbschwester kannte so gut wie keine Grenzen, und ich traute ihr ohne Weiteres zu, dass sie irgendwelche Leute in der Stadt bestach, damit sie Ausschau nach jemandem hielten, der meiner Beschreibung entsprach. Das Mädchen von gegenüber könnte Celia gerade in diesem Moment eine Nachricht über das Päckchen schicken.

Ich setzte mich auf die Kante meines Betts und fuhr mir mit den Händen durch das Haar. Noch immer wartete ich auf jemanden, der mir sagte, die letzten Monate seien ein schlechter Witz gewesen. Meine Stiefschwester war schon immer verrückt gewesen, aber das bizarre Verhalten, das sie in letzter Zeit an den Tag legte, stellte alles Vorangegangene in den Schatten.

Ich wollte nicht darüber nachdenken. Über nichts davon.

Wenn ich weiter die Füße stillhielt, würde es vorbeigehen. Zu kämpfen oder einen Aufstand zu machen würde die Frustration nur länger andauern lassen. Wenn ich ihr keine neue Munition lieferte, würde es ihr wie üblich langweilig werden, und ich könnte mein normales Leben wieder aufnehmen. Diese lächerlichen Ablenkungsmanöver oder Spiele, die zu spielen ich gezwungen war, würden ein Ende haben. Ich wäre wieder frei, um mich auf meine Firma zu konzentrieren, wobei sich auch diese Vorstellung hohl anfühlte. Jahrelang hatte meine Aufmerksamkeit ausschließlich der Firma gegolten, und seit ich mich – wenn auch nur vorübergehend – aus ihr hatte zurückziehen müssen, fragte ich mich allmählich, wieso ich mein ganzes Leben zugunsten meiner Arbeit hintanstellte.

Das Geld, das ich verdient hatte, würde vermutlich für den Rest meines Lebens reichen. Ich hatte die Ziele erreicht, die ich mir gesetzt hatte. Das, was ich tat, konnte ich verdammt gut, und es gab keinen Grund, immer noch besser werden zu wollen. Dennoch fühlte ich mich genötigt, ins Büro zurückzukehren, zu Plackerei und Konkurrenz. Keine Beziehung hatte je mit diesem Drang mithalten können, aber mit jedem Tag, an dem ich mich aus allem heraushielt, stellte ich mein Engagement mehr infrage. Vielleicht war wirklich die Zeit gekommen, es ein bisschen lockerer angehen zu lassen.

Es klopfte an meiner Tür.

Ich eilte hin. Draußen stand das Mädchen von gegenüber und starrte mich aus ihren mit Eyeliner betonten Augen an. »Hier ist Ihr blödes Päckchen. Es stand doch tatsächlich Ihr Name drauf. *So was.*«

Es überraschte mich nicht, dass sie nicht im Geringsten so klang, als tue es ihr leid. Ihre Stimme war von einer Ausdruckslosigkeit, die dem Blitzen in ihren Augen widersprach – wie eine dauernde Herausforderung, irgendeine Mutprobe. Worin diese Herausforderung lag, hatte ich allerdings nicht die geringste Ahnung.

Mir sank der Mut, als ich sah, dass das Päckchen aufgerissen war. Ich wagte nicht, sie zu fragen, ob sie den Inhalt des Umschlags gelesen hatte, deshalb versuchte ich, sie niederzustarren. Die meisten Menschen halten Schweigen nur schlecht aus, vor allem in Kombination mit Blickkontakt. Meiner Ansicht nach war dies der schnellste Weg, die Charakterstärke seines Gegenübers zu testen. Als sie also weder nach zehn noch nach zwanzig Sekunden auch nur den Blick senkte, kam ich zu dem Schluss, dass ihr toughes Auftreten vielleicht doch nicht nur gespielt war.

»Danke«, sagte sie mit diesem trockenen, desinteressierten Ton, nachdem eine halbe Minute vergangen war. »Das sagt man, wenn jemand etwas Nettes für einen tut.« Mit einem Ruck rammte sie mir das Päckchen in die Magengegend und ging zurück zu ihrer Tür.

»Warten Sie. Sie haben nicht hineingeschaut?«

»Ob Sie es glauben oder nicht, ich muss wirklich nicht wissen, was für verrücktes Zeug Sie sich schicken lassen.«

Ich zog den Umschlag heraus und sah, dass das Siegel an der Lasche gebrochen war. »Und wieso haben Sie ihn dann geöffnet?«

Sie wandte den Blick ab, dann sah sie mich wieder aus

ihren braunen Augen an. Es war das erste Mal, dass sie Schwäche zeigte, und es ließ mich ahnen, dass hinter ihrer gleichgültigen Fassade tatsächlich ein menschliches Wesen existierte. »Wieso haben Sie meine Dildo-Schachtel geöffnet?«, fragte sie zurück.

»Ich dachte, es wäre mein Päckchen«, antwortete ich unwillig, denn ich wusste, was jetzt kommen würde.

»Treffer«, sagte sie und zuckte lässig mit den Augenbrauen. »Und ich dachte, Ihr blöder Umschlag wäre meiner. Sonst noch dumme Fragen?«

Ich kniff die Augen zusammen. »Ich glaube Ihnen nicht.«

»Das ist mir doch egal.«

Ich verschränkte die Arme vor der Brust und wartete.

»Was soll das?«, fragte sie. »Glauben Sie, ich breche zusammen, nur weil Sie mich schweigend anfunkeln?«

Diesmal wandte sie den Blick rasch ab, und sie fummelte sogar am Saum ihres T-Shirts herum, bevor sie wieder zu mir hochsah. Nach und nach gewann ich diesen Kampf in Willensstärke, und ich stellte fest, dass ich diesen unausgesprochenen Wettkampf genoss, der sich hinter unserem Warten verbarg. Mir war bereits klar, dass sie anders war als die Frauen, denen es bisher nie gelungen war, mich lange zu fesseln. Unter ihrem kalten Blick lauerte ein Vulkan, und ich müsste lügen, wenn ich behaupten würde, dass mich ihre Geschichte nicht interessiert hätte. Ich wollte wissen, wie eine derart schöne Frau so zynisch und finster hatte werden können.

Sie sah wirklich gut aus. Haut wie Porzellan und pechschwarzes Haar. Ihre Gesichtszüge waren weich und weiblich, mit einem Kinn, das fast schon spitz zulief. Ihre Persönlichkeit war voller scharfer Kanten, soweit ich das beurteilen konnte, und es schien zu passen, dass es in ihrem Gesicht wenigstens eine scharfe Entsprechung gab.

Aber am meisten faszinierte mich ihr Mund. Sie schien ihren Gesichtsausdruck fast vollständig unter Kontrolle zu haben, und aus irgendeinem Grund wollte sie der Welt offenbar zeigen, dass sie über ihr stand. Das konnte ich respektieren. Ich wusste, was es hieß, sich zu verstecken. Ich kannte es, eine Maske aufzusetzen, und nicht erst seit dem Schwachsinn, mit dem mich meine Stiefschwester nervte.

Aber ihre Maske war nicht perfekt. Ihre vollen Lippen neigten gelegentlich zum Zucken. Ein unbedarfter Beobachter würde sich nichts dabei denken. Für mich sah es aus, als wäre das ihr Lachen. Als ich sie wütend gemacht hatte, hatte sich ihr Gesicht kaum merklich angespannt. Auch das war schwer erkennbar, ich aber hatte es als bösen Blick identifiziert.

Sie machte eine lässige Handbewegung, als wolle sie sagen, *egal, interessiert mich nicht weiter*, und wandte sich wieder ihrer Tür zu.

»Essen Sie heute Abend mit mir.«

Sie blieb vor ihrer Tür stehen, die von einem zerlesenen Buch offen gehalten wurde. Sie wandte mir nicht einmal das Gesicht zu, als sie antwortete. »Wieso sollte ich das tun?«

»Weil ich glaube, dass Sie in mein Päckchen geschaut haben, und ich glaube, Sie erzählen mir vielleicht die Wahrheit, wenn ich Ihnen ein bisschen Wein einflöße.«

»Wein?« Sie stand noch immer mit der Hand an der Tür zu ihrer Wohnung, den Kopf leicht gesenkt. »Ich esse nur rohes, blutiges Fleisch. Daher also ein klares ›Nein‹ von mir.«

»Dann essen wir eben irgendein Stück rohes, blutiges Fleisch. Mir egal. Sagen Sie einfach Ja.«

Sie trat in ihre Wohnung, und jetzt drehte sie sich endlich um und sah mich an, aber nur indem sie den Kopf zwischen Tür und Rahmen hindurchstreckte. Es war das erste Mal, dass ich so etwas wie ein echtes Lächeln auf ihrem Gesicht sah, aber es war ein schiefes. »Vielleicht, aber ich habe tatsächlich schon Pläne für heute Abend. 17,5-Zentimeter-Pläne.«

Sie nahm das Buch aus der Tür, die von allein ins Schloss fiel. Ich stand im Flur und hatte das Gefühl, bei einem Spiel ausgetrickst worden zu sein, das zu spielen ich nie zugestimmt hatte. *Was zum Teufel sollte das?*

Außerdem war da so ein komisches Gefühl in meiner Brust, als würde ich am Rand eines tiefen Abgrunds stehen und hinunterschauen. War es Furcht? Vorahnung?

Ich hätte vor Frust am liebsten aufgestöhnt. Eigentlich hätte ich mich nur darauf konzentrieren sollen, unauffällig zu bleiben und die nächsten zwei Wochen oder vielleicht auch Monate zu überstehen. Wie lange es auch immer dauern mochte, bis meine Stiefschwester aufgab. Sie wollte mein Leben sabotieren und meinen Ruf ruinieren, deshalb lebte ich gerade inkognito. Ich hatte meine Wohnung zurückgelassen, mein Büro und mein normales Leben. Irgendwie bekam ich das mit der Arbeit noch geregelt, aber es war mordsmäßig umständlich.

Ich hatte also genug am Hals, auch ohne dass das Mädchen von gegenüber meine Gedanken besetzte, aber genau das tat sie. Vielleicht war ich einfach so daran gewöhnt, dass mir die Frauen zu Füßen lagen, dass sie mein Interesse schon beim ersten Anzeichen von Widerstand geweckt hatte. Vielleicht war sie aber auch einfach mein Typ. Wahrscheinlich war es eine Kombination aus beidem.

Ich wollte mir gerade ein Bier aus dem Kühlschrank holen, als mir bewusst wurde, dass sie gerade zugegeben hatte, sie würde sich ein bisschen Spaß mit dem Dildo gönnen, den ich ihr zurückgegeben hatte. Das seltsam leere Gefühl in meinem Magen wich einer Hitzewelle. Bei der Vorstellung, wie sich meine sarkastische Nachbarin mit dem Hang zum schwarzen Humor befriedigte, kamen mir lauter dumme Gedanken.

Es war bloß die letzte lächerliche Entwicklung in einer langen Reihe lächerlicher Entwicklungen, und ich begann mich ernsthaft zu fragen, ob es nicht besser wäre, meine Stiefschwester gewinnen zu lassen. Schließlich ging es nur um Geld und Stolz. Aber andererseits – was hatte ich sonst?

# DREI

*Lilith* Ich stieß einen Seufzer aus, der aus der Tiefe meiner Seele kam. Bei manchen Menschen ist ein Seufzer ein Schrei nach Hilfe. Sie wollen, dass sich der besorgte Betrachter vorbeugt und sagt: »Ach, du Armes, was ist los?« Bei mir war ein Seufzer eher ein Warnschuss. Er bedeutete, dass mein Geduldsfaden kurz vorm Reißen und ich nicht in der Stimmung war, mich mit anderer Leute Schwachsinn auseinanderzusetzen. Die Welt war grausam, und ich würde es ebenfalls sein, sollte es jemand darauf ankommen lassen.

Ich war bei der Arbeit. Offiziell lautete meine Stellenbezeichnung »Sekretärin«. Vier Jahre College, fünfundzwanzig Jahre, in denen ich beim Gedanken an erniedrigende, beleidigende Jobs, die Frauen in archaische, unterwürfige Rollen zwangen, die Augen verdreht hatte, und *peng*. Sekretärin.

Da hatte ich echt einen Volltreffer gelandet.

Wie sich herausstellte, hatten sich die meisten erfolgreichen Geschäftsfrauen durch außergewöhnliches Talent, Glück oder mithilfe familiärer Beziehungen nach oben gearbeitet.

Alle drei fehlten mir. *Bis jetzt.*

Ich war nicht die Begabteste, und ich hatte auch nicht sonderlich viel Glück. Die einzigen familiären Verbindungen, die ich hatte, waren ein paar unangenehme Erinnerungen. Ein paar merkwürdige Marotten, die zweifellos auf meine seltsame Kindheit zurückzuführen waren. Eins allerdings sprach für mich: Mit sturer Entschlossenheit versuchte ich es immer wieder, selbst wenn alles gegen ein Gelingen sprach.

Also wartete ich stattdessen ab. Ja, ich saß vor dem Büro, das ich eines Tages zu leiten gedachte, aber ich nutzte die Wochenenden auch, um meinen Master in Wirtschaftswissenschaften zu machen, was ich niemals offen zugeben würde, nicht mal unter Folter. Ich hielt nichts davon, dass die Leute viel von mir wussten. In meiner Kindheit hatten sich meine Eltern immer in jeden Aspekt meines Lebens eingemischt. Jetzt, wo ich allein war, würde ich nicht zulassen, dass irgendjemand auch nur den geringsten Einfluss nahm. Wenn niemand meine Träume kannte, konnte mir auch niemand vorschreiben, wie ich sie wahr machen sollte.

Soweit man das von Menschen sagen kann, war mein Boss ganz in Ordnung. Auch das war etwas, was ich ihm gegenüber nie zugeben würde. Ich wäre dann diejenige, die eine Firma rufen müsste, um alle Türrahmen im Gebäude vergrößern zu lassen, damit er mit seinem überdimensionalen Ego hindurchpasste, sollte ich ihm jemals ein Kompliment machen. Manchmal dachte ich, dass er einfach zu ahnungslos war, um irgendetwas anderes als zutiefst von sich überzeugt zu sein, und dann wieder dachte ich, dass sich hinter seinem oft flatterhaften, sorglosen Verhalten tatsächlich so etwas wie ein bösartiges Genie verbarg.

Er kam aus seinem Büro gestürzt wie Kramer in *Seinfeld*, als hätte ich ihn allein mit der Kraft meiner Gedanken herbeigerufen.

*William Chamberson.*

Er und sein Zwillingsbruder Bruce waren die Besitzer von

Galleon Enterprises, und ich hatte das Pech, als seine … was auch immer zu arbeiten. Er setzte mich Gott weiß selten für Sekretariatsarbeiten ein. Wenn überhaupt, war ich seine Anti-Sekretärin. Anstatt den Leuten zu helfen, in Kontakt mit ihm zu treten oder Termine zu vereinbaren, bestand meine Aufgabe darin, Menschen und Termine von ihm fernzuhalten. In meiner Faulheit und meiner gleichgültigen Einstellung der Arbeit gegenüber schien er mich eher zu ermutigen.

William und sein Bruder waren beide verheiratet, aber das hielt nicht eine der Frauen in der großen Firma davon ab, offen darüber zu reden, wie sehr sie sich ein bisschen Zeit allein mit einem der beiden Männer wünschten. Die Meinungen, wer das beliebtere Zielobjekt war, gingen weit auseinander. Frauen, die eher zugeknöpft und »Typ A« waren, schienen sich mehr nach Bruce und seinem nüchternen, fast schon obsessiven Hang zur Perfektion zu verzehren. Die »Typ B«-Frauen mochten William und seine wilde, unberechenbare Persönlichkeit.

Ich hielt sie allesamt für Idiotinnen. William und sein Bruder waren unterhaltsam, aber völlig verrückt.

William öffnete den Mund, um etwas zu sagen, doch da klingelte das Telefon.

Beide richteten wir den Blick darauf. Es war ein schlankes, schickes, schwarzgraues Telefon mit vielen Tasten, deren Funktionen mir auch nach vier Jahren weitgehend unbekannt waren.

»Gehst du dran?«, fragte er.

»Nein. Ich habe heute Morgen alle Fingerabdrücke abgewischt.«

»Stimmt«, erwiderte er. Mit zwei Schritten seiner langen Beine war er an meinem Schreibtisch und beugte sich mit Verschwörermiene zu mir herunter. Er hob den Hörer ab, legte ihn wieder auf, damit das Klingeln aufhörte, und hinterließ dabei ein paar neue Fingerabdrücke. »Hör zu. Ich muss dich um etwas bitten. Ich weiß, du hast es nicht so mit Arbeiten. Aber ich gebe dir, was du willst, wenn du heute Abend das Fort bemannst. Es findet eine Firmenparty statt, und ich brauche einen Spion, der mir sagt, ob dieser Idiot auftaucht, den ich aus der Highschool kenne. Ich habe gestern Abend vielleicht ein paar Tweets über ihn losgelassen, und die Sache ist eskaliert.«

»Tut mir leid. Kein Penis. Schau dich woanders um.«

»Dann eben *Spionin. Befrauen.* Das ist doch nur ein Redeteil. Redeausdruck? Mist. Wie heißt das, wie man solche Sachen nennt?«

Ich zuckte mit den Schultern. »Keine Ahnung. Du hast mich nicht wegen meiner Beherrschung der Sprache und meiner Grammatik eingestellt.«

»Ja, wofür habe ich dich noch mal eingestellt? Ich vergesse das immer.«

»Ich ignoriere die Leute, die mit dir reden wollen, damit du nicht mit ihnen reden musst.«

Er strich mir zweimal über den Kopf und lächelte. »Und das machst du ganz prima.«

Ich schlug seine Hand weg und verzog warnend den Mund.

Er grinste. »Du bist so etwas wie der wütende Hund, den ich vor meinem Haus ankette. Damit wirke ich einschüchternder.«

»Ja, weil ich so Furcht einflößend bin.«

»Nun«, erwiderte er vorsichtig. »Wenn du nicht willst, dass man dir deine Seele durch die Augen aussaugt oder dass man, während du schläfst, irgendein heidnisches Ritual über deinem Bett durchführt, dann *bist* du in gewisser Weise Furcht einflößend. Aber auf bestmögliche Weise.«

Ich starrte ihn an, ohne zu blinzeln.

Er nickte und deutete mit dem Finger auf mich. »Siehst

du? Genau das meine ich. Ja. Also, heute Abend? Kannst du das übernehmen? Ich gebe dir … ich weiß nicht, was ist angemessen für drei Stunden Mehrarbeit? Tausend Dollar?«

»Eher zehntausend.«

»Okay, egal. Dann also zehntausend. Machst du es?«

Ich seufzte. »Zehntausend Dollar ist *kein* angemessener Betrag für drei Stunden Mehrarbeit. Ich mache es für meinen normalen Stundenlohn, aber nur weil du gesagt hast, dass ich Furcht einflößend bin. *Mist*. Warte …« Ich schaute zur Decke hoch und versuchte zu entscheiden, ob ich wirklich sagen wollte, was mir auf der Zunge lag. Ich dachte daran, wie mein Herz geklopft hatte, als mich Mr Perfect zum Abendessen eingeladen hatte, und ich wusste, ich konnte nicht widerstehen. »Die Sache hat allerdings einen Haken. Ich habe eventuell für heute Abend einem Date zugestimmt. Ich meine, ich habe ›vielleicht‹ gesagt, aber ich habe überlegt, es in ein Ja zu verwandeln. Er hat mir rohes Fleisch versprochen«, fügte ich hinzu, als würde das alles erklären.

William trat einen Schritt zurück und formte den Mund zu einem erstaunten O, was eigentlich lächerlich hätte aussehen müssen, aber der Mann war unfairerweise mit perfekten Gesichtszügen gesegnet, deshalb sah er noch immer gut aus.

»Ein Date? Meine Lilith? Ein Date? O mein Gott, was sollen wir anziehen? Ich muss meine Frau anrufen. Hailey muss das erfahren. Reden wir von einem Typenveränderungsszenario? Bestimmt, oder? Nein, warte, ist er … ist der Typ … *wie du?*«

»Was meinst du mit *wie ich?*«

»Du weißt schon.« Er deutete auf seine Kleidung und sah mich ungewohnt gehemmt an. »Irgendwie … nun ja, wie du eben so bist. Du bist ganz besonders«, fügte er schließlich hinzu, als hätte er die perfekte Definition gefunden.

»Er ist nicht wie ich, nein«, erwiderte ich. »Er ist vielleicht eher wie dein Bruder.«

William begann sofort zu würgen. Es klang so überzeugend, dass ich mir nicht sicher war, ob er es nur spielte. »Bruce? Du hast dich auf ein Date mit einem Zwangsneurotiker eingelassen, Typ Telefonmast im Arsch, null Sinn für Humor und schlimmster Teil eines Zwillingspaars?«

»Nein. Ich meine, ich weiß nicht, was ihm im Arsch steckt, ich habe nicht nachgeschaut, *noch nicht*, und ich meinte, er ähnelt Bruce insofern, als er eher ernst ist. Und ich kenne ihn kaum. Mein Dildo ist in seinem Briefkasten gelandet und sein Päckchen in meinem. Also hat er mich zum Essen eingeladen. Zum Abendessen. Irgend so was.«

William verschränkte die Arme vor der Brust und zupfte sich am Kinn, gleichzeitig lief er rastlos im Kreis, als würde sich ihm gerade ein großes Geheimnis enthüllen. »Eins nach dem anderen, Lilith. Wenn du noch einmal mit mir über dein ekliges Sexspielzeug-Hobby redest, bist du gefeuert. Ich muss nicht wissen, was für ein Teufelszeug du dir in dein Dingsda schiebst, okay?«

»17,5 Zentimeter«, erwiderte ich langsam. »Lila. Dicke Adern …«

»Hör auf!« Er schüttelte den Kopf und presste die Finger gegen die Schläfen. »Wichtiger noch, das ist eine wahnsinnig zweideutige Situation. Das ist dir doch klar, oder? Sein *Päckchen* in *deinem* Kasten? Man könnte sogar sagen, dass er …«

»Das ist mir schon längst aufgefallen.« Ich seufzte.

Er sah mich ein wenig verärgert an, bekam sich aber rasch wieder in den Griff. »Trotzdem, ich verstehe es nicht. Wie kommt es von da, wo er deinen Dildo im Briefkasten hat, dazu, dass er dich gleich um ein Date bittet?«

»Vielleicht habe ich ihn bezirzt? Oder vielleicht fand er mich hübsch.«

William lachte. »Es ergibt einfach keinen Sinn«, fuhr er fort, als hätte ich überhaupt nichts gesagt. »Serienmörder.

Das ist immer das Erste, worüber man sich als Frau Gedanken machen muss, nicht wahr?«

»Unbedingt. Wenn er ein Serienmörder ist, können er und ich vielleicht unsere Aufzeichnungen vergleichen. Strom sparen, indem wir für die Leichen dieselbe Kühltruhe nutzen.«

William kniff die Augen zusammen. »Das Beängstigende ist, dass ich mir nicht mal sicher bin, ob das ein Witz ist. Und ich will es auch gar nicht wissen, denn wenn ich es wüsste, wäre ich vermutlich der Nächste auf deiner Liste.«

»Vielleicht stehst du schon drauf.«

Er ignorierte meine Drohung. William kannte mich lange genug, um zu wissen, dass ich eher bellte als biss, aber zumindest fürchtete er sich, wenn ich schlechte Laune hatte. »Eins ist offensichtlich. Wir müssen mehr über diesen sogenannten ›Mann‹ in Erfahrung bringen. Gewohnheiten. Tagesablauf. Eigenarten. Hobbys. Arbeit. Wir müssen das alles wissen, und zwar schnell. Solange wir nicht mehr wissen, kann ich dich nicht zu einem Date mit ihm lassen.«

»Verdammt. Wieso gibt es keine Möglichkeit, schnell und problemlos alles über jemanden rauszufinden? Irgendwas wie … so ein antikes soziales Ritual, für das man sich vielleicht ein paar Stunden zusammensetzt und gemeinsam isst, über sich redet, all so was eben.«

»Lass die Spekulationen, Lilith. Ich weiß, was wir zu tun haben. Warte.«

Er verschwand in seinem Büro. Als er ein paar Minuten später wieder auftauchte, hielt er eine Hightech-Schutzbrille in der Hand sowie ein paar zusammengeknüllte Klamotten und etwas, das einem Megafon ähnelte, allerdings mit einer durchsichtigen Plastikschüssel und einem Mikrofon in der Mitte. Er legte alles vor mich auf den Tisch.

»Der Plan ist folgender. Du benützt diesen ganzen irren

Kram. Du spionierst ihn aus. Wenn er ein Perversling ist, sagst du Nein. Wenn er normal ist, gehst du zu dem Date. Ich halte dir den Job heute Abend vorsichtshalber offen.« Er klopfte zweimal auf meinen Schreibtisch und zwinkerte mir zu. »Gern geschehen.«

»Darf ich fragen, wozu du all dies hast?«

»Nein, denn wenn ich es dir erzählen würde, müsste ich dir intime Einzelheiten aus dem wundervoll deftigen Sexleben erzählen, das ich mit meiner großartigen Frau habe.«

»Ich verspreche, nie wieder über Dildos zu reden, wenn du mir versprichst, nie wieder über dein ›deftiges‹ Sexleben zu reden.«

»Einverstanden.«

Kopfschüttelnd betrachtete ich die ganze Ausrüstung. »Habt ihr das wenigstens, wie soll ich sagen, desinfiziert?«

»Natürlich haben wir das. Für was für Barbaren hältst du uns?«

»Dies ist ein neuer Tiefpunkt, William. Selbst für dich. Glaubst du ernsthaft, ich würde diesen Typen jetzt Tag und Nacht beschatten, nur damit ich einen Vorwand habe, ein paar geile Gerätschaften zu benutzen?« Ich strich über die schlanke, glänzende Nachtsichtbrille. »Selbst wenn es echt geile Hightech-Gerätschaften sind. Für wie alt hältst du mich? Zwölf?«

# VIER

*Liam* Ich holte mir beim Barista einen Kaffee und ließ den Blick einmal kurz durch das Café schweifen, bevor ich zu meinen Geschäftspartnern Price und Kade ging.

»Nennst du das ›unauffällige Kleidung‹?«, fragte ich, während ich mich setzte.

Price nestelte am Kragen seines Hawaiihemds herum und sah mich beleidigt an. »So ziehen sich Leute an, die Urlaub machen. Ich bin Tourist.«

Price war mein Halbbruder, und wir hatten beide Dads markante Gesichtszüge, außerdem breite Schultern und lange Beine. Damit hörte die Ähnlichkeit auf. Meine Haare waren dunkel, während seine dunkelblond waren wie die seiner Mutter. Meine Augen waren grau, seine hellbraun.

Kade war ein Berg von einem Mann, der seltsamerweise vor ein paar Jahren als Praktikant bei der Firma angefangen hatte. Wenn man ihn sah, konnte man sich das kaum vorstellen. Er wirkte eher, als wäre er durch ein paar Wände marschiert, hätte irgendeinen Zuständigen niedergestarrt, bis niemand mehr wagte, ihm zu sagen, er sei kein Firmenteilhaber. Er hatte eine *vage* kriminelle Vergangenheit, aber darüber versuchte ich möglichst nicht nachzudenken.

Kade trug ein T-Shirt, das über seinem Körper spannte, dazu eine Trainingshose, eine schwarze Baseballkappe und eine Sonnenbrille.

Ich nahm ihm Brille und Kappe ab. »Wenn man zu sehr versucht, nicht aufzufallen, fällt man auf.« Ich richtete den Blick auf Price und konnte nur den Kopf schütteln. »Und so zieht man sich als Tourist in *New York City* nicht an. Man trägt T-Shirts mit der Aufschrift ›I love New York‹ oder irgend so was. Außerdem fällt es viel weniger auf, wenn man sich wie ein New Yorker anzieht und nicht wie ein Tourist, du Depp.«

Kade zuckte nur mit den Schultern, aber Price sah mich beleidigt an.

»Vielleicht bin ich ein Tourist *aus* Florida. Hast du dir das schon mal überlegt, du Genie?«, fragte er.

»Können wir einfach zum Geschäftlichen kommen?« Ich warf erneut einen Blick über die Schulter, obwohl ich nicht recht wusste, was ich zu sehen erwartete. Falls Celia jemanden auf mich angesetzt hatte, würde er kaum Trenchcoat und Filzhut tragen und so tun, als würde er die Zeitung lesen. Es hätte jeder der etwa ein Dutzend Menschen sein können, die Kaffee tranken, vor ihren Laptops saßen oder Bagels aßen.

»Wie lange machen wir noch so weiter?«, fragte Kade. Er hatte eine tiefe Stimme, die klang, als würden Felsblöcke gegeneinander reiben.

»Bis ich mir sicher sein kann, dass sie aufgehört hat, mir Stress zu machen.«

»Ich könnte versuchen, noch mal mit ihr zu reden«, schlug Price vor. »Sie ist schließlich meine Schwester, auch wenn sie mich irgendwie hasst.«

Mein Vater hatte beschlossen, meinen Familienstammbaum so verwirrend wie möglich zu gestalten, indem er mich mit seiner ersten Frau bekommen hatte, erneut heiratete, als ich zwei war, und Price mit seiner zweiten Frau bekam, die eine Tochter aus ihrer vorherigen Ehe mitbrachte. Am Ende lebte ich mit Price, meinem Halbbruder, und Celia, meiner Stiefschwester, zusammen, die zugleich Price' Halbschwester war.

Wir waren von früher Kindheit an gemeinsam aufgewachsen, und solange ich zurückdenken konnte, hatte Celia immer ein ungesundes Interesse an mir gezeigt. Wir waren fast gleichaltrig, was bedeutete, dass ich ihr während der gesamten Schulzeit nicht hatte entkommen können.

»Sie hasst dich *irgendwie*, so wie ich irgendwie Falten in meinen Socken hasse«, sagte Kade zu Price.

Ich starrte ihn an. »Was?«

»Du weißt schon. Wenn man Falten in den Socken hat und es sich den ganzen Tag anfühlt, als hätte man einen kleinen Stein im Schuh. Das ist echt übel.«

»Ist dir nie in den Sinn gekommen, dass du die Schuhe einfach ausziehen und die Socken zurechtzupfen kannst?«, fragte ich.

»Außerdem, so wie du das formuliert hast, war das, als wolltest du noch einen draufsetzen«, fügte Price hinzu. »So wie, was weiß ich, ›sie hasst dich irgendwie, wie ich es hasse, wenn man irgendwie auf mich einsticht‹. So was in der Art.«
Kade sah Price an, als wäre er ein Idiot. »Wer hasst es schon *irgendwie*, dass man *irgendwie* auf ihn einsticht? Das ist etwas, das man *durch und durch* hasst.«

Price warf mir einen hilflosen Blick zu. Ich zuckte mit den Schultern. Was Kade für die Firma leistete, war großartig, aber Witze machen gehörte nicht zu seinen Fähigkeiten.

Unsere Firma verkaufte Investmentpakete an Spitzenberater und sogar an Manager von Hedgefonds. Normalerweise stellen Berater und Manager ihre Investmentpakete selbst zusammen, aber das war unser Ansatzpunkt. Wir konnten es besser, und wir hatten die Zahlen, um es zu beweisen. Die Klienten waren glücklicher, wir behielten nur einen kleinen Anteil ein, und somit waren alle zufrieden.

Statt Provisionen und Boni zu verlangen, stellten wir jeden Monat die Spitzenportfolios zusammen und verkauften sie zum günstigsten Preis. Wir hatten mit den besten Ruf im Geschäft, und er wurde stets noch besser. Ich hatte schon immer ein Gespür für Aktien gehabt, und dieses Gespür war mein Beitrag zur Firma. Ich stellte die Pakete jeden Monat neu zusammen, und ich riss mir den Arsch auf, alle möglichen Optionen zu untersuchen. Die meisten Portfolios versprachen fünf oder sieben Prozent Gewinn, aber ich liebte die Herausforderung und hatte seit unseren Anfängen selten einen schlechten Monat gehabt.

Price war unser Verkäufer. Er brauchte sehr viel Struktur und Anleitung, um konzentriert bei der Arbeit zu bleiben, aber wenn er sich reinhängte, konnte er Fischen Luft verkaufen. Kade war, auch wenn man ihm das nicht ansah, ein echtes Genie, was Softwaredesign anging. Er hatte für das, was ich tat, ein intuitives Programm entwickelt, das wir als monatlichen Service verkaufen konnten. Ich traf die Auswahl, und unsere Klienten hatten nichts anderes zu tun, als es zu abonnieren, um jeden Monat ein neues Paket mit einer Auswahl der besten Aktien zu bekommen.

Gemeinsam waren wir ein verdammt gutes Team.

Ich gab Kade einen USB-Stick. »Der ist für Januar.« Dann richtete ich den Blick auf Price. »Mach keine Versprechungen, wenn du es vermeiden kannst, aber ich bin ziemlich zuversichtlich, dass wir mit dem Paket zwölf, wenn nicht vierzehn Prozent erreichen.«

Price pfiff. »Vielleicht sollten wir meine Schwester dazu ermuntern, dich häufiger zum Untertauchen zu bringen.«

Ich stöhnte. »Wir wissen noch immer nicht, ob uns der

Schaden noch Probleme bereiten wird, den sie angerichtet hat, bevor ich abgetaucht bin.«

»Ich glaube, du traust ihr zu viel zu«, erwiderte Price. »Okay, sie hat ein paar Gerüchte in die Welt gesetzt und hat ein paar Zeitschriften dazu gebracht, Schmähartikel über dich zu schreiben – jetzt denkt also jeder, der dem Ganzen überhaupt Aufmerksamkeit schenkt, dass du ein sexbesessener BDSM-Anhänger bist, der seinen Schwanz nicht in der Hose lassen kann. Du bist schwul. Du bist alles Mögliche. *Na und?* Vielleicht bringt uns das ein paar zusätzliche Klientinnen, die hoffen, ein bisschen vom Kuchen abzubekommen. Du könntest ein Stachelhalsband tragen oder irgendwas in der Art. Du weißt schon, es noch unterstreichen.«

»Du glaubst, dann würde es aufhören? Celia will mich ruinieren. Ihrer verrückten Logik nach habe ich ihr Unrecht getan, und sie wird erst aufhören, wenn sie glaubt, gewonnen zu haben. Oder wenn ihr langweilig wird, worauf ich hoffe.«

»Ich kann noch immer nicht glauben, dass sie eine Affäre mit dir wollte.« Price grinste, dann senkte er den Blick, und es sah aus, als würde er gleich würgen. »Okay, eigentlich kann ich es durchaus glauben. Ich bin nur überrascht, dass sie sich plötzlich getraut hat, es zu sagen.«

»Biologisch gesehen sind sie nicht verwandt«, sagte Kade. »Sie könnten völlig gesunde Kinder bekommen. Ich sehe nicht, wo das Problem liegt.«

»Das Problem, Nummer eins, sie ist verheiratet«, erwiderte ich. »Nummer zwei, sie ist meine Stiefschwester, verdammt noch mal, also ist es widerlich. Nummer drei, selbst wenn sie Single wäre und es keine Verbindung zwischen uns gäbe, hätte ich kein Interesse an ihr. Ich habe noch nie jemanden kennengelernt, der von Natur aus so bösartig ist wie Celia. Mein Schwanz würde sich vermutlich schwarz verfärben und abfallen, wenn er nur in ihre Nähe käme. Nimm es mir nicht übel, Price.«

»Tue ich nicht. Ich stimme dir da voll zu, dass man seinen Schwanz von ihrem Ding fernhalten sollte. Nur so als generelle Vorsichtsmaßnahme.«

»Ich finde sie hübsch.« Kade zuckte mit den Schultern.

Price boxte ihn gegen den Oberarm. »Das ist meine Schwester.«

»Entschuldigung. Ich finde, deine Schwester ist hübsch.«

»Irgendwas, was ich wissen müsste?«, unterbrach ich die beiden. »Was das Geschäftliche angeht, meine ich.«

Price stülpte die Lippen vor und schüttelte den Kopf. »Abgesehen davon, dass ich den Laden schmeiße, während du wie ein Verschwörungstheoretiker herumschleichst? Nein.«

»Ich glaube, da beobachtet uns jemand«, sagte Kade.

Ich wirbelte herum und entdeckte sie sofort. Das Mädchen von gegenüber stand am Eingang und starrte uns verblüfft an.

»Ich kümmere mich drum«, erklärte ich und stand auf.

»Brauchst du wirklich keine Hilfe?«, fragte Price. »Sie sieht nett aus.«

Ich ignorierte ihn und ging auf das Mädchen zu.

Sie machte eine militärische Kehrtwendung und eilte rasch davon. Hätte mein Herz nicht so gehämmert, weil ich dachte, sie hätte mich tatsächlich die ganze Zeit in Celias Auftrag ausspioniert, hätte ich es vielleicht witzig gefunden, wie sie davonraste.

Ich musste mir meinen Weg durch eine Familie bahnen, die gerade das Café betrat, aber glücklicherweise war ich groß genug, um sie im Auge behalten zu können, als sie die Treppe zur U-Bahn hinunterlief.

Ich holte sie gerade noch vor den Drehkreuzen ein.

»He«, sagte ich, packte sie an den Schultern und drehte

sie zu mir herum. »Würden Sie mir erzählen, wieso Sie mich verfolgt haben?«

»Habe ich nicht.« Sie hatte die Lippen zu einer dünnen Linie zusammengepresst und wieder diesen herausfordernden Blick aufgesetzt.

»Sie waren rein zufällig dort? In einem x-beliebigen Café am anderen Ende der Stadt?«

»Ja.«

Ich seufzte. »Und was ist das dann alles?« Ich zog an der olivgrünen Tasche, die sie bei sich hatte und die aussah, als wäre sie bis oben hin vollgestopft.

Sie zog sie mir weg und starrte mich böse an. »Mädelszeug. Und sie sollten anderer Leute Sachen nicht anfassen.«

Ich beugte mich ein bisschen weiter vor. In ihren Augen lag ein Funkeln, dabei tat sie immer so, als wolle sie nichts mit mir zu tun haben. Sie war mir *tatsächlich* gefolgt. Ich nahm ihr ihre Geschichte nicht ab, und ich wusste auch nicht, ob ich das überhaupt wollte. Ich wusste nur, dass ich gern mehr über sie in Erfahrung gebracht hätte. Da steckte eine Geschichte hinter dem dunkelhaarigen Mädchen, das sein Lächeln verbarg, und die wollte ich unbedingt hören. Selbst wenn sich herausstellen sollte, dass sie von meiner Schwester bezahlt wurde, musste ich es einfach wissen.

Sie wich zurück, bis sie mit dem Rücken an eins der Drehkreuze stieß und die Leute wütend schimpfend einen Bogen um uns herum machen mussten. Zum ersten Mal stieg mir ihr Duft in die Nase, und er war verlockend. Sie roch lieblich wie Blumen.

Mir stellten sich die Nackenhaare auf.

»Ich soll anderer Leute Sachen nicht anfassen? Wenn ich mich recht entsinne, haben Sie damit angefangen.«

»Das war ein Versehen«, erwiderte sie. Diesmal klang sie nicht so bissig wie sonst.

»Versehen oder nicht, Sie haben mein Päckchen angefasst, und jetzt kann ich Sie nicht einfach gehen lassen.«

Ihr Mundwinkel zuckte auf diese für sie typische Weise – sie lächelte. Mir gefiel, dass es wie eine Geheimsprache war. Es war eine Sprache, die nur wenige verstehen würden, und das zog mich nur noch mehr zu ihr hin. »Und wie wollen Sie mich aufhalten, *Bob?*«

Es war, als würde sich eine eiskalte Hand um mein Herz legen und zudrücken. *Bob.* Hatte sie also doch in den Umschlag geschaut. Außerdem sagte sie den Namen mit einem Unterton, als wüsste sie, dass er falsch war – oder bildete ich mir das nur ein?

»Indem ich Sie verführe«, erwiderte ich. »Vielleicht. Aber ich bin mir noch nicht sicher, ob Sie sich von irgendetwas außer siebzehn Zentimeter Silikon verführen lassen würden.«

»17,5«, korrigierte sie mich. »Und wenn Sie es wissen wollen, müssen Sie es vermutlich weiter probieren. Das werden Sie doch, oder?« Sie zog spöttisch die Augenbrauen hoch, dann legte sie den Finger an meine Brust und schob mich weg. Sie holte eine Karte aus ihrer Jackentasche und scannte sie am Drehkreuz, das sich in Bewegung setzte und sie durchließ.

»Wieso schauen Sie so enttäuscht?«, fragte sie. »Fahren Sie nicht mit der U-Bahn? Keine Karte?«

Ich zog meine Karte heraus und scannte sie. Wieder trat ich ganz nah an sie heran und grinste auf sie hinunter. »War das Ihr ganzer Plan, um mich loszuwerden? Wenn das alles war, haben Sie nämlich nicht die geringste Chance.«

»Nun, das ist jetzt echt merkwürdig. Das hätte eigentlich mein eleganter Abgang sein sollen.«

»Ich kann nicht behaupten, dass es mir leidtut.«

Als sie versuchte, den Riemen ihrer Tasche höher auf die Schulter zu schieben, öffnete sich der Verschluss, und der Inhalt fiel auf den Boden.

»Mist«, murmelte sie, als sie sich hektisch hinkniete und alles wieder hineinzustopfen versuchte.

Ich bückte mich, um ihr zu helfen, und sofort sprang mir ein unförmiges Hightech-Gerät ins Auge. Ich hielt es hoch und sah sie fragend an. »Was zum Teufel ist das? Ein Nachtsichtgerät?«

»Ich bin Vogelkundlerin.« Sie riss es mir aus der Hand und stopfte es in die Tasche.

»Eine Abhörvorrichtung?«, fragte ich und hielt ein weiteres Gerät hoch.

»Vögel singen«, erwiderte sie von oben herab.

»Welches sind Ihre Lieblingsvögel?«, fragte ich.

Sie schwieg einen Moment, und ich dachte schon, ich hätte sie überführt, doch dann schüttelte sie den Kopf, als hätte ich etwas Dummes gesagt. »Die australischen Keilschwanzadler. Gegen die sehen die Weißkopfadler wie Weicheier aus. Ein Keilschwanzadler greift sogar Paraglider an. Sie jagen Kängurus. Vermutlich können sie ein Jungtier mit einem Bissen verschlingen. Das sind wahre Bösewichte.«

»Woher wissen Sie so etwas bloß?«

Sie klopfte auf ihre Tasche. »Vom Vögelbeobachten.«

Ich seufzte. Wie gern hätte ich sie der Lüge überführt, aber ich war mir nicht mehr sicher. Vielleicht blendete mich das Pulsieren zwischen meinen Beinen, aber ich konnte nicht glauben, dass sie tatsächlich mit Celia unter einer Decke steckte. Vielleicht wollte ich es auch nur nicht wahrhaben.

»Was ist mit unserem Abendessen? Immer noch vielleicht?«

»Ich denke, ich könnte mich von Ihnen zum Essen einladen lassen. Wenn Sie auf so etwas stehen.«

Ich sah sie fragend an. »Stehen nicht die meisten Leute auf Essen?«

»Egal«, erwiderte sie, konnte aber nicht verbergen, dass

ihre Lippen unbedingt lächeln wollten. »Aber nicht heute Abend. Morgen.«

Ich war nicht leicht zum Lächeln zu bringen, aber bei ihr musste ich aufpassen, dass ich nicht die ganze Zeit grinste wie ein Honigkuchenpferd. Selbst wie sie »egal« sagte, war liebenswert. Sie versuchte, es möglichst desinteressiert klingen zu lassen, aber ihr leicht verzogener Mundwinkel und das Funkeln in ihren Augen straften sie Lügen. Sie zog mich auf. Allmählich verstand ich ihre Sprache immer besser, und ich begriff, dass sie ganz anders war, als sie zu sein schien.

Der ganze Sarkasmus und der trockene Humor waren ihre Masche, vielleicht sogar ein Test.

»Einverstanden. Aber wenn ich Sie zum Essen ausführe, muss ich Ihren Namen wissen. Den können Sie mir doch wohl verraten, oder?«

»Lilith.«

Ich spitzte die Lippen und nickte. »Irgendwie passt er zu Ihnen.«

»Er passt, wie Bob zu Ihnen nicht passt.«

Ich versuchte, ihren Kommentar mit einem Schulterzucken abzutun. »Seinen Namen kann man sich nicht aussuchen.«

»Nein.« Sie wandte den Blick nicht von mir ab. »Die meisten von uns können das nicht.«

# FÜNF

*Lilith* Ich lehnte bei Galleon an meinem Schreibtisch. Die Party fand in einem der oberen Stockwerke statt. Für die Leute, die im Erdgeschoss hereinströmten, war ich so etwas wie eine Empfangsdame, aber zumindest William kannte mich gut genug, um zu wissen, dass ich nicht jeden, der hereinkam, freundlich anlächeln und mit ein paar netten Worten bedenken würde. Er hatte mich darauf angesetzt, die Gäste im Blick zu behalten. Ich verzichtete allerdings darauf, ihnen zu sagen, welchen Knopf im Aufzug sie drücken mussten. Ich wollte dem armen Kerl, der mit einem komischen Hut auf dem Kopf im Aufzug saß, ja auch nicht die Arbeit wegnehmen. Stattdessen legte ich die Füße hoch, beschäftigte mich mit meinem Handy und tat so, als würde ich die bösen Blicke der Leute gar nicht sehen.

Unter anderem surfte ich gern mit meinem Handy auf Reddit, was bedeutete, dass ich zufällig ein paar Stunden, bevor ich diese glänzende Weisheit in der U-Bahn aus dem Hut gezaubert hatte, auf den ganzen Quatsch über Keilschwanzadler gestoßen war. Bob schien die Begründung geschluckt zu haben, wenn auch sichtlich unwillig.

Ich hatte sowieso nicht vorgehabt, die Nachtsichtbrille

und dieses Abhörding zu benutzen. Vermutlich jedenfalls nicht. Mir war nur langweilig gewesen, und ganz zufälligerweise hatte ich gerade unten im Eingangsbereich unseres Apartmenthauses gestanden, als er ging, eventuell sogar an einer Stelle, an der er mich nicht hatte sehen können.

Meine Erklärung klang sogar in meinen Ohren unglaubwürdig. Mitten in meinem Kopf war da eine ein Meter neunzig große Gestalt, und ich würde auch weiterhin fröhlich ignorieren, dass es sie gab, genau wie die Berge von anderen unterdrückten Erinnerungen, denen ich sorgfältig aus dem Weg ging. Im Laufe der Zeit war mein Gehirn wie das Zimmer eines Messies geworden, in dem ich mich blind zurechtfinden musste. Gelegentlich stieß ich auf eine unliebsame Erinnerung oder ein traumatisches Gespräch, aber meistens wahrte ich genügend Distanz. Es war einfacher so.

Ein Paar kam zu mir an den Tisch. Der Mann trug einen Anzug, die Frau ein langes schwarzes Kleid, das aussah, als wäre es voller schillernder Fischschuppen. Irgendwie cool, aber die beiden sahen mich an, als erwarteten sie, dass ich aufsprang und ihnen die Ringe küsste, also richtete ich den Blick wieder auf mein Handy und ignorierte sie vorsätzlich.

»Wir möchten zur Party. Wir sind Freunde von Bruce Chamberson.«

»Schön. Die Party findet gegenüber auf der anderen Straßenseite statt. Falls die Tür geschlossen ist, klopfen Sie einfach und warten.«

»Gegenüber?« Der Mann drehte sich um und deutete auf all die Leute, die durch die Tür und auf die Aufzüge zu drängten. »Und was ist mit all den Menschen?«

»Die kommen wegen der kostenlosen Darmspiegelungen. 36. Stock, falls Sie Interesse haben. Die Gleitcreme müssen Sie allerdings selbst mitbringen. Haben Sie …«

Das Paar stürmte bereits nach draußen. *Oha*. Manche Leute verstanden einfach keinen Spaß.

Ich wusste, ich sollte nach Williams altem Highschoolfreund Ausschau halten, aber offenbar hatte er vergessen, mir zu sagen, dass sie Hunderte von Gästen zu der Party eingeladen hatten. Ich wusste nicht, wie ich jemanden mit »eng stehenden Augen wie bei einem Frettchen und einem Hals wie eine nasse Nudel« erkennen sollte. Was zum Teufel sollte das überhaupt bedeuten?

Nur wenige Minuten waren vergangen, als ein Mädchen etwa in meinem Alter die Hände auf den Tisch legte. »Entschuldigen Sie«, sagte sie.

Ich schaute mit einem sorgfältig einstudierten Seufzer zu ihr hoch. Es sollte übergriffige Nervensägen fernhalten, so wie das Brüllen eines Löwen alle wissen ließ, dass ein Raubtier durch die Prärie strich. Leider schien das Mädchen unbeeindruckt.

Sie hatte pechschwarzes langes Haar, das sie zu einem Pferdeschwanz zusammengebunden hatte, und einen auffallend spitz zulaufenden Haaransatz. Sie war hübsch, ein bisschen wie eine wilde Piratenbraut, und ihr smaragdgrünes Kleid passte perfekt zu ihr. Ich beschloss, ihr ein wenig Aufmerksamkeit zu schenken.

»Was entschuldigen?«

»Dass ich Sie störe. Ich sehe, Sie sind beschäftigt, aber ich wollte fragen, ob ich mich wohl ein paar Minuten hinter Ihrem Tisch verstecken kann. Da ist so ein Typ, der mich irgendwie belästigt, und ich ...«

»Nur zu«, erwiderte ich. »Aber fass nichts an. Und wenn deine Nase beim Atmen pfeift, fliegst du raus. Nur damit das gleich klar ist.«

Sie dankte mir, eilte um den Tisch herum und duckte sich neben meinen Stuhl. Ich wandte mich wieder meinem Handy zu und wartete, dass die Nacht endete, aber das Mädchen war offenbar eine Schwätzerin.

»Du arbeitest für Galleon, nicht wahr?«, fragte sie.

»Nein. Ich bin obdachlos. Die Klamotten habe ich einem Mädchen geklaut, das ich k. o. geschlagen und in der Toilette versteckt habe.«

Sie grinste. »Sarkasmus. Ich hatte schon fast vergessen, wie das klingt. Die Leute, mit denen ich in letzter Zeit zusammen war, sind viel zu verklemmt, um auch nur einen sarkastischen Gedanken zuzulassen, geschweige denn einen Scherz zu machen.«

Ich hätte wirklich gern irgendetwas Abfälliges erwidert, nur damit sie aufhörte zu reden, aber ich muss zugeben, sie tat mir ein bisschen leid. Offenbar hatte sie einen anstrengenden Abend hinter sich, und ich dachte mir, ich könnte mich vielleicht ein paar Minuten lang wie ein normales menschliches Wesen verhalten. Ich hatte zum Thema soziale Interaktion vielleicht ein paar verquere Ansichten, aber ich wusste noch immer nicht, wie ich meine Fähigkeit zum Mitfühlen ausschalten konnte. *Leider.* »Du hast gesagt, ein Typ hätte dich belästigt? Soll ich mit dem Taser auf ihn losgehen, wenn er reinkommt?«

»Du hast einen Taser?«, fragte sie.

Ich holte ihn aus meiner Tasche. Er hatte in etwa die Größe einer Spielkarte, und als ich den Abzug betätigte, schossen oben zwischen den Verbindungen Funken hervor. Es klang, als würden Metallbälle gegeneinanderschlagen. Ein paar Gäste, die auf dem Weg zum Aufzug waren, scheuten zurück und beschleunigten dann ihren Schritt.

Sie nickte begeistert. »Aber nur, wenn du ihm den Taser zwischen die Beine hältst.«

»Wohin sonst?«

Sie lächelte. »An die Brustwarze oder seinen Hintern?«

»Verdammt«, sagte ich und drehte mich zu ihr um. »Ich glaube, ich könnte dich tatsächlich mögen.«

»Gleichfalls. Ich heiße Claire.« Sie streckte ihre Hand nach oben.

»Lilith.«

Ich glaubte, kurz einen seltsamen Ausdruck über ihr Gesicht huschen zu sehen, fast so etwas wie Triumph, aber ich ließ den Gedanken gleich wieder fallen. Es ergab keinen Sinn, und ich hatte Menschen sowieso noch nie gut einschätzen können.

William kam aus einem der Aufzüge gestürzt. Sein Haar war zerrauft, und es sah aus, als hätte er sich gerade ein blaues Auge geholt. Claire duckte sich noch ein bisschen tiefer unter den Tisch und legte den Finger an die Lippen.

»So was habe ich schon mal gesehen«, sagte ich und deutete auf sein Auge. »Das ist einer dieser afrikanischen Käfer. Die, die Eier unter die Haut legen. Ich glaube, nach etwa drei Tagen kommen dann Krabbelviecher aus deinem Gesicht.«

Stöhnend presste er die Hand an sein Auge. »Das glaube ich nicht, außer afrikanische Käfer hätten einen merkwürdigen pädophilen Schnurrbart und wären gebaut wie russische Meister im Schwergewicht.«

»Wow«, erwiderte ich trocken. »Jemand hat dich geschlagen. Ich kann mir gar nicht vorstellen, wie jemand auf die Idee kommen könnte oder wieso er sich mit nur einem Schlag begnügen sollte.«

»Ich bin nicht in der Stimmung für deine lahmen Witze, Lilith.« Er beugte sich über den Tisch. »Zufälligerweise war es der Typ, nach dem du für mich Ausschau halten solltest.«

»Dann hat er also einen Hals wie eine feuchte Nudel *und* ist gebaut wie ein russischer Weltmeister im Schwergewicht? Tut mir leid, die Kombination kann ich mir nur schwer vorstellen.«

»Egal, vielleicht war er auch gar nicht *so groß*. Er hatte einfach das Überraschungsmoment auf seiner Seite. Der Schlag kam unerwartet. Es ist alles gut. Ich habe ein bisschen Krebsfleisch in seine Manteltasche getan, in eine dieser kleinen auf der Innenseite, die man nie benutzt. In ein paar Tagen wird er sich wundern, was da so abartig stinkt. Bonuspunkte gibt's, falls er ihn in den Schrank hängt und ein paar Wochen lang vergisst.«

»Du hast Krebsfleisch mit dir rumgetragen, weil ...«

»Habe ich doch gar nicht. Ich habe eine Bemerkung gemacht. Er hat mich geschlagen. Ich habe mir ein bisschen Essen vom Buffet geschnappt, bin in den Raum für die Mäntel gegangen und habe den Typen dort bestochen, damit er mir sagt, welches sein Mantel ist. Sonst noch Fragen?«

»Führt das zu irgendetwas?«

»Ich meine, ein normaler Mensch würde sich dafür entschuldigen, dass er diesen Rüpel nach oben gelassen hat, ohne mich zu warnen. Das war quasi der *einzige* Auftrag, den ich dir gegeben hatte.«

»Es tut mir leid, dass dich wegen mir ein russischer Rüpel mit einem Hals wie eine nasse Nudel ins Gesicht geschlagen hat.«

»Mehr wollte ich doch gar nicht. So, stellst du mich jetzt der Frau vor, die sich unter deinem Tisch versteckt, oder muss ich das selbst machen?«

Claire stand überraschend anmutig auf, wischte den Staub hinten von ihrem Kleid und reichte William die Hand. »Ich heiße Claire.«

»William«, entgegnete er. »Kenne ich Sie irgendwoher?«

»Das höre ich oft.« Sie lachte ein wenig nervös. »Ich sollte wirklich los, aber, Moment.« Sie schnappte sich ein Post-it und einen Kugelschreiber, schrieb ihre Telefonnummer auf und klebte es mir grinsend an die Stirn. »Wir sollten mal zusammen Kaffee trinken gehen.«

Ich riss den Zettel von meiner Stirn ab und legte ihn auf den Tisch. Ich hatte nicht vor, sie jemals anzurufen. Ich hatte eine Katze mit lächerlich kurzen Stummelbeinchen. Wozu brauchte ich Freunde? Außerdem hatte ich eine beste Freundin. Sie war nur gerade für ein paar Jahre nicht im Land. Aber ich hatte Zeit.

»Lassen Sie mich Ihnen helfen«, sagte William zu Claire. Er nahm sich ebenfalls ein Post-it und schrieb meine Nummer drauf, reichte es Claire und zwinkerte ihr zu. »Glauben Sie mir. Die hier wird Sie niemals anrufen. Die müssen Sie schon mit brutaler Gewalt überzeugen. Ich kann allerdings nicht behaupten, dass das Ergebnis den Einsatz rechtfertigt. Das Mädel liebt mich quasi, aber manchmal frage ich mich, wieso ich mir die Mühe gemacht habe, sie zu …«

»Du bist ein Idiot.«

Er schaute Claire mit einem Blick an, als hätte ich ihm gerade meine Liebe gestanden. »Sehen Sie, was ich meine?«

Claire sah auf das Post-it und lächelte. »Nun, danke. War nett, Sie kennenzulernen. Sie beide«, fügte sie noch hinzu, bevor sie ging.

Nachdem sie fort war, zog William eine Schnute. »Ich bin mir sicher, dass ich sie irgendwoher kenne.«

»Starr nicht so, sonst erzähle ich es Hailey.«

»Hailey fühlt sich so wohl in unserer Ehe, dass ich andere Frauen anschauen darf. Außerdem werde ich, wenn ich andere Frauen anschaue, nur daran erinnert, wie viel heißer Hailey ist. Du zum Beispiel …«

»Vorsichtig«, fiel ich ihm ins Wort. »Noch ein paar schlecht gewählte Worte, und du hängst in meinem Kühlraum.«

»Wieso hat das einen vagen sexuellen Anklang? Ich glaube, ich muss würgen.«

»Vielleicht weil du den Humor eines Schuljungen hast und *alles* für dich sexuell klingt?«

»Durchaus möglich, ja. Jedenfalls, wenn du nicht so leicht ausflippen würdest, würde es lange nicht so viel Spaß machen, dich aufzuziehen. Du bist selbst schuld.«

»Und ich arbeite nur für dich, weil ich dich irgendwann rauszudrängen und auf deinen Knochen ein Imperium aufzubauen gedenke.«

Er nickte anerkennend. »Mir gefällt dein Ehrgeiz. Mach weiter so, dann kommst du vielleicht noch zu was.«

»Apropos was erreichen. Kann ich jetzt gehen, nachdem ich den blöden Job, den du mir gegeben hast, bereits versiebt habe?«

»Geh, Kleines. Du musst bestimmt schwarze Magie üben oder eine Séance veranstalten.«

Ich seufzte. »Manchmal wünschte ich, ich würde wirklich all diese seltsamen Sachen machen, die du dir vorstellst, dann würde ich dich nämlich mit einem Fluch belegen. Vielleicht mit einem, bei dem dir der Schwanz aus der Stirn wächst, mal so zur Übung.«

Er verdrehte die Augen. »Haha. Schwachkopf. Ja, das wäre echt ein irrer Witz.«

»Nein, nur damit dir den ganzen Tag deine Eier in die Augen hängen.«

Den Rest des Abends verbrachte ich damit, für eine Prüfung in Wirtschaft zu büffeln, die mir in zwei Tagen bevorstand. Die meisten Seminare waren online abrufbar, was ein großer Vorteil war. Hätte ich William erzählt, was ich tat, hätte er mir sicher freigegeben. Vermutlich hätte er auch nur einen lahmen Witz oder zwei gemacht und dann umgehend alles wieder vergessen. Aber es blieb eine wenn auch geringe Gefahr, dass er sich komisch aufführen und so etwas sagen würde wie, dass er stolz auf mich war. Das reichte, dass ich ihm nichts erzählte.

Schlimmer noch, er hatte vielleicht irgendwelche Verbindungen und würde dafür sorgen, dass ich ein superinteressantes Jobangebot bekam. Ich wollte aber aus eigener Kraft eine steile Karriere machen, die ich mir mit harter Arbeit verdient hatte. Ich wollte keine Almosen.

Ich musste wohl eingedöst sein, denn ich schreckte hoch und stellte fest, dass mein Gesicht durch einen Spuckefaden mit dem Schreibtisch verbunden war. Draußen im Flur hörte ich jemanden an seinem Türknauf rütteln und fluchen. Ich wischte mir den Schlaf aus den Augen und stolperte zur Tür, öffnete sie und linste durch den Spalt.

Bob stand, die Hände in die Hüften gestemmt, vor seiner Tür. Er machte einen genervten Eindruck.

»Führen Sie ein Gespräch mit Ihrer Tür?«, fragte ich.

Er drehte sich abrupt um, und einen Moment lang starrte er mich an, als glaubte er, sich verteidigen zu müssen. Als ihm bewusst wurde, dass ich es war, entspannte er sich.

»Mein Schlüssel funktioniert offenbar nicht mehr.«

Ich trat in den Flur und streckte die Hand aus. »Geben Sie her. Ich wohne schon so lange hier, dass ich die ganzen Tricks kenne, die man für diese blöden Schlösser braucht. Miss Lindsey ist zu geizig, um neue Schlösser zu kaufen, deshalb machen sie alle irgendwann Probleme. Ich ...«

Ich hörte, wie meine Tür hinter mir ins Schloss fiel, und mir wurde schlagartig übel. Vor ein paar Monaten hatte sie beschlossen, eine selbstschließende Tür zu werden, und ich hatte mir angewöhnen müssen, immer irgendetwas zwischen Tür und Rahmen zu klemmen, damit ich mich nicht ohne Schlüssel aussperrte. Offenbar hatte Bob Smith eine leicht gehirnamputierende Wirkung auf mich.

Ich drückte den Griff an meiner Tür herunter. Natürlich tat sich nichts. Einer der Extrariegel innen neigte ebenfalls dazu, sich vorzuschieben, wenn die Tür etwas heftiger zufiel.

»Ausgesperrt? Dann sind wir ja schon zu zweit«, sagte er.

Ich seufzte. »Sie haben sich nicht ausgesperrt. Sie wissen nur nicht, was Sie mit dem Schlüssel machen müssen. Geben Sie her.«

Er sah mich skeptisch an, gab ihn mir aber dennoch. Ich ließ den Blick rasch über ihn gleiten und sah, dass er ein durchgeschwitztes T-Shirt und Shorts trug. Auch auf seiner Haut lag eine dünne Schweißschicht.

»Wieso sind Sie so abstoßend?«, fragte ich, als ich den Schlüssel ins Schlüsselloch steckte.

»Ich habe trainiert.«

»Mitten in der Nacht?«

»Ich mag es, wenn der Trainingsraum leer ist.«

Ich schob den Schlüssel ein wenig nach oben und probierte es mit unterschiedlichem Druck, gleichzeitig versuchte ich vorsichtig, den Türknauf zu drehen. Schließlich fand ich die richtige Stelle und öffnete die Tür.

»Na also«, sagte ich. »Jetzt bekommen Sie endlich die Dusche, die Sie so dringend brauchen.«

Er nahm mir den Schlüssel aus der Hand, und ich konnte fast schon *sehen*, wie seine Gedanken rasten.

Er hatte mich quasi in seine Tür gedrängt, und mir wurde bewusst, wie nah beieinander wir standen. Ich konnte ihn sogar riechen. Ich war auf einen unangenehmen Geruch gefasst, hätte es aber eigentlich besser wissen sollen. Irgendwie schaffte er es, richtig gut und männlich zu riechen, obwohl er schweißüberströmt war. Ich hatte noch nie auf verschwitzte Männer gestanden, aber mit jedem Schweißtropfen, der von seinem Schlüsselbein an seiner harten, gemeißelten Brust herablief, fühlte ich mich bekehrter.

In meinem Kopf blitzten Bilder auf von Fingerspitzen, die eine Spur auf verschwitzter, muskelüberspannender Haut hinterließen, während die Szene von durch die Fenster hereinfallendem Mondlicht erhellt wurde. Ich stellte mir vor, ganz von dem männlichen Geruch eingehüllt zu sein, der mich wie eine Droge umwaberte.

»Soll ich Sie jetzt, nachdem Sie mich gerettet haben, mitten in der Nacht allein hier draußen stehen lassen?«, fragte er.

»Ich kann Miss Lindsey wegen des Generalschlüssels anhauen.«

»Nein, können Sie nicht. Sie ist bis nächste Woche verreist. Schon vergessen?«

»Ich kann einen Schlosser anrufen«, erwiderte ich.

»So spät am Abend dauert das ein paar Stunden.«

»Wenn Sie mich unbedingt in Ihre Wohnung einladen wollen, dann tun Sie es doch, Sie Mistkerl.«

Er verschränkte die Arme vor der Brust und lehnte sich grinsend an den Türrahmen. »Was ist eigentlich mit Ihnen los?«

»Jetzt im Moment? Sie. Wenn Sie wüssten, wie man mit einem Schlüssel umgeht, wäre ich nicht mit meinem stinkenden, verschwitzten Nachbarn im Flur gefangen.«

»Stinkend?«, fragte er. Er trat ein bisschen näher auf mich zu, noch immer mit diesem Grinsen im Gesicht. »Dann müssen Sie stinkend wohl mögen, wenn ich Ihren Gesichtsausdruck richtig deute.«

Ich trat einen Schritt zurück und schüttelte den Kopf. »Wenn ich glücklich aussehe, dann nur, weil ich mir gerade vorgestellt habe, wie ich Ihnen das Knie in die Eier ramme.«

Er grinste, und ich war mir sicher, dass er mir meine Lüge nicht abnahm. »Dann geben Sie also zu, dass Sie Fantasien über meine Eier hatten?«

»Und ihre Zerstörung, ja.«

»Irgendwie glaube ich, wenn Sie Ihre Hände zwischen meine Beine bekämen, würden Sie auf andere Gedanken kommen.«

»Und irgendwie glaube ich, Sie müssen normalerweise damit davonkommen, wenn Sie so mit Leuten reden.«

»Wie ›so‹?«

»Als wären Sie derart selbstsicher und anmaßend, dass Sie einfach *davon ausgehen*, dass jede Ihre Gurke würgen möchte.«

Er kicherte, starrte mich aber weiter mit diesem Glühen in den Augen an. »Ich gehe nicht davon aus, dass jede Frau mit mir vögeln will. Nur die, die mich *so* anschauen.«

Ich versuchte, mir das Gesicht meines Dads auf Bobs Körper vorzustellen statt des unausstehlich gut geformten Spektakels, das er an der Stelle des Kopfes sein Eigen nannte.

Bob runzelte die Stirn und bedachte mich mit einem schiefen Lächeln. »Okay, ich gebe auf. Das ist nicht das Gesicht von jemandem, der glücklich gemacht werden möchte, aber da ich so schlecht rieche, gehe ich jetzt wohl besser schnell unter die Dusche. Ich lasse Sie nicht mitten in der Nacht draußen im Flur warten. Das ist nicht sicher. Kommen Sie rein, und setzen Sie sich auf meine Couch. Sie können sich was zu essen oder ein Bier aus dem Kühlschrank holen.«

»Ja, denn wenn ich hier draußen bleibe, entführt mich vielleicht irgendein fremder, perverser Mann und verschleppt mich in seine Wohnung. Aber wenn ich mit Ihnen mitgehe, kann ich mir das vielleicht sparen, nicht wahr?«

Er fuhr sich mit der Zunge über die Lippen und verkniff sich mühsam das Lachen. »Ich glaube, ich mag Sie.«

»Ich glaube, sich selbst mögen Sie mehr.«

Er lachte. »Halten Sie eigentlich jemals den Mund? *Nicht, dass ich nicht möchte, dass Sie ihn öffnen*«, fügte er leise hinzu, und sein Blick wanderte von meinen Augen zu meinen Lippen.

Ich spürte, wie mein Widerstand zu bröckeln begann. Ich konnte nur eine begrenzte Menge eindeutigen Flirtens abwehren, bevor etwas durchrutschte und mir das Herz wärmte. Ich wusste, dass da irgendwo in meinem Gehirn irgendeine scharfzüngige, sarkastische Bemerkung herumschwamm, aber ich brachte nur ein unverbindliches Grunzen zustande. Ich schluckte und murmelte dann etwas in der Art, dass ich in der Lage sei, ein paar Stunden im Flur klarzukommen.

»Das können Sie garantiert, aber trotzdem. Kommen Sie rein.« Er machte eine einladende Handbewegung.

Ich hatte nicht vor, ihm zu gehorchen, aber meine Füße bewegten sich dennoch. Bevor ich wusste, was ich tat, war ich drinnen, und es fühlte sich fast schon an, als hätte ich eine unsichtbare Schwelle überschritten – eine, die überschreiten zu wollen ich mir schon lange vor Bob abgewöhnt hatte.

Menschen versuchten gelegentlich, mir nahezukommen. Ich schob sie weg. Manchmal versuchten sie es dann noch hartnäckiger, aber es gelang ihnen nie. Ich schaffte es immer, ihnen mit genügend Sarkasmus und meiner scharfen Zunge Angst zu machen. Heute Abend würde ich Bob gewinnen lassen. Blöd war vor allem, dass ich nicht mal wütend war, weil ich den Kürzeren zog, sondern mich nur ein bisschen warm und geborgen fühlte.

Seine Wohnung war ordentlich und minimalistisch. Außer einem Foto von einem Ruderboot, das im Flur hing und eher wie eine Hinterlassenschaft des Vormieters aussah, gab es quasi nichts Dekoratives. Nur die nötigsten Dinge. »Nur, um das festzuhalten, ich glaube noch immer, dass es hier gefährlicher ist als im Flur.«

Er legte den Kopf schief und musterte mich von oben bis unten. »Mit Sicherheit, und zwar für uns beide, aber es ist eine völlig andere Gefahr.«

»Wieso, haben Sie Schlangen als Haustiere? Oder schlimmer noch, einen Schimpansen? Die Leute finden sie niedlich und ziehen sie jahrelang wie Menschen an. Bis ihr kleiner Pseudomensch eines Tages aufwacht und beschließt, er will mehr Milch zu seinen Cornflakes, und ihnen das Gesicht zerreißt. Wahre Geschichte.«

Er lachte. »Keine Schlangen und keine Pseudomenschen.« Er sah aus, als wolle er noch etwas hinzufügen, entschied sich dann aber dagegen. »Machen Sie es sich einfach bequem. Ich bin in ein paar Minuten wieder da.«

Er fing schon an, sich sein T-Shirt auszuziehen, bevor er ganz hinter der Tür zum Badezimmer verschwunden war, und für den Bruchteil einer Sekunde konnte ich jeden faszinierenden Zentimeter seines breiten, muskulösen Rückens sehen. Ich räusperte mich und ließ mich auf die Couch fallen, sprang aber sofort wieder auf, um mich in dem gerahmten Bild am Eingang zu betrachten.

Die Dusche fing an zu laufen, und ich musste mentale Gymnastik machen, um mir nicht vorzustellen, wie er den Rest seiner Sachen auszog und der Dampf um seinen kräftigen, schön modellierten Körper waberte ...

Ich zwang mich, ganz langsam auszuatmen. Mir war nicht recht klar, wieso ich mich so sehr gegen seine Anziehungskraft wehrte. Menschen im Allgemeinen mochte ich nicht, aber ich hatte nichts gegen Penisse. Konnte ich es nicht einfach sexuelle Betörung nennen? Ich musste ja nicht so tun, als ob ich *ihn* mochte. Vielleicht konnte ich mir einfach vorstellen, er wäre in einem einen Meter neunzig großen rosa Päckchen gekommen – das neueste Dildo-Modell, inklusive einem dranmontierten reichen Hurensohn.

Ich fuhr mir mit der Hand durch das Haar und ließ mich wieder auf die Couch sinken. Wem wollte ich etwas vormachen? Der Mann, der an den Penis montiert war, gefiel mir ebenfalls. Mir gefiel, dass er vor meinen Gemeinheiten nicht zurückschreckte. Mir gefiel, wie er mich ansah. Mir gefiel, dass er eher der Typ zu sein schien, der keinen Gedanken an mich verschwenden würde, mich aber anschaute, als wäre ich der einzige Mensch auf der Welt. Ja, es war ziemlich eindeutig, dass er irgendetwas verbarg. Ja, vermutlich hatte er alles auf einem Silbertablett präsentiert bekommen, und mich ärgerte die Vorstellung, er könnte mich genauso leicht bekommen, aber ich mochte ihn.

Ihn umgab eine Aura des Mysteriösen. Er strahlte ein ungeheures Selbstbewusstsein aus, als habe er die Welt bereits erobert und müsse nichts mehr beweisen. Dann gab es dem widersprechende paranoide Momente, die sich mit seinem zur Schau getragenen Selbstbewusstsein nicht in Einklang bringen ließen. Und dann war da natürlich auch noch das Päckchen. Es war schon seltsam, sich den Führerschein schicken zu lassen. Und wie er mir hinterhergejagt war, als er mich dabei erwischte, wie ich ihn und seine gleichfalls mysteriösen Freunde beobachtete! Und wie er zusammengezuckt war, als ich ihn ein paar Minuten zuvor vor seiner Wohnung angesprochen hatte – als hätte ich ihn bei irgendetwas auf frischer Tat ertappt.

Bob Smith, so das sein richtiger Name war, hatte garantiert etwas zu verbergen.

Ich hörte einen dumpfen Schlag aus der Dusche, der mich in die Realität zurückholte. Ein paar Sekunden lang suchte ich nach meinem Handy, bis mir bewusst wurde, dass ich es gar nicht dabeihatte.

Wahnsinn! Ich konnte nicht mal den Schlosser anrufen. Ich musste noch vor Tagesanbruch in meine Wohnung zurück, selbst wenn das hieß, dass ich die Tür einschlagen musste. Roosevelt war drinnen, und er würde einen Aufstand machen, wenn sein Futter, ein bisschen über Raumtemperatur, nicht wie üblich auf dem Tisch auf ihn warten würde, von wo er es auf den Boden schubste und dort fraß wie ein Barbar. Ich hatte versucht, es ihm gleich auf den Boden zu stellen, nachdem ich seine seltsamen Allüren bemerkt hatte, aber er genoss die Macht, es hinunterwerfen zu können. Katzen können echte Arschlöcher sein. Ich sprang von der Couch hoch und versuchte, mein Spiegelbild in dem gerahmten Gemälde des Ruderboots zu erkennen. *Ein Ruderboot*. Sollte das symbolisch sein? Falls ja, erschloss sich mir die Bedeutung nicht.

Das, was ich von meinem Gesicht erkennen konnte, ließ mich zusammenzucken. Ich war stolz darauf gewesen, nicht *so ein* Mädchen zu sein, eins, das immer perfekt hergerichtet sein muss, aber selbst ich hatte meine Grenzen. Mein Haar hing schlaff herunter, mein Make-up war teils verschwunden, teils verschmiert, und an der Wange hatte ich etwas, das wie getrockneter Speichel aussah. Bei dem Gedanken, dass Bob mich so gesehen hatte, verzog ich das Gesicht.

Ich versuchte mich so gut wie möglich mit den Händen und ein bisschen Spucke wieder zurechtzumachen. Einen Schönheitswettbewerb würde ich nicht gewinnen, aber zumindest würde man mich wohl nicht mehr für eine Entflohene aus der Psychiatrie halten.

Die Dusche wurde abgedreht, und ich eilte zurück zur Couch. Rasch probierte ich ein paar Positionen aus und versuchte, eine zu finden, die den Eindruck erweckte, ich hätte die ganze Zeit ruhig hier gesessen. Ich fläzte mich hin, als wollte ich gleich ein Schläfchen machen, fand dann aber, dass das *zu* lässig war. Ich setzte mich auf, schlug die Beine übereinander und legte die Fingerspitzen aneinander. *Zu ernst*. Ich entschied mich dafür, die Füße auf seinen Couchtisch und die Arme oben auf seine Couch zu legen. *Halb lässig*.

Er kam aus dem Badezimmer mit nichts als einem Handtuch um die Hüften geschlungen. Er wusste *genau*, was er tat, und es ärgerte mich, dass es zu gut funktionierte, als dass es mir etwas ausgemacht hätte.

Er hatte überall dort Muskeln, wo sie hingehörten. Sogar diese seltsamen kleinen, von denen ich nie wusste, ob sie Rippen waren oder Extrabauchmuskeln. Er war nicht so gebaut, als bestünde er nur aus Muskeln, aber er sah trotzdem aus, als könnte er einer Frau eins über den Schädel ziehen, sie sich über die Schulter werfen und in seine Höhle zurückschleppen, wo er ihr zeigen würde, dass das Feuer nicht unbedingt die größte Erfindung des Mannes war.

Ich hörte einen Ton, der irgendwo zwischen dem Schnurren einer Katze und einem Knurren lag. Erst eine Schrecksekunde später wurde mir bewusst, dass er aus meiner eigenen Kehle kam. Ich presste die Hand gegen die Brust und räusperte mich, dann blickte ich ihm mit einer Intensität in die Augen, als hinge mein Leben davon ab. »Verdauungsprobleme«, sagte ich rasch. »Ich habe heute Abend bestimmt drei Burritos gegessen.«

Er nickte, als hätte ich ihm gerade etwas halbwegs Beeindruckendes erzählt.

»So ... dann haben Sie wohl vergessen, frische Klamotten mit ins Badezimmer zu nehmen«, brachte ich trotz meiner ausgetrockneten Kehle heraus, weil ich das Schweigen einfach nicht aushielt.

»Klar. So können wir das auch nennen. Vielleicht habe ich aber auch nur gehofft, ich könnte herausfinden, ob Sie ein Mensch oder ein Roboter sind.«

»Ich bin definitiv ein Roboter. Sie können gern einen Blick hineinwerfen, wenn Sie mir nicht glauben. Nur Kabel, Batterien und Stecker. Mir könnte nichts gleichgültiger sein als *das.*« Ich deutete auf seinen Oberkörper und versuchte, einen Gesichtsausdruck aufzusetzen, der besagte, so etwas Besonderes sei er nun auch wieder nicht. Gleichzeitig lenkte ich alle Konzentration darauf, in meinem Kopf ein perfektes Bild von diesem Moment zu speichern, auch wenn das bedeutete, weniger wichtige Daten zu löschen, zum Beispiel Algebra oder amerikanische Geschichte.

»Ich werde nicht lügen«, sagte er. »Der Gedanke, in Sie hineinzukommen, war mir durchaus durch den Kopf gegangen.«

Ich spürte, wie sich meine Stirn in tiefe Falten legte. Normalerweise hatte ich mein Gesicht ganz gut unter Kontrolle, aber das war gerade einfach zu viel. Ich versuchte, mich ganz auf seine Augen zu konzentrieren, was nicht unbedingt hilfreich war. Sie waren wie zwei glänzende graue Magnete, die drohten, mich in sich hineinzusaugen und nie wieder loszulassen.

»Könnten Sie sich vielleicht etwas anziehen, bevor wir dieses Gespräch fortführen?« Ich hielt es nicht mehr aus. Ich legte die Hand vor die Augen und senkte den Kopf. Sollte er meine Schwäche doch sehen. Es war mir egal. Wenn ich ihn weiter anschauen müsste, würde er noch sehr viel mehr von mir zu sehen bekommen.

»Klar.« Ich hörte das Handtuch zu Boden fallen, und das Geräusch hätte genauso gut ein Donnerschlag sein können.

Mein Gehirn war in höchster Alarmbereitschaft. Nackter Mann. Nackter Mann. Penis. Stahlharter Hintern. Alles in direkter Sichtachse. Das ganze Programm. Direkt vor mir stand ein nackter Mann, und ich brauchte nur zwischen den Fingern hindurchzulinsen.

Ich brachte die Willenskraft auf, meine Hand genau dort zu lassen, wo sie war, bis ich hörte, wie die Tür zu seinem Schlafzimmer ins Schloss fiel.

Erleichtert seufzte ich auf und sank auf die Couch nieder. *Himmel!* An einem sexbedingten Herzinfarkt zu sterben wäre für mich doch eine eher peinliche Todesursache gewesen, vor allem angesichts des Rufs, den ich mir zu wahren versuchte.

»He«, sagte ich. Hoffentlich sprach ich laut genug, dass er mich durch die Tür hören konnte. »Kann ich von Ihrem Telefon aus den Schlosser anrufen? Meins liegt noch in meiner Wohnung.«

»Was?«, fragte er. Die Tür ging auf, und er streckte seinen nackten Oberkörper ins Zimmer.

»Himmel«, zischte ich und legte erneut die Hand vor die Augen. »Hören Sie auf, mit dem Ding herumzuwedeln, Idiot.«

Er schloss die Tür. »Entschuldigung, ich dachte, Sie hätten gesagt, Sie wären am Ersticken.«

*Nein, dachtest du nicht, Blödmann.* »Ich habe gefragt, ob ich von Ihrem Telefon aus anrufen kann.«

»Es liegt auf dem Couchtisch. Das Passwort lautet BOB.«

Ich schaute zur Tür, als könnte ich seinen Gesichtsausdruck durch die Tür erkennen. Er ließ mich einfach an sein Telefon, ohne mich dabei zu beaufsichtigen?

Ich nahm es und gab das Passwort ein, das, nur um das festzuhalten, vermutlich das bescheuertste, unsicherste Passwort war, von dem ich je gehört hatte. Es funktionierte, und ich sah den Standard-Homescreen mit nicht einer einzigen heruntergeladenen App. Es gab nicht einmal irgendwelche Mitteilungen.

Ich musste ein paar Sekunden mit meinem Zeigefinger kämpfen, bis ich den Drang überwunden hatte, in seinen Fotos herumzuschnüffeln. Ich hatte mich immer gefragt, ob es stimmte, dass Männer auf ihren Telefonen lauter Fotos von Schwänzen hatten.

Ich rief Google auf und wollte »Schlosser« eingeben, tippte aber aus Versehen zuerst auf das »L«, und auf dem Browser tauchte ein einziger Vorschlag auf, entsprechend der letzten Suche: »Liam Hightower«.

Ich betrachtete den Bildschirm einen Moment lang mit gerunzelter Stirn, doch dann hörte ich, wie die Tür zum Schlafzimmer geöffnet wurde, und tippte rasch mein Stichwort ein. Ich fügte meine Postleitzahl hinzu, fand einen Schlosser in der Nähe und rief ihn an.

»Haben Sie einen gefunden?«, fragte er.

»Mhm«, erwiderte ich. Ich hoffte, es klang lässig, oder besser noch – genervt.

Er trug jetzt ein einfaches weißes T-Shirt und eine Trainingshose. Eigentlich hätte es schlampig oder gammelig wirken sollen, aber an ihm sah es natürlich gut aus. Sein Haar war noch nass und verstrubbelt, was mein instinktives Verlangen noch erhöhte, ihn irgendwo auf ein Bett zu werfen und mit vorgehaltenem Messer zu zwingen, mich stundenlang zu berühren. Glücklicherweise hatte ich kein Messer.

Als ich ein paar Minuten später in die Küche kam, gab er gerade Pulver in einen Mixbecher und ließ dann den Mixer laufen. Ich reichte ihm sein Telefon. »Mit Dank zurück. Der Typ kommt in drei Stunden. Er meinte, schneller geht es nicht.«

»Danke.« Er trank einen großen Schluck und schüttelte sich ein wenig.

»Ist das ein Protein-Shake? Kriegt man davon nicht fürchterliche Blähungen?«, fragte ich.

Er grinste. »Ich habe einen kräftigen Magen.«

»Habe ich gesehen.«

»Dann haben Sie also doch durch die Finger gelinst?«

Ich seufzte. »Nein. Sie haben quasi das volle Programm abgezogen, und das bestimmt sechsmal. Ich brauchte gar nicht zu linsen, um zu sehen, dass Sie so was wie ein Gesundheitsfreak sind. Sie würden vermutlich nicht mal ein Geleebonbon essen, wenn man Sie mit der Waffe bedroht, oder?«

Er zog eine der Küchenschubladen auf, in der mindestens sechs Kilopackungen schokolierter Rosinen lagen.

»Ernsthaft?«, fragte ich. »Da gibt es auf der Welt Tausende von Süßigkeiten, und Sie fahren auf vertrocknete schokolierte Rosinen ab?«

»Also«, erwiderte er, ohne auf meine Frage einzugehen. »Wenn Sie müde sind, können Sie ein bisschen in meinem Bett schlafen. Ich nehme die Couch.«

»Sie glauben, ich gehe in Ihr Schlafzimmer, wo Sie weiß der Teufel was für eine Sexhöhle haben? Nein, danke. Ich setze mich auf den Boden, direkt an die Tür. Falls Sie irgendwas Abartiges versuchen, kann ich schneller fliehen.«

Er kicherte. »Was läuft bei Ihnen denn so unter abartig? Nur dass ich mir sicher sein kann, Sie nicht zu verschrecken.«

»Kein gutes Zeichen, wenn Sie das fragen müssen.«

»Ich mache Ihnen einen Vorschlag. Sie können auf dem Boden sitzen, aber ich lege ein Kissen hin und bringe Ihnen eine Decke.«

»Von mir aus.« Ich zuckte mit den Schultern.

Er nahm eins der Sofakissen und warf es auf den Boden bei der Tür. Dann holte er etwas aus seinem Schlafzimmer, das aussah wie seine Bettdecke.

»Danke«, sagte ich, setzte mich auf das Kissen und zog mir die Bettdecke über die Beine. Die Bettdecke roch nach ihm, und ich konnte mir nur schwer verkneifen, sie bis zur Nase hochzuziehen und etwas so Peinliches zu tun, wie genüsslich an ihr zu riechen.

Er setzte sich ein Stück entfernt von mir auf den Boden. Als er meinen Blick sah, hob er beschwichtigend die Hände. »Ganz ruhig. Ich habe nichts Unlauteres vor. Ich dachte nur, ich leiste Ihnen ein bisschen Gesellschaft. Drei Stunden sind lang, wenn man nur rumsitzt und grübelt.«

»Vielleicht grübele ich gern.«

Ich hatte erwartet, dass er seufzen oder lachen würde, aber er lehnte den Kopf nur hinten an die Wand und sah mich nachdenklich an. »Ich manchmal auch.«

»Wie ein Grübler wirken Sie auf mich eigentlich nicht.«

»Sie kennen mich überhaupt nicht.« Sein Ton erwischte mich kalt, glücklicherweise wurde er durch sein ansatzweises Grinsen gemildert.

»Ist das eine Einladung zum Nachfragen? Nicht, dass es mich interessieren würde.«

»Wie wäre es damit: Sie erzählen mir etwas über sich, und ich erzähle Ihnen etwas über mich. Klingt das gut?«

»Wie heißen Sie wirklich?«

»Liam«, erwiderte er, ohne zu zögern, aber er beobachtete genau, wie ich reagierte.

Es überraschte mich kaum. Liam Hightower vermutlich. Dann hatte er sich also selbst gegoogelt, was mich ebenfalls nicht hätte überraschen sollen. Dass sein Name ein falscher war, schien fast schon selbstverständlich. Ich wusste nur nicht, wieso er so tun sollte, als wäre er jemand anderes. Verbarg er sich vor Schuldnern? Vor der Polizei? »Das klingt sinnvoller als Bob. Wieso also tun Sie, als wären Sie jemand anderes?«

»Nein. Jetzt sind Sie dran. Wieso wollen Sie mich unbedingt davon überzeugen, dass Sie nicht an mir interessiert sind?«

»Vielleicht weil ich tatsächlich nicht an Ihnen interessiert bin?«

»Nein, Sie sind interessiert.«

Ich gab einen beleidigten Ton von mir, konnte ihm aber nicht recht in die Augen sehen.

»Dann sagen Sie mir, dass ich mich irre.«

»Selbst wenn ich interessiert wäre, wäre das eine sehr vage

Aussage. Ich meine, ich interessiere mich dafür, was nach unserem Tod mit unseren Körpern passiert. Ich interessiere mich dafür, wieso man Wolken Nebel nennt, wenn sie sich am Boden befinden, aber nicht, wenn sie weit oben sind. Ich interessiere mich dafür, wieso ich nicht eine Mahlzeit essen kann, ohne mich zu bekleckern. Oder wieso ...«

»Wieso willst du mich unbedingt davon überzeugen, dass du nicht mit mir schlafen möchtest?«

»Weil Sie glauben, es würde Ihnen zustehen?«

Er kicherte. »Wie kommst du da drauf?«

»Schauen Sie sich doch an.« Ich wedelte mit der Hand in seine Richtung. »Wie oft mussten Sie je mehr tun, als einem Mädchen zuzublinzeln, damit es sich nackt auszog und Sie anflehte, mit ihr zu schlafen? Ich habe das Gefühl, ich schulde es der Welt, es Ihnen schwerzumachen.«

»Nun, das hast du erreicht. Schon ein paarmal.«

*Oje ...*

Ich wurde nicht leicht rot, aber mein Gesicht fühlte sich jetzt doch ein wenig heiß an. Ich bekam wohl Fieber. Jedenfalls wollte ich das Thema wechseln. »Ich bin dran. Wozu die Geheimniskrämerei? Wieso tun Sie so, als würden Sie Bob Smith heißen? Und wie sind Sie bloß auf die Idee gekommen, ›Bob Smith‹ wäre ein auch nur halbwegs brauchbares Alias?«

»Das sind zwei Fragen, also beantworte ich die erste. Es hängt mit meiner Stiefschwester zusammen. Sie und ich hatten ... eine Meinungsverschiedenheit. Sie fand, sie könnte sich am besten an mir rächen, indem sie in möglichst vielen Zeitschriften und Boulevardblättern Gerüchte über mich verbreitet. Innerhalb weniger Wochen war ich mal schwul, mal wollte ich eine Geschlechtsumwandlung, mal hatten Ärzte eine Liste meiner Geschlechtskrankheiten erstellt, und die war länger als ein Apothekenrezept. Ich könnte noch mehr aufzählen, aber du hast eine Vorstellung. Sie wollte erreichen, dass sich keine Frau in der Stadt in meine Nähe wagt, und es war nur eine Frage der Zeit, bis die hässlichen Gerüchte die Geschäfte zu beeinträchtigen begannen.«

Ich sah ihn fragend an. »Sind das Gerüchte, die zumindest ein Körnchen Wahrheit enthalten, oder komplett erfundene?«

»Dreimal darfst du raten.«

»Körnchen Wahrheit?«

Er starrte mich böse an. »Alles nur Erfindung. Aber das war egal. Hätte ich öffentlich widersprochen, hätte man die Lügen eher geglaubt und ihnen mehr Aufmerksamkeit geschenkt. Hätte ich sie ignoriert, hätte es ausgesehen, als würde ich mich der Wahrheit nicht stellen wollen. Also habe ich beschlossen, mich am besten ganz offen zu verstecken und zu hoffen, dass es ihr langweilig wird, mir das Leben zur Hölle zu machen.«

»Klingt nach einem total bescheuerten Plan.«

»Was würdest du vorschlagen?«

»Keine Ahnung, ihr geben, was sie will? Wie schlimm könnte das schon sein?«

»Sie wollte eine Affäre mit mir.«

»Oh. *Oh.*« Ich schwieg, weil ich das erst einmal verdauen musste, dann lachte ich lauthals los. »Tut mir leid«, sagte ich. »Das ist, na ja, das ist irgendwie irre, auf gruselige, völlig schräge Weise.«

Er sah mich grinsend an. »Freut mich, wenn ich dich doch endlich noch zum Lachen bringen konnte. Dafür muss also nur mein Leben in Schutt und Asche liegen.«

»Ich lächele gelegentlich. Aber normalerweise nur bei Menschen, die ich mag.«

»Dann magst du mich also? Gut. Wir machen Fortschritte.«

Ich zuckte gleichgültig mit den Schultern. »Da bin ich mir noch nicht sicher. Aber das war Ihre Frage. Jetzt bin ich wieder dran.«

Er legte den Daumen an die Lippe und sah mich durchdringend an, und bei dieser Geste hatte ich das Gefühl, meine Haut würde sich von innen heraus erwärmen. Seine Lippen waren angenehm. Nicht gerade Schmolllippen, aber auch nichts Steifes, Langweiliges. Seine Handbewegungen hatten etwas so Selbstbewusstes, genau wie wenn er beim Lächeln den Kopf ein wenig neigte. Ich fragte mich, ob es nur mir so ging oder ob jeder mit einem Puls es schwierig finden würde, den Blick von ihm abzuwenden.

»Nur zu«, sagte er.

»Wieso sind *Sie* so interessiert an mir?«

»Anfänglich? Da dachte ich, du würdest mich im Auftrag meiner Stiefschwester ausspionieren. Aber ich fand auch gleich, du hättest etwas von einem verwundeten Tier. Ich hatte schon immer ein Herz für alles ... Beschädigte.«

»Wer behauptet, ich wäre beschädigt? Man braucht keine traumatische Vergangenheit, um ein Arschloch zu sein.«

Er lachte. »Welche Entschuldigung hast du dann?«

»Es war nicht so, als hätten mich meine Eltern irgendwie missbraucht. Sie haben getan, was vermutlich die meisten Eltern tun. Sie hatten eine Vorstellung, was aus mir werden sollte, und dass ich ihr Ziel erreichte, wurde für sie zur Obsession.« Die Worte sprudelten nur so aus mir heraus. Es war ein seltsames Gefühl, als würde eine übervolle Tasche auf einmal an den Nähten aufreißen. Bisher hatte ich nur meiner besten Freundin, Emily, von meiner Vergangenheit erzählt, und das nach Jahren langsamen Vertrauensaufbaus. Aber mit Liam zu reden fühlte sich ganz natürlich an.

Er sah mich konzentriert und interessiert an.

»Meine Eltern kamen beide aus Familien, die schon immer

viel Geld gehabt hatten. Der Urgroßvater meines Dads hat Millionen mit Textilien verdient, und der Urgroßvater meiner Mom war damals ein Immobilien-Tycoon. Ihre Großeltern brauchten nicht zu arbeiten, sie lebten quasi verschwenderisch von ihrem Erbe. Überall im Land Häuser, exklusive Clubs, Jachten, all so was. Bis das Geld bei meiner Mom und meinem Dad ankam, hatten sie all die Erwartungen reicher, verwöhnter Kinder, aber ohne das ihrem Lebensstil entsprechende Erbe. Ihre Eltern hatten quasi alles verprasst. Die Häuser hatten meine Großeltern in den letzten Jahren alle verkauft, weil das Geld knapp wurde. Sie wussten nicht, wie sie ihre Ausgaben reduzieren sollten, also machten sie einfach weiter, bis sie pleite waren. Meine Eltern wünschten sich einen Sohn, der so etwas wie ein Wirtschaftsguru werden sollte. Das hat mir mein Dad vor ein paar Jahren mal gestanden, als er betrunken war. Als meine Mom mit mir schwanger war, beschlossen sie, es weiter zu versuchen, bis sie einen Sohn bekamen. Aber ein paar Monate nach meiner Geburt musste bei meiner Mutter die Gebärmutter entfernt werden. Sie waren am Boden zerstört, und da sie pessimistische, sexistische Mistkerle sind, beschlossen sie, sie könnten ihre Tochter unmöglich zu einem Geschäftsgenie erziehen. Sie wollten mich zu einer Komplettlösungs-Braut machen – das perfekte kleine, leicht zu öffnende Päckchen, das man an den erstbesten finanziell genehmen Junggesellen verhökern würde.«

»Verdammt. Das hat er dir alles gestanden?«

»Ja. Als das Gespräch stattfand, hatte ich schon einige Brücken hinter mir abgebrochen, unsere Beziehung war also schon ziemlich kompliziert. Der Alkohol half ebenfalls. Sie dachten, wenn ich einen reichen Mann heirate, wäre das ihr Ticket zurück zum Lebensstil der Leute mit viel Geld.«

»Sollte ich mir also Sorgen machen, dass du in meinem Leben aufgetaucht bist? Bist du noch immer die Komplettlösungs-Braut, die nur darauf wartet, mein Geld an ihre Eltern weiterzuleiten?«

Ich sah ihn spöttisch an. »Na klar. Für mich sind Sie bloß eine große, fette, sexy Geldsau. In ein paar Minuten schreibe ich meinen Eltern eine Nachricht, damit sie wissen, dass alles ganz super läuft.«

Liam grinste. »Du bist noch immer eine sagenhaft schlechte Lügnerin.«

»Lügen kam bei meiner Ausbildung zur Komplettlösungs-Braut nicht vor. Aber wenn Sie möchten, dass ich Bücher auf dem Kopf balanciere, während ich gehe, perfekt manierlich esse oder Ihre Wäsche wasche, dann bin ich sehr begabt. Ich kenne auch alle englischen Adelsbezeichnungen, da das für meinen Alltag von größter Bedeutung ist. Jeder kennt schließlich einen Duke oder eine Duchess, nicht wahr?«

Liam erwiderte nichts, aber er sah mich mit großem Interesse an. So intensiv hatte mir vielleicht noch nie jemand zugehört, und wieder spürte ich dieses die Wangen aufheizende Fieber, das definitiv kein Erröten war.

»Also«, ich räusperte mich, »tat ich, was die meisten Kinder getan hätten. Sobald sie mich nicht mehr unter Kontrolle hatten, wurde ich genau so, wie sie es *nicht* wollten: angriffslustig. Sarkastisch. Gemein. All so was. Im Grunde bin ich ein wandelndes Klischee. Ich dachte, ich würde rebellieren, und ich dachte, ich würde mich weigern, mich von meinen Eltern definieren zu lassen, aber letztendlich habe ich doch zugelassen, dass sie mich definieren.« Bei dem Gedanken konnte ich ein trauriges Lächeln nicht unterdrücken.

»Nur, um das festzuhalten: Solltest du jemals keine Lust haben, sarkastisch und gemein zu sein, werde ich mich nicht beklagen. Andererseits habe ich dich nicht als gemein wahrgenommen. Nur ehrlich, was vermutlich ein wenig ironisch ist, wenn du sagst, das ist alles nur vorgetäuscht.«

Ich spielte mit den Fingern, die ich in den Schoß gelegt hatte, während mein Gehirn auf Hochtouren arbeitete. »Wie will man wissen, was inzwischen mein wahres Ich ist? Vielleicht wird eine Rolle Wirklichkeit, wenn man sie lange genug spielt. Vielleicht auch nicht.«

Er sah mich nachdenklich an. »Und, was macht dich glücklich?«

Ich zuckte mit den Schultern. »Ich weiß es nicht. Wenn sich dumme Leute die Zehen anstoßen oder stolpern und hinfallen? Wenn Leute mies sind und ihnen das Schicksal einen Tritt in den Hintern gibt?«

Er grinste. »Das gefällt mir. Was macht dich sonst noch glücklich?«

»Wenn sich herausstellt, dass Typen, die ich für Idioten halte, gar nicht so übel sind.«

Liam runzelte die Stirn. »Wer sagt, dass ich gar nicht so übel bin? Du weißt kaum was von mir. Bis vor ein paar Minuten hast du nicht mal meinen richtigen Namen gekannt. Ich könnte ein Mistkerl sein, der sich nur gerade mal gut benimmt.«

»Und? Sind Sie das?«

»Ich gebe mich gern geheimnisvoll. Wenn du es herausfinden willst, wirst du wohl in der Nähe bleiben müssen.«

»Hm.« Ich betrachtete seine markanten Gesichtszüge und versuchte mir vorzustellen, was für ein Mensch er wirklich war. Ich hatte immer geglaubt, dass Menschen normalerweise nicht verbergen können, wer sie wirklich sind. Ich hatte mal gelesen, dass unsere Gesichtszüge im Ruhezustand immer mehr widerspiegeln, wie wir leben. Wenn man den ganzen Tag ein grimmiges Gesicht macht, werden die Muskeln, die man dafür braucht, immer kräftiger und verwandeln unseren neutralen Gesichtsausdruck in einen bedrohlichen. Jemand, der den ganzen Tag lächelt, würde glücklicher aussehen und so weiter.

In Liams Gesicht glaubte ich, nur intensive Konzentration zu erkennen. Ich konnte mir vorstellen, dass er ein Leben lang immer bloß ein bestimmtes Ziel verfolgt hatte. Ich sah ihn vor mir, wie er sich von allem abschottete und unermüdlich arbeitete und arbeitete, mehr, als andere das konnten. Er gehörte zu jenen Menschen, denen die Welt nichts anhaben konnte – zu jenen Menschen, die man sich nicht aussuchen konnte, weil sie einen aussuchten.

Je länger ich ihn anschaute, desto sicherer war ich mir, dass er mich tatsächlich ausgesucht und beschlossen hatte, ich sollte Teil seines Lebens werden. »Wenn ich Sie anschaue«, sagte ich, »sehe ich nur einen Mann, von dem ich mir niemals hätte vorstellen können, dass er sich für ein Mädchen wie mich interessiert.«

»Ich lasse mich nicht leicht ablenken, aber seit du mein Paket in die Finger bekommen hast, habe ich an nichts anderes denken können.«

»Nun.« Meine Stimmbänder schienen nicht mehr als ein raues Flüstern zustande zu bringen, als hätte er sogar die Luft irgendwie verzaubert. Ich wollte unbeeindruckt – sogar lässig – klingen, aber es fühlte sich an, als hätte sich eine Hand sanft um meine Kehle gelegt, bis ich meinen Puls in meinen Ohren dröhnen hörte. »Das ist eine manipulative Wortwahl.«

»Welcher Teil? Dass ich nicht aufhören kann, an dich zu denken, oder dass es mir gefallen hat, dass du an meinem Päckchen herumgefummelt hast?«

Ich war mir nicht sicher, ob der Raum um mich herum immer mehr zusammenschrumpfte, jedenfalls schien Liam immer mehr in Kussnähe zu rücken.

»Beides …«

Seine Fingerspitzen lagen auf einmal an meinem Gesicht und glitten von meinem Ohr zu meinem Kinn hinunter, was ein wunderbar kribbelndes, heißes Gefühl auf der Haut hinterließ. Ich schloss die Augen, beugte mich vor und spitzte die Lippen. Es geschah automatisch. Ich hätte es nicht aufhalten können, wenn ich es gewollt hätte, genau wie ich es nicht hätte verhindern können, nach Luft zu schnappen, wenn ich ertrank.

Ich spürte den ersten Kontakt unserer Lippen. Er war nicht übereilt. Er war sanft und zärtlich. Alles um uns herum schien sich zu verdichten. Meine Ohren verschlossen sich, meine Sinne fuhren hinunter, bis auch der hinterste Winkel meines Gehirns nur noch auf den Kuss konzentriert war – auf seine Lippen.

Zarte, zugleich feste Haut. Wärme. Genau die richtige Menge Feuchtigkeit und ein unaufdringlicher Geschmack, nach dem ich hätte süchtig werden können. Es war pure Glückseligkeit, und in diesen wenigen Sekunden wurde ich von ihm verzehrt.

Deshalb hörte ich erst nicht, dass es klopfte. Ich spürte, wie sich diese Lippen, die ich gerade erst zu erforschen begonnen hatte, entfernten. Ich schnellte vor, wollte mehr, fand aber nichts. Als ich die Augen öffnete, schaute er Richtung Tür. »Ich glaube, dein Schlosser ist da.«

Wie konnte es anders sein. Ich stand zu schnell auf und wäre beinahe ohnmächtig geworden, als das ganze Blut in meinen Kopf rauschte. Offenbar hatte es sich vorher in einem anderen Körperteil angesammelt. »Tut mir leid, dass ich Sie geküsst habe«, sagte ich. »Ich bin mir nicht mal ganz sicher, was das war. Ich habe es sonst nicht mit dieser spontanen Romantik. Vermutlich war ich noch nicht ganz wach.«

Er erhob sich langsam. »Ich bin mir ganz sicher, dass ich derjenige war, der dich geküsst hat. Ich weiß nicht, ob dir das als Verdienst angerechnet wird, wenn du einfach dasitzt und es geschehen lässt.«

»Na gut, dann tut es mir eben leid, dass Sie mich geküsst haben.«

»Mir nicht.«

Ich schluckte. Es war ein heftiges, cartoonartiges Schlucken, ein dramatisches und peinlich lautes Schlucken. »Ja, ich sollte dann wohl los.«

»Ich hole dich morgen um sieben ab.«

Mir schien kein Grund einzufallen, wieso ich widersprechen oder meine Meinung ändern sollte. Ich spürte nur noch so ein aufgeregtes Flirren im Bauch, wie ich es noch nie gekannt hatte. Dies und ein völlig uncharakteristisches Bedürfnis, Emily anzurufen und mit ihr ein richtiges *Mädchen-Gespräch* zu führen.

So tief würde ich nicht sinken. Zunächst einmal würde ich mir so viel wie möglich von meiner Würde bewahren, auch wenn es sich anfühlte, als sei Liam Hightower eine Flutwelle aus Charme, gutem Aussehen und Anhimmelungswürdigkeit, die alles Miesepetrige überrollte, das immer typisch für mich gewesen war.

# SECHS

*Liam* Ich wachte zerschlagen und mit dem Gefühl auf, nicht allein zu sein. Ich blinzelte ein paarmal, bis ich sehen konnte, dass es noch sehr früh war. Mein Wecker hatte noch nicht geklingelt, und mein Schlafzimmer wurde nur von der hellblauen elektronischen Werbetafel auf der gegenüberliegenden Straßenseite erhellt. Zum bestimmt zehnten Mal, seit ich diese kleine Wohnung angemietet hatte, war ich kurz schockiert, in einem anderen Bett als meinem aufzuwachen – durch das Fenster auf eine andere Aussicht zu schauen.

In der Tür stand eine nur undeutlich wahrnehmbare Gestalt.

Ich schoss in die Höhe, und der plötzliche Adrenalinausstoß fegte den letzten Rest Müdigkeit hinweg.

»Wie schade. Ich hatte gehofft, du würdest inzwischen nackt schlafen.«

»Celia? Was zum Teufel tust du in meiner Wohnung?«

Ich knipste das Licht an und sah sie zum ersten Mal seit Monaten wieder in voller Lebensgröße. Schwarze Haare, die fast immer zu einem Pferdeschwanz zusammengebunden waren. Bösartige braune Augen und ein grausamer Mund. Wie immer hing so viel von ihren Brüsten aus ihrer Kleidung heraus, dass es aussah, als könnte schon ein leichtes Niesen zu ihrer Befreiung führen.

Seit unsere Eltern damals geheiratet hatten, hatte sie versucht, mich zu verführen. Bei dem Gedanken drehte sich mir schon immer der Magen um, aber in letzter Zeit hatte sie es zu weit getrieben, selbst für ihre Verhältnisse.

»Ich bin natürlich wegen dir hier, *Bob.*«

»Hau ab. Ich kann die Bullen anrufen, ich kann dich aber auch selbst rauswerfen. Wie es dir lieber ist.«

Sie gab einen Ton von sich, der wie das Schnurren einer Katze klang. »Wenn du mich selbst rauswirfst, musst du mich anfassen.«

»Du hast recht. Ich glaube, ich habe eine Spraydose mit Insektengift unter der Spüle. Vielleicht die bessere Lösung.«

Sie lächelte spöttisch. »Liam. Ich kann dafür sorgen, dass all das aufhört. All die Gerüchte. Der Ärger. Du musst mir nur geben, was ich will.«

»Niemals.«

Sie lachte. »Du glaubst immer noch, ich will dich vögeln, nicht wahr? Darum geht es nicht. Ging es nie, aber es überrascht mich nicht, dass du immer zu kurzsichtig warst, um das zu erkennen. Jede andere Frau will sich dir an den Hals werfen, wieso also nicht auch ich?«

Ich hob beschwichtigend die Hände. »Ich weiß es nicht, Celia, aber vielleicht könntest du mit deiner dramatischen Ansprache zum Ende kommen, damit ich dich wieder aus meinem Leben werfen kann.«

»Ich will, dass du unglücklich bist, Liam. So einfach ist das. Vielleicht wollte dich irgendein fehlgeleiteter Teil von mir mal für sich selbst haben, aber diese Gelegenheit hast du verpasst. Ich habe diese Gerüchte verbreitet, weil ich wusste, dass dich außer deiner Arbeit nichts interessiert. Aber das ändert sich gerade rasant, nicht wahr? Du interessierst dich auch noch für etwas anderes, und sie wohnt gleich … gegenüber.«

»Mach, dass du rauskommst.«

Wieder lachte Celia, aber diesmal ging sie wenigstens auf die Tür zu. »Ich wollte dich nur wissen lassen, dass ich auch ruinieren werde, was immer da zwischen euch beiden läuft, und wer weiß, wenn ich deine kleine Affäre erst beendet habe, gönne ich dir quasi als Entschuldigung eine Nacht mit mir.«

»Raus!« Ich riss die Tür auf und knallte sie zu, sobald Celia im Flur war.

Dann lehnte ich die Stirn gegen die Wand, schloss die Augen und ließ mir ihre Drohung durch den Kopf gehen. Ich konnte mir nicht vorstellen, was sie unternehmen könnte, um die Geschichte zwischen Lilith und mir zu vereiteln, aber ich kannte meine Stiefschwester gut genug, um zu wissen, dass sie ganz sicher einen Plan hatte.

Lilith setzte sich neben mich. Wir hatten brasilianische Grillteller bestellt, was im Prinzip ihrer Forderung nach rohem Fleisch entsprach. Die Kellner brachten Platten mit rohem Steak, Hähnchen und Gemüse an unseren Tisch, dazu eine Reihe Soßen. Vor uns standen ein dampfend heißer Grill sowie Bratspieße und Zangen.

Man hatte uns einen recht ruhigen Tisch weit hinten im Restaurant zugewiesen. Die noch nicht sehr zahlreichen Gäste saßen um Kochfelder herum wie in japanischen Steakhäusern, aber es ging intimer zu, weil jeder selbst und in seinem eigenen Tempo sein Essen briet. Das Geräusch des auf den Grills zischenden Essens und die Gespräche der Leute schufen ebenfalls eine seltsam intime Atmosphäre.

»Wie gewünscht«, sagte ich und deutete auf das Essen.

Sie musterte mich. Nicht zum ersten Mal war ich überwältigt von ihrem Anblick. Ich hatte auch schon früher Frauen gesehen, die ich schön fand, aber noch nie hatte mich eine dermaßen fasziniert. Alles an ihr schien mich anzuziehen, von der einzelnen Sommersprosse oberhalb ihres Mundwinkels bis zu ihren liebenswerten Versuchen, so hart zu sein. Ich wusste, das war nicht *alles* gespielt, aber es fühlte sich an, als könnte ich durch all das Blendwerk hindurchsehen. Ich sah das liebenswerte Mädchen, das sich dahinter versteckte, das, das sie niemandem zu zeigen wagte. Ich sah die Unsicherheit, die sie dazu brachte, Mauern hochzuziehen und Menschen wegzustoßen. Mir machten sie keine Angst, und das würden sie auch nie.

»Du weißt schon, dass das mit dem rohen Fleisch nur ein Scherz war, oder?«, fragte Lilith.

»Ehrlich gesagt war ich mir nicht ganz sicher.«

Das entlockte ihr tatsächlich ein Lächeln. Dass sie so selten lächelte, machte jedes Lächeln wertvoll, und mir war klar, wie süchtig ich danach werden könnte, ihr das nächste entlocken zu wollen. Liliths blasse Haut hob sich milchig weiß und zart von ihrem Kleid ab. Es war dunkellila und ließ den Rücken frei, war vorne aber hochgeschlossen. Ihr Haar hatte sie zu einem einfachen, aber attraktiven Knoten hochgesteckt. Vielleicht hatte ich aber auch nur schon den gefährlichen Punkt erreicht, an dem mir einfach alles an ihr gefiel.

Ich staunte, wie schnell es geschah. Sie veränderte mich in kürzester Zeit. Hatte ich mich vor ein paar Tagen noch isoliert und einsam gefühlt, konnte ich jetzt bereits die Belebung spüren. Nicht, dass ich vorher kein Interesse an Dates gehabt hätte, ich hatte nur immer wenig Zeit für Beziehungspflege gehabt, und irgendwann hatte ich es mehr oder weniger aufgegeben. Mich um Lilith zu bemühen fühlte sich nicht so an, als müsste ich die Zeit mühsam aus meinem Arbeitstag herausschinden. Es fühlte sich eher so an, als müsste sich mein Arbeitstag dem Zeitplan anpassen, den meine Bemühungen um Lilith vorgab.

»Weißt du, ich habe das schon lange nicht mehr gemacht«, sagte ich. Ich umwickelte gerade ein Fleischstück mit Gemüse, wie ich das vor ein paar Jahren bei einem Kollegen gesehen hatte – damals meine erste Erfahrung mit brasilianischen Grilltellern. Ich war mir nicht sicher, ob es die richtige Technik war, aber es hatte gut geschmeckt.

»Dich mit einer Frau verabredet?«, fragte sie und machte es mir nach, legte das kleine Fleischstückchen auf den Tisch und träufelte Soße darüber.

»Ja, ich glaube, seit drei Jahren nicht mehr, wenn nicht länger. Vermutlich habe ich es mir einfach abgewöhnt.«

»Ich glaube, Dates sollten sich nicht wie eine Verpflichtung anfühlen. Es ist ja nicht wie Zähne mit Zahnseide pflegen oder Rasenmähen. Man sollte es eigentlich gern tun wollen.«

»Und du?« Gedankenlos warf ich ein paar Gemüsestücke neben das Fleisch auf den Grill. Wieder tat Lilith es mir nach.

»Zufälligerweise hat es mich schon seit längerer Zeit nicht mehr gereizt.«

»Wie lange genau?«

»Keine Ahnung. Sechs oder sieben?«

»Monate?«

»Jahre …«

Ich lachte. »Und dann ziehst du *mich* auf?«

Sie zuckte mit den Schultern. »Ich gebe nicht vor, ein normal funktionierender Mensch zu sein, so wie du.«

»Also echt! Ich habe nie vorgegeben, ein normal funktionierender Mensch zu sein. Habe ich dir nicht erzählt, dass meine Stiefschwester versucht, mein Leben zu ruinieren, weil ich keine Affäre mit ihr will?«

Ihre Mundwinkel zuckten nach oben. »Kommt mir bekannt vor.«

Mir verging das Lächeln, wenn ich an das Gespräch dachte, das ich am Morgen mit ihr geführt hatte. »Sie ist nur die Spitze des Eisbergs, und dabei belassen wir es lieber, ich will dir den Appetit nicht mit der ausführlichen Geschichte verderben.«

Lilith sah mich an, und irgendetwas in ihrem Gesichtsausdruck gab mir Rätsel auf. Es war entweder furchterregend oder sexy oder beides. »Soll ich mich deiner Stiefschwester mal annehmen? Ich könnte ihr erzählen, dass ich demnächst das perfekte Baby von ihrem Stiefbruder erwarte, sie kann also ruhig aufgeben. Oder ich könnte sie im Schlaf erstechen.«

»Dann hältst du mich also für perfekt, wie?«

Sie verdrehte die Augen, konnte ihr Grinsen aber nicht völlig verbergen. »*Das* hast du dir gemerkt von dem, was ich gesagt habe?«

Ich schüttelte den Kopf und richtete den Blick in die Ferne. »Du solltest Celia nicht auf die Idee bringen, zwischen uns könnte was Ernsteres laufen. Das würde sie nur noch mehr anstacheln.«

»Und? Wird sie jemals aufgeben, wenn du dich ihr nicht stellst?«

»Ich kann mir kein Szenario vorstellen, das bewirkt, dass sie wirklich ›aufgibt‹. Ich kann mir vorstellen, dass ihr eine Zeit lang langweilig wird, aber ich glaube nicht, dass es jemals aufhören wird. Nicht völlig.«

»Dann stacheln wir das Biest eben an.«

Ich lachte über ihre Ernsthaftigkeit. »Ich glaube, vor ein paar Hundert Jahren hättest du eine richtig gute Spionin oder Mörderin abgegeben. Nein, Spionin wohl doch eher nicht. Deine kleine Spionageaktion im Café war ein ziemlicher Reinfall, aber ich kann mir gut vorstellen, wie du jemanden erstichst.«

Eins ihrer seltenen Lächeln verzauberte ihr Gesicht, und ich genoss jede Sekunde.

»Erstens: Ich habe dich nicht ausspioniert, also hör auf, dich selbst zu beweihräuchern. Ich hatte nur zufällig meine Ausrüstung zum Vögelbeobachten dabei, und die kann man durchaus mit einer Spionageausrüstung verwechseln. Du warst derjenige, der völlig durchgedreht ist und mich in die U-Bahn gejagt hat. Zweitens: Ich bin mir nicht sicher, ob das mit dem Erstechen als Kompliment gemeint war, aber ich betrachte es als solches.«

Ich deutete auf unser Essen, das auf dem Tisch vor sich hin brutzelte. »Wir sollten das umdrehen. Das Fleisch aus dem Gemüse pellen und es ein oder zwei Minuten direkt auf den Grill legen, damit es jetzt anbrät.«

Sie nickte und tat es mir nach. Die Gemüsestücke waren am Rand schon etwas angekohlt.

»Dieser Laden ist irgendwie cool«, sagte sie. »Ich komme mir vor wie eine Steinzeitfrau.«

»Du handhabst deine Utensilien jedenfalls wie eine«, gab ich zurück.

Sie starrte mich böse an. »Willst du rausfinden, ob ich das Messer besser handhaben kann als diese bescheuerten Zangen?«

»Ich würde dich viel lieber etwas ganz anderes handhaben sehen.«

Einen Moment lang wirkte sie verwirrt, dann riss sie kurz die Augen auf und richtete den Blick wieder auf das Essen. »Darf ich mal ganz ehrlich sein? Und du musst mir versprechen, dass du nicht glaubst, ich würde mir nur gern irgendein lahmes Kompliment machen lassen, okay?«

»Ja«, erwiderte ich. Mein Magen krampfte sich ein wenig

zusammen bei ihrer Frage. Solche Einleitungen bedeuten normalerweise, dass einem jemand sagen will, man passe leider doch nicht zusammen, oder derjenige hat eine tödliche Krankheit oder man hat den ganzen Abend ein riesiges Stück Fleisch zwischen den Zähnen gehabt. »Nur zu.«

»Ich werde das Gefühl einfach nicht los, dass das Ganze nur ein Streich ist. Du bist nicht der Typ Mann, der mich um ein Date bittet, und du bist definitiv nicht der Typ Mann, der je Interesse gezeigt hätte, mit mir zu schlafen. Kannst du mir einfach versprechen, dass dies kein Witz ist?«

»Im Ernst? Wie kommst du bloß auf die Idee, dass ich mit so etwas Witze machen würde?«

Sie zuckte mit den Schultern, und auf einmal wirkte sie überhaupt nicht mehr so hart. Ein paar Sekunden lang glaubte ich zu sehen, was sie so erfolgreich hinter Sarkasmus und schwarzem Humor versteckte. Sie stieß Menschen nicht weg, weil sie gemein oder grausam war, sie stieß sie weg, weil sie Angst hatte, verletzt zu werden, ihnen die wahre Lilith zu zeigen und verspottet oder zurückgewiesen zu werden. »Vermutlich hat mich die Erfahrung gelehrt, skeptisch zu sein, wenn jemand nett zu mir ist.«

Ich hätte sie gern gefragt, was geschehen war, aber es schien mir nicht der richtige Zeitpunkt zu sein. Ich konnte es gerade nicht brauchen, dass ihre alten Gespenster wiederauferstanden, sie musste sich einfach nur sicher fühlen. Ich musste sie überzeugen, dass sie sich sicher fühlen konnte, wenn sie mit mir zusammen war – dass ich nie irgendetwas an ihr für selbstverständlich halten würde.

Ich griff unter dem Tisch nach ihrer Hand und sah ihr in die Augen. »Wie wäre es mit Folgendem: Ich gebe dir einen Schlüssel zu meiner Wohnung. Solltest du jemals das Gefühl haben, ich würde dich austricksen, kannst du nachts rüberkommen und an mir deine Messerkünste ausprobieren.«

Ihr schiefes Lächeln erlosch gleich wieder. »*Eigentlich* bin ich gar nicht so drauf aus, Leute zu erstechen. Ich sage das nur immer, weil es die Leute nervös macht.«

»Nun, es funktioniert.« Ich lachte. »Aber ich meine das ernst. Ich würde nie versuchen, dich auszutricksen. Ich habe dich zum Essen eingeladen, weil ich eine Verbindung zwischen uns gespürt habe. Ich wollte dich kennenlernen, weil ich glaube, du bist interessant, und ich wollte mit dir schlafen, weil … na ja, schau dich doch an.«

»Du solltest mir doch keine Komplimente machen. Jetzt fühlt es sich an, als hätte ich sie aus dir rausgekitzelt.«

»Du brennst.«

»Was? Sagen das die coolen Jungs heutzutage, wenn sie ›heiß‹ meinen? Das ist nämlich ziemlich lahm.«

»Nein.« Ich grinste. »Dein Essen.«

Sie schabte ihr Essen vom Grill, das sich auf der Grenze zwischen angebrannt und verkohlt bewegte.

»Absolut so gewollt. Es ist nur schwarz geworden, das ist alles. Deins sieht auch nicht so toll aus.«

»Ich glaube, es ist eher verkohlt.«

Ich schnitt ein Stück von meinem Fleisch ab und steckte es mir in den Mund. Sobald ich auf der dicken Schicht verbrannter Masse herumzukauen begann, hatte ich einen ascheartigen, bitteren Geschmack auf der Zunge. Obwohl mir Tränen in die Augen traten, zwang ich mich zu schlucken. »Keinesfalls. Total lecker.« Ich hustete in die Hand und zuckte mit den Schultern. »Oder auch nicht.«

Ich wusste, es war ein erfolgreiches Date, zumindest halbwegs, denn das verbrannte Essen konnte uns nicht die Stimmung verderben. Wir aßen um die schlimmsten Teile herum, und es gelang mir sogar, Lilith noch ein- oder zweimal zum Lächeln zu bringen, bevor die Rechnung kam.

Wir nahmen gemeinsam ein Taxi zurück zu unseren Wohnungen. Als wir zum Restaurant aufgebrochen waren, war es nur ein wenig kühl gewesen, aber mit fortschreitendem Abend war es beißend kalt geworden.

Wir standen auf dem Bürgersteig vor unserem Gebäude und ließen ein paar Leute an uns vorbeigehen. Lilith hatte die Arme um ihren Körper geschlungen, und ich zog sie, ohne groß nachzudenken, an meine Brust. Erst machte sie sich ganz steif, aber dann entspannte sie sich und legte den Kopf an meine Brust. Ich ließ die Hände ihren Rücken hinaufwandern und presste sie an mich. Es fühlte sich gut an, sie zu halten. *Verdammt gut.*

Ich blickte in den Himmel zwischen den Wolkenkratzern um uns herum hinauf und sah die ersten Schneeflocken herabwirbeln. Ich schloss die Augen und versuchte mit aller Macht, mir diesen Moment einzuprägen. Er hätte eigentlich nichts Besonderes sein sollen. Erstes Date. Eine lange Umarmung. Sie hätte eigentlich nur ein weiteres Mädchen sein sollen, das wieder aus meinem Leben verschwinden würde.

Aber das konnte ich mir nicht vorstellen. Noch nie hatte ich mich an jemandem so sehr festhalten wollen. So verzweifelt. Lag es nur daran, dass Celia alles in Bewegung setzte, um mein Leben zu ruinieren? Vielleicht war meine Fixierung auf Lilith nur eine Zwangshandlung, um zu beweisen, dass ich trotz Celias Anstrengungen eine Beziehung hinbekam.

*Vielleicht.* Aber ich bezweifelte es. Ich glaubte nicht, dass ich mich so gut selbst belügen konnte. Was ich spürte, schien echt zu sein.

Ich gab ein wenig mehr Druck auf ihren Rücken, und sie gab ein leises, zufriedenes Seufzen von sich.

»Du bist so warm. Wie ein Werwolf aus Twilight. Bist du tatsächlich ein Werwolf, *Bob Smith?*«

Ich grinste. »Bis zum nächsten Vollmond sind noch ein

paar Wochen hin. Wenn du es herausfinden willst, musst du wohl noch ein bisschen bei mir bleiben.«

»Verdammt. Und da hatte ich gehofft, das würde ein One-Night-Stand bleiben.« Sie versteifte sich wieder, und ich konnte mir ihren überraschten Gesichtsausdruck lebhaft vorstellen.

*Du hattest nicht vorgehabt zuzugeben, dass du gern mit mir schlafen würdest, nicht wahr?*

»Dann ist Sex also denkbar?«, fragte ich.

»Normalerweise halte ich beim Sex mehr vom Machen als vom Denken.«

Ich ließ die Hand in ihre Handtasche gleiten, fand ihren Schlüsselbund, holte ihn heraus und wedelte damit vor ihren Augen herum. Dann steckte ich ihn in meine Jackentasche und sah sie bedeutungsvoll an. »Ich glaube, du hast deine Schlüssel schon wieder in deiner Wohnung vergessen. Sieht so aus, als müsstest du eine Weile bei mir bleiben, während wir auf den Schlosser warten.«

Sie zog eine Augenbraue nach oben. »Für was hältst du mich eigentlich, für ein beliebiges Flittchen, das jede Gelegenheit nutzt, um sich dir in die Arme zu werfen?«

# SIEBEN

Lilith Wir kamen nicht weiter als bis in den Flur seiner Wohnung, da hatte er mich schon gegen die Wand gedrängt. Seine Lippen stürzten sich heißhungrig auf meine. Ich fühlte mich, als würde ich von der Sturmflut eines anderen Lebens überrollt. Ich hatte auch vorher schon Sex gehabt. *Gewissermaßen.* Wenn ein seltsames Gefummel während meiner Highschoolzeit mitzählt. Es hatte sich nicht so drängend angefühlt, nicht wie dies, als würde irgendetwas tief in meiner Brust nach außen durchbrechen wollen.

Was Liam anging, hatte ich meine Zweifel, angefangen damit, dass ich ihn unter falschem Namen kennengelernt hatte. Dennoch konnte ich die grundlegende Verbindung zwischen uns nicht leugnen. Wir hatten einen Draht zueinander. So einfach war das. Keine Ahnung, wohin das nach diesem Abend führen würde, aber im Moment wollte ich nicht gegen meinen Instinkt ankämpfen. Ich wollte mir die Augen verbinden, mir Handschellen anlegen und den Rest meinem Instinkt überlassen.

Seine Hände fühlten sich angenehm kräftig an. Sie glitten mein Bein hinauf und schoben mein Kleid dabei hoch.

Ihn zu küssen war berauschend. Mein Gehirn machte sich

nicht selbstständig. Alles in mir konzentrierte sich auf diesen Moment. Auf uns. Es war, als würde man in warmes Wasser eintauchen, jedenfalls wenn das Wasser etwas von berauschenden Küssen versteht und gern Hintern drückt.

»Wird von mir erwartet, dass ich frage, ob wir dies tun sollten?«, brachte ich zwischen zwei Küssen hervor. »Das sagt man doch anständigerweise in so einem Moment, nicht wahr?«

»Wie meinst du das?« Er hob den Kopf, um mir in die Augen sehen zu können. Seine Finger glitten mit beängstigender Zärtlichkeit über mein Gesicht.

Ich war in einem eher lieblosen Elternhaus aufgewachsen, und meine Eltern hatten es nie so mit Umarmen, Küssen und Schmusen gehabt. Liams Art, mich zu berühren, weckte ein tief in mir schlummerndes Bedürfnis. Ich wäre am liebsten in seine Hände hineingeschmolzen.

»Ich habe das Gefühl, ich müsste so tun, als hätte ich gerade irgendwelche Zweifel«, sagte ich. »Du weißt schon, damit du nicht denkst, ich wäre total erpicht darauf, mit dir zu schlafen. Die kostbare Jungfernschaft erhalten und so.«

Er grinste. »Mir ist es egal, ob du eine hehre Jungfrau bist. Ich möchte, dass du dies genauso sehr willst wie ich. Pfeif auf all die ungeschriebenen Regeln. Ich will dich gerade nur für mich haben. Von Kopf bis Fuß.«

Ich biss mir auf die Lippe. »Dann bring mich in dein Schlafzimmer, denn ich glaube, wenn ich noch länger warten muss, explodiere ich.«

Er packte mich hinten an den Oberschenkeln und hob mich hoch, sodass ich wie ein überdimensioniertes Kind an ihm hing, die Hände um seinen Nacken geschlungen. Ich ließ zu, dass er mich durch seine Wohnung und zu seinem Bett trug, auf das er mich zu meiner Überraschung einfach draufwarf. Als ich landete, hätte ich beinahe gekichert. *Gekichert.*

Ganz egal, wie viel Spaß ich hatte, eines würde ich auf gar keinen Fall tun, und das war *kichern*.

Ich entschied mich für ein unterdrücktes Lächeln. Er zog gerade sein T-Shirt aus, und diesmal schaute ich nicht weg. Ich ließ den Blick genüsslich über jeden einzelnen Muskel seines Oberkörpers wandern, über die harten Konturen und gefälligen Flächen, die meinen Blick magisch anzogen. Es gab da einen natürlichen Pfad wie ein gut gelungenes Gemälde, und dieser Pfad hatte nur ein Ziel, den Blick nach unten zu lenken und nach unten und *nach unten*. Fasziniert beobachtete ich, wie er die Schnalle seines Gürtels öffnete. Ihr Gewicht zog seine Hose gerade so weit hinunter, dass ich das Gummiband seiner Unterhose sehen konnte. Ein grauer Hosenbund und schwarze, eng sitzende Boxershorts.

In dem Moment hinterfragte ich alle Lügen, die ich mir je erzählt hatte, von wegen ein Dildo könne einen Mann ersetzen, egal wie hochklassig das Gerät sein mochte. Meinem Dildo konnte ich nicht dabei zuschauen, wie er sich auszog. Ein Dildo verströmte auch keinen männlichen Geruch, keinen Cocktail an Pheromonen, der meinen Unterleib in Flammen setzte und mir die Hitze direkt ins Gehirn jagte. *Babys. Babys. Babys.* Ich hatte mir nie ernsthaft Gedanken über Kinder gemacht, aber als ich Liam so über mir sah, konnte ich mir ein dunkelhaariges, sarkastisches kleines Mädchen in meinem Leben vorstellen, und ich konnte mir vorstellen, wie heiß es sein würde, wenn Liam in mir kam.

Allerdings stieg ich sofort auf die mentale Bremse. Heiß war das eine, praktisch das andere. Zumindest ein Teil meines Kopfes war in der realen Welt noch funktionstüchtig, auch wenn Liam mir neunzig Prozent schon verdreht hatte. Ich wollte eine erfolgreiche Geschäftsfrau werden und eines Tages vielleicht sogar meine eigene Firma haben. Das Letzte, was ich da brauchen konnte, war ein Kind.

Seine Hose fiel hinunter, und mein Kinn folgte.

*Saubere Ausbuchtung.*

Unsere Küsse hatten ihn eindeutig einsatzbereit gemacht, und wenn ich die pulsierende Hitze zwischen meinen Beinen richtig deutete, war ich genauso bereit.

»Das funktioniert nur, wenn wir uns beide ausziehen«, sagte er.

»Ach wirklich? Dann willst du also behaupten, was man uns im Kindergottesdienst über Reproduktion erzählt hat, war eine Lüge?«

Er beugte sich über mich und streifte mir die Träger meines Kleids von den Schultern. »Ich glaube, es ist eine Lüge, dass du je im Kindergottesdienst warst, da bringen sie einem nämlich nichts über Reproduktion bei.«

»Wieso sollte ich nicht religiös sein?«

Sein Blick folgte die ganze Zeit seinen Händen, als er mich fast schon wie bei einem Ritual entkleidete. Er genoss eindeutig jeden Zentimeter Haut, den er entblößte, als wäre ich ein lebensgroßes Weihnachtsgeschenk. »Bist du's?«

»Vielleicht. So einfach gebe ich meine Geheimnisse nicht preis.«

»Geheimnisse, soso.« Er senkte den Kopf und presste die Lippen auf meine Brüste, direkt oberhalb meines BHs.

Ich schnappte nach Luft und wölbte ihm unwillkürlich das Becken entgegen. In mir loderte ein nicht mehr einzudämmendes Feuer, und ich wusste, er war der Einzige, der es löschen konnte. Ich brauchte ihn. Auf mir. *In mir.*

»Nun«, sagte er, als er den Kopf hob und mich wieder auf den Mund küsste. »Egal ob du religiös bist, ich glaube, du wirst den Namen des Herrn noch so manches Mal missbrauchen, bevor ich mit dir fertig bin.«

Ich verkniff mir das Lachen. »Soll das eine Herausforderung sein?«

»Vielleicht.«

»Dann pass nur auf.«

»Keine Sorge. Ich hatte nicht vor, den Blick so bald von dir abzuwenden.«

Er zog mir den Rest meines Kleides aus und hockte sich dann auf die Knie, um mich erneut mit Blicken zu verschlingen. Noch nie hatte mich jemand so angeschaut wie er. Es war keine blinde Lust oder flüchtige Anziehung. Wenn er mich ansah, wirkte er *ergriffen*. Ich konnte mir vorstellen, wie sich die Rädchen in seinem hübschen Kopf drehten und die Gedanken rasten, um etwas zu begreifen, das er nicht recht zu fassen bekam. Aber was war es? Was versuchte er zu begreifen?

Er setzte mich auf und griff nach dem Verschluss meines BHs. Ich spürte ihn ein paar Sekunden daran herumnesteln, dann sah er mich schuldbewusst an. »Ich glaube, er hat sich verklemmt.«

»Das tut er gern. Lass mich einfach …«

»Nein«, widersprach er. »Ich mache das schon.« Er riss die Hände auseinander, und ich hörte das nervenzerfetzende Geräusch, mit dem sich mein Fünfzig-Dollar-BH gegen seinen Willen öffnete. Obwohl ich zum ersten Mal seit Jahren mit nackten Brüsten vor einem Mann saß, konnte ich nur daran denken, dass er gerade meinen Lieblings-BH zerrissen hatte – den, in dem meine Brüste wie perfekt symmetrische, muntere kleine Grapefruits aussahen. Nun, Äpfel, vielleicht. Oder irgendetwas ein wenig Kleineres, aber es ging darum, dass der BH sie gut aussehen ließ, und dann musste dieser große Rohling den Neandertaler in sich rauslassen und ihn mir gewaltsam vom Leib reißen.

»Weißt du, wie schwierig es ist, einen guten BH zu finden?«

»Ich kaufe dir einen neuen.« Er wollte mich wieder küssen, aber ich legte ihm den Finger an die Lippen.

»Den habe ich aus einem Laden, der pleitegegangen ist. Also wirst du das kaum schaffen, außer du hättest eine Zeitmaschine.«

»Ich lerne nähen und flicke ihn dir wieder.«

Ich starrte ihn böse an, musste mir aber das Lachen verkneifen, denn mir kam eine Idee. »Du musst das tatsächlich wiedergutmachen, aber nicht mit Nadel und Faden. Ich will, dass du das Alphabet für mich buchstabierst.«

»Buchstabieren ... Dir ist schon klar, dass das Alphabet nicht ›buchstabiert‹ wird, oder? Das sind alles einzelne Buchstaben, und was soll ...«

Ich deutete hinunter zu meinem Höschen, das peinlicherweise von all dem Küssen und Ausziehen schon einen nassen Fleck hatte.

Er sah mich verwirrt an. »Das Alphabet buchsta... oh. Du meinst, auf deiner? *Oh* ...«

Keine Ahnung, wieso ich geglaubt hatte, das würde für ihn wie eine Bestrafung klingen. Wie es aussah, hatte ich ihm stattdessen einen Gefallen getan. Er zog mir das Höschen aus und warf es auf den Boden.

Und so war ich plötzlich nackt wie am Tag meiner Geburt, während er noch immer seine Boxershorts trug. Das würde ich korrigieren, aber es hatte Zeit.

Ich legte die Hand über meine Scham und sah ihn an. Zwar hatte ich selbstsicher dahergeredet, vor allem bei meiner letzten Aufforderung, aber die Wahrheit lautete, dass ich mich am liebsten zusammengerollt und in mir verkrochen hätte. Meine einzige sexuelle Erfahrung hatte ich beim Abschlussball der Highschool gemacht. Ich war erst zwei Monate zuvor achtzehn geworden und war auf die klassische »Nur ein bisschen«-Taktik reingefallen. Wie sich herausstellte, hatten wir beide keine Ahnung, wie wichtig Befeuchtung war, natürlich oder anders, und so hatten wir uns zehn Minuten umsonst rumgeplagt, während er an mir herumstocherte, bis ich das Ganze schließlich abbrach.

Je nachdem, welches Etikett man dem aufdrücken wollte, war ich vermutlich noch Jungfrau. Jedenfalls wenn die Silikonpenisse nicht mitzählten.

Ich konnte nicht wegschauen, als er den Kopf zwischen meine Schenkel senkte. Von meiner Position aus, angelehnt an die Kopfkissen, hatte ich einen fantastischen Blick auf seinen breiten, muskulösen Rücken. Mit den Händen hielt er meine Oberschenkel fest gepackt, und als er für den Bruchteil einer Sekunde hochschaute, sah er mich so herausfordernd an, als wollte er sagen: *Du kriegst gleich mehr, als du dachtest.*

Er legte den Mund an die richtige Stelle und tat *genau, was ich verlangt hatte.*

Zuerst formte er mit der Zunge ein »A«, dann ein »B«, und bis er beim »M« angekommen war, steckte ich in Schwierigkeiten. Alle Illusionen, dass ich die Situation im Griff hatte, platzten wie Seifenblasen. Er war hier der Meister. Allein mit seiner Zungenspitze schaffte er es, dass ich ihm völlig ausgeliefert war. *Und es gefiel mir.*

Ich kämpfte immer so hart dafür, nie jemandem unterlegen zu sein. Ich hatte mich mit Händen und Füßen dagegen gewehrt, die perfekte kleine Komplettlösungs-Braut zu sein, die meine Eltern aus mir hatten machen wollen. Ich wollte nicht das mädchenhafte Mädchen sein, das gern Rosa trug und von einem Mann verwöhnt werden wollte. Aber irgendwann hatten meine verbissenen Versuche, nicht diesem Stereotyp zu entsprechen, wohl dazu geführt, dass ich mich zu einem anderen entwickelt hatte.

Ausnahmsweise fühlte es sich mal gut an, loszulassen und einfach frei von allen Erwartungen zu sein. Was er tat, fühlte sich großartig an, und ich wollte, dass er es tat. So einfach war das.

»Gott, Liam«, stöhnte ich. »Könntest du wohl ›mmm‹ für mich buchstabieren?«

»Geht klar«, erwiderte er, aber der gemeine Kerl wusste, was er tat, als er beim Sprechen direkt über meiner Haut blieb. Seine Lippen streiften all die richtigen Stellen und ließen mich vor Lust zittern. »Und ich habe dich schon dazu gebracht, den Namen des Herrn zu missbrauchen. Kam das im Kindergottesdienst ebenfalls vor?«

»Das ist mir völlig egal, Hauptsache, du machst weiter mit dem, was du da machst.«

Er kicherte, und selbst dieses Vibrieren sandte Schockwellen durch meinen Körper.

Dann meldete sein Handy, das auf dem Nachttisch lag, eine neue Nachricht und zog damit Liams Aufmerksamkeit auf sich. Er sah kurz auf das Display und gleich darauf noch mal. Trotz der Tatsache, dass ich splitterfasernackt, die Beine um seinen Hals geschlungen, dalag, besaß der Mann die Frechheit, über mich hinweg nach seinem Handy zu greifen.

»Ernsthaft?«, fragte ich.

»Tut mir leid, ich muss mich einfach vergewissern …« Kaum hatte er die Nachricht gelesen, wurde er blass. Er richtete den Blick auf das nächstgelegene Fenster. Ich konnte sehen, wie er die Muskeln an seinem Kinn erst an- und dann entspannte, wieder und wieder, als versuche er sich durch etwas unglaublich Hartes hindurchzubeißen.

»Ist dir irgendwie langweilig geworden? *Liam?*« Ich setzte mich auf und schnippte vor seinem Gesicht mit den Fingern. »Vergiss es«, fügte ich hinzu. All die angenehmen Gefühle und Empfindungen, die mich hatten erschauern lassen, waren schlagartig wie weggefegt. Der alte vertraute Zynismus und die Dunkelheit ergriffen wieder Besitz von mir. Ich entwand mich ihm und seinen halbherzigen Versuchen, mich aufzuhalten, suchte meine Sachen zusammen und zog mich an. Ich wollte so schnell wie möglich raus aus dieser Situation. Für ihn hatte ich so leichtfertig meine Verteidigungswälle eingerissen, und wozu? Damit mir eine Erinnerung blieb, an die ich nie würde zurückdenken können, ohne von hässlichen Schamwellen überflutet zu werden.

»Das ist eine Familiensache«, murmelte er. »Es hat nichts mit dir zu tun, ganz und gar nicht. Du ...«

»Spar dir deine Worte. Du siehst gut aus und bist charmant, also hast du mich zu einer Dummheit verführen können. Einmal. Das ist mehr, als die meisten schaffen. Ich hoffe, du hast es genossen, es wird sich nämlich nicht wiederholen.«

Ich stürmte so würdevoll wie möglich aus seiner Wohnung. Gerade wollte die Tür hinter mir ins Schloss fallen, da wurde mir zu meinem Entsetzen bewusst, dass meine Handtasche mitsamt meinem Schlüssel noch in seiner Wohnung lag. Ich riss die Tür wieder auf und traf im Flur auf Liam, immer noch mit nacktem Oberkörper. Sein ganzes großspuriges Selbstbewusstsein war futsch, auf seinem Gesicht zeichnete sich nur Bedauern ab. Er reichte mir meine Handtasche und meinen Schlüssel. »Darf ich es dir morgen zumindest erklären? Könnten wir einfach zusammen Mittagessen gehen?«

Wortlos nahm ich Tasche und Schlüssel und ging. Noch immer spürte ich die Hitze und die Feuchtigkeit seines Mundes zwischen meinen Beinen, und ich konnte kaum glauben, wie schnell sich alles von fantastisch zu entsetzlich gewandelt hatte. Ich hätte es wissen müssen. Je genauer ich auf mein Leben zurückschaute, desto deutlicher sah ich, dass alles immer mehr oder weniger gleich ablief. Es fing vielversprechend an, und sobald ich mich freudig darauf einließ, ging es den Bach runter. Meine beste Freundin hatte mich verlassen und lebte jetzt in einem anderen Land. Wegen diesem Idioten »Bob Smith« konnte ich mich jetzt die ganze Zeit fragen, was das bloß für eine Nachricht sein konnte, die ihn dazu gebracht hatte, mich nicht weiter mit seiner Zunge in Glückseligkeit zu katapultieren und jegliches Interesse an mir zu verlieren. Sogar meine Eltern hatten mich vor Jahren als verlorene Tochter abgeschrieben.

Immerhin hatte ich noch meine Katze. Wenn ich eins an Roosevelt schätzte, dann, dass er nie versucht hatte, mir das Gefühl zu geben, unsere Beziehung könnte jemals etwas Besonderes sein. Er war da völlig ehrlich. Ich war bloß der Mensch, den er tolerierte, solange ich ihm zu essen gab und ihn gelegentlich mit einer leeren Schachtel spielen ließ. Was die Beziehung Katze-Mensch anging, gab es keine Unbekannten. Für ihn bedeutete ich Futter, außerdem machte es ihm Spaß, mich mehrmals nachts wach zu machen, indem er aggressiv Fellpflege betrieb. Aber ich kannte die Bedingungen.

Ich war schwanzblind gewesen, wie man so schön sagt. Dabei führte ich ein völlig akzeptables Leben. Ich hatte einen mich nicht ausfüllenden Job, der mir kaum Zeit ließ, auf meine wirklichen Träume hinzuarbeiten, einen Mangel an bereichernden persönlichen Beziehungen, und meine Desillusionierung über die Welt und meine Zukunft wuchs. Das Leben war angenehm, und dann machte ich genau den Fehler, den Frauen schon seit Jahrhunderten machen. Ich dachte, ich bräuchte die am Penis befestigte lebende Masse. Die Technologie hatte mir ermöglicht, den Penis vom Mann zu trennen, aber irgendwie war es meinem idiotischen Nachbarn gelungen, mich zu überzeugen, dass mich die Technologie auf den falschen Weg geführt hatte.

Nie wieder. *Vermutlich* zumindest. Außer er kam mit einer wirklich, wirklich überzeugenden Entschuldigung. Eventuell würde ich mich sogar bestechen lassen, falls die Bestechung essbar war. Ich gestand es mir nur ungern ein, aber ich hatte das Gefühl, wenn mir das peinliche Geschehen nicht mehr so frisch in Erinnerung war, würde ich mich fragen, wohin es mit uns beiden wohl hätte führen können.

Ich ließ mich mit dem Gesicht voran auf mein Bett fallen und seufzte ins Kopfkissen.

Roosevelt sprang auf mich drauf und drehte eine kleine Runde auf meinem Rücken, dann begann er sich den Hintern zu putzen, als hinge sein Leben davon ab. Ich stöhnte angeekelt auf und machte eine Krokodil-Todesrolle, um ihn abzuschütteln. Er landete auf dem Boden und miaute beleidigt.

»Keine Jungs in meinem Bett heute Nacht«, sagte ich. »Nicht mal du, Roosevelt.«

Dass er nicht zuhörte, war keine Überraschung.

# ACHT

*Liam* Ich holte meinen Wagen aus der ein paar Straßen von meiner Wohnung gelegenen Tiefgarage. Ich hatte ihn nicht mehr benutzt, seit ich diese ganze Inkognito-Operation gestartet hatte, dabei hätte ich mir, wie sich gezeigt hatte, den ganzen Aufwand auch sparen können. Meine Stiefschwester hatte offenbar die ganze Zeit gewusst, wo ich war. Im Grunde hatte ich nur erreicht, dass sie glaubte, sie würde mir tatsächlich Stress machen, und das hatte sie nur noch mehr angestachelt.

Vermutlich hätte ich den Schlüssel, gleich nachdem sie in meiner Wohnung aufgetaucht war, abgeben sollen, aber irgendwie gefiel es mir, gegenüber von Lilith zu wohnen, mehr als in meiner Ein-Millionen-Dollar-Wohnung mitten in der Innenstadt. Mir gefiel inzwischen sogar die Distanz zu meinem alten Leben, egal wie künstlich sie war. Ich tat, als wäre ich jemand anderer, und dazu gehörte auch, dass ich deutlich weniger arbeitete als in den Jahren davor. Mein altes Ich hätte vielleicht gar nicht lange genug vom Computer hochgeschaut, um Lilith zu bemerken. Andererseits hätte mein altes Ich in einer schon unanständig teuren Wohnung über einem unanständig luxuriösen Hotel in der Stadtmitte gewohnt. In meinem alten Leben hatte es kein Mädchen wie Lilith gegeben.

Jeder in meinem alten Leben dachte nur an Geld. Es war eine seltsame Vorstellung, dass mir dieses alte Leben mal so aufregend erschienen war. Das Geschäft boomte, die Monate flogen dahin, und die Welt schien keine Preisschilder mehr zu kennen. Alles konnte mir gehören, ich brauchte nur danach zu greifen. Die Belohnung schien meinen Arbeitswahn zu rechtfertigen und bot mir die Entschuldigung, mich viel länger in meiner Arbeit zu vergraben, als ich das hätte tun sollen. »Bob Smith« zu werden hatte mir eine neue Perspektive aufgezeigt.

Und ich hatte Lilith bekommen. Zumindest bis zu jener Nacht.

Es tat weh, an Lilith zu denken. Ich hatte die letzten Stunden unzählige Male in meinem Kopf durchgespielt. Mir waren bestimmt hundert Möglichkeiten eingefallen, wie ich mit der Situation besser hätte umgehen können – was ich hätte tun müssen, damit Lilith nicht aus meiner Wohnung gestürmt wäre, vielleicht sogar aus meinem Leben. Aber als ich Celias Nachricht gesehen hatte, war ich ausgeflippt.

Der Text hatte sich mir ins Gehirn eingebrannt. Er lautete: »Diese Spionagekamera hat eine Superauflösung. Buchstabierst du gerade das Alphabet zwischen ihren Beinen?«

Sie musste die Kamera an dem Morgen versteckt haben, als sie in meine Wohnung gekommen war, und sie musste alles mitbekommen haben, was zwischen Lilith und mir passiert war. »Missbraucht« beschrieb nur ansatzweise, wie ich mich fühlte. Und mir war nicht mal der Gedanke gekommen, die Wohnung daraufhin zu überprüfen, ob sie bei ihrem *Einbruch* irgendetwas angestellt hatte.

Ich war sauer, und ich parkte vor Celias Haus. Genauer gesagt, vor dem Haus ihres Gatten, des Herrn Senator, außerhalb der Stadt. Es war erst kurz nach drei Uhr nachts, aber das konnte mich nicht aufhalten. Mir würde schon bald etwas einfallen, wie ich Lilith wieder versöhnen könnte, aber vorher musste ich diesen bescheuerten kindischen Schwachsinn stoppen, den Celia da abzog.

Das Haus war groß, aber nicht unbedingt geschmackvoll, sondern eher angeberisch. Außen römische Säulen und hohe Torbögen, das Innere, wie ich von meinen vorherigen Besuchen wusste, noch pompöser. Ich meinte, mich sogar an eine Nacktskulptur und Putten zu erinnern – als ob ich meine Stiefschwester und ihren Gatten nicht auch so schon grässlich genug gefunden hätte.

Ich klopfte kräftig an die Tür. Im Grunde hoffte ich fast schon, aus Versehen mit der Faust das Holz zu durchschlagen. Ich wartete zwei Sekunden, dann hämmerte ich erneut dagegen.

»Mach gefälligst die Tür auf«, brüllte ich. »Mach ...«

Die Tür flog auf. In ihr stand Celias Mann, Walter Normandy. Walter war an die dreißig Jahre älter als Celia, trug stolz einen Bauch von der Größe eines Medizinballs vor sich her und dazu einen großen Walrossschnurrbart. Das Haar oben auf seinem Kopf hatte sich schon vor längerer Zeit verabschiedet, was das Walrossaussehen noch verstärkte. Er trug einen Morgenmantel, der den Blick auf seine wollige Körperbehaarung freigab, die in dicken Büscheln hervorspross. Seinem Gesichtsausdruck nach zu urteilen hatte ich ihn eindeutig aufgeweckt.

»Du?«, knurrte er.

»Ja, ich, Arschloch. Wo ist deine Frau?«

Walter drückte die Brust heraus und versuchte, mich von oben herab anzusehen, was nicht sehr überzeugend wirkte, schließlich war er mindestens dreißig Zentimeter kleiner als ich.

»Du hast eine Minute, bis du wieder in deinem Auto und runter von meinem Grundstück bist.«

Hinter ihm tauchte Celia auf und legte ihm beschwichtigend die Hand auf die Schulter. Sie war ein paar Zentimeter größer als er, und als sie auf ihren Stummel von einem Ehemann hinabschaute, huschte ein Lächeln über ihr Gesicht. »Schon gut. Geh ruhig wieder ins Bett. Du hast morgen einen wichtigen Tag, und ich möchte, dass mein großer flaumiger Bär gut erholt ist.« Ihre Stimme klang gönnerhaft, als würde sie mit einem kleinen Kind sprechen, aber falls es Walter auffiel, ließ er sich nichts anmerken.

Er sah zu ihr hoch, und sofort verwandelte sich seine Wut in unbedingte Anbetung. Er spitzte die Lippen zum Kuss. Celia beugte sich hinunter und küsste ihn flüchtig, ohne den Blick von mir abzuwenden.

Walter trippelte ins Haus zurück, und Celia kam nach draußen und schloss die Tür. Mit einer geübt lässigen Bewegung fuhr sie sich mit dem Handrücken über die Lippen, dann wischte sie den Handrücken an ihrem Nachthemd ab. »Du bist vermutlich hier, um wegen meiner Nachricht ein paar Macho-Drohungen loszulassen?« Sie brachte ihr Gesicht ganz nah an meins und atmete durch die Nase ein. »Ich glaube, ich kann immer noch ihre Möse an dir riechen. Du hast wirklich keine Zeit verschwendet, nicht …«

»Jetzt ist Schluss.« Meine Stimme klang mehr wie ein Knurren. »Egal was dieser Schwachsinn soll. Jetzt ist Schluss. Wenn ich auch nur *glaube*, dass du dich in mein Leben einmischst, werde ich alles in meiner Macht Stehende tun, um dich ins Gefängnis werfen zu lassen oder dich auf dein gesamtes Vermögen zu verklagen. Ich werde dich ruinieren, das schwöre ich dir.«

Sie verdrehte die Augen. »Liam«, gurrte sie. »Du bist so sexy, wenn du wütend bist.« Sie streckte die Hand aus, um mir die Wange zu streicheln, doch ich zuckte zurück. »Aber im Grunde bist du nur ein großer dummer Fleischberg. Falls du nicht irgendetwas … Körperliches geplant hattest, bist du machtlos. Ich habe mich in alle Richtungen abgesichert. Egal was du versuchst, um mich aus der Bahn zu werfen, es wird immer nur in einer Sackgasse enden. Du kannst nichts tun, Liam. Außer aufgeben natürlich, aber ich weiß, du bist stur, also warte ich gern so lange wie nötig.«

»Bleib nur ja weg.« Ich war zu wütend, um meine Gedanken in Worte zu fassen oder ihr zu erklären, wie falsch sie lag. Es war sowieso egal. Ich wollte schon fast, dass sie es noch mal versuchte, dass sie mir einen Grund lieferte. Zu glauben, ich hätte nichts gegen sie in der Hand, würde sich als ihr größter Fehler herausstellen. Vielleicht ging sie davon aus, dass ich mich schon die ganze Zeit an ihr zu rächen versucht hatte, dabei hatte ich nur versucht, den Sturm zu überstehen. Ich hatte ihre schwachsinnige Fixierung nicht zu einem gnadenlosen Krieg ausarten lassen wollen, aber jetzt? Jetzt hatte sie sich zwischen Lilith und mich gedrängt, und ich würde alles in meiner Macht Stehende tun, um sie zu stoppen.

»Ist das alles?«, säuselte sie. »Keine großen Reden, keine üblen Drohungen? Nichts als ein ›Bleib nur ja weg‹?«, fragte sie und imitierte dabei meine tiefe Stimme. »Ach, übrigens: Zieh nächstes Mal deine Boxershorts aus, bevor du sie abschleckst. Ich war so enttäuscht, dass du sie angelassen hattest.«

»Was ist mit dem, was du gestern Morgen gesagt hast? Dass es hier nicht um Sex geht? Nur um Rache?« Angewidert schüttelte ich den Kopf.

Sie zog die Stirn kraus und legte den Kopf schief. »*Oha.* Habe ich wohl geflunkert. Du darfst mir gern Handschellen anlegen, wenn du dich dann besser fühlst.« Celia streckte mir die Hände entgegen und machte einen Schmollmund.

»Wie lange, sagtest du, geht man für Mord in den Knast?«, fragte ich Price.

»Celia ist ein Miststück«, erwiderte er. »Aber ich glaube kaum, dass ich dir helfen kann, den Mord an ihr zu planen. Das geht vermutlich einen Schritt zu weit. Ich bin mir ziemlich sicher, dass es da in der Bibel einen Extravers für Menschen gibt, die ihre Geschwister töten.«

Wir saßen in meinem Büro in der Innenstadt. Es kam mir so vor, als wäre ich wochenlang nicht dort gewesen. Ich hatte mein halbherziges Leben als »Bob Smith« noch nicht ganz aufgegeben, vor allem, weil ich Lilith noch längst nicht aufgegeben hatte, und so übte mein altes Leben nach wie vor keinen allzu großen Reiz aus. Außerdem musste ich sie im Auge behalten, falls sie auf die Idee kam, einen anderen Mann zu sich einzuladen, um mich eifersüchtig zu machen. Das würde durchschlagenden Erfolg haben, und ich wäre durchaus in der Lage, dazwischenzugehen und mich wie der letzte Idiot aufzuführen, nur damit so etwas nicht geschah.

»Meinst du denn nicht, dass es zu weit geht, eine Kamera in meiner Wohnung zu verstecken und auf mein Bett zu richten?«

Price legte den Kopf auf die Seite und überlegte. »Überwachung ist das eine, Mord das andere. Aus rechtlicher Perspektive ist das eine schlimmer als das andere, würde ich mal meinen.«

»Und bei einer sanften Tötungsmethode?«, hakte ich nach. »Wärst du auch noch dagegen, wenn …«

»Ja, egal ob mit Panzerfaust oder Löffel, ich werde dem Mord an meiner Schwester nicht zustimmen. Tut mir leid.«

Ich seufzte. »Damit käme sie sowieso zu gut weg. Sie sollte lange bereuen müssen, dass sie mich so genervt hat, Jahr um frustrierendes Jahr. Sie sollte derart tief in Depressionen versinken, dass man es schon spürt, wenn sie nur das Zimmer betritt.«

Price runzelte die Stirn und grinste ein wenig. »Sie hat es echt geschafft, dich wütend zu machen, wie?«

Ich lehnte mich auf meinem Stuhl zurück und schaute aus dem Fenster. »Durchaus, ja.«

»Liegt es an der Kamera oder daran, dass du deswegen die Sache mit der Nachbarin in den Sand gesetzt hast?«

»Kann es nicht beides sein?«

»Ich meine ja nur. Du bist normalerweise eher der gelassene Typ, Liam. Als sie mit diesem Schwachsinn angefangen hat, hast du beschlossen, dich nicht aufzuregen und lieber zu verschwinden, bis ihr langweilig wird. Du hättest weiß Gott schon zurückschlagen können, als das alles losging. Woher also die plötzliche Wut, wenn es nicht um das Mädchen geht?«

»Dann ist es eben wegen des Mädchens. Was macht das für einen Unterschied? Ich habe die Schnauze voll von Celias Mätzchen. Mir war auch ernst mit dem, was ich zu ihr gesagt habe. Wenn sie noch ein einziges Mal versucht, sich einzumischen, und sei es auch noch so minimal, kann sie was erleben.«

»Was meinst du damit, willst du ihr das Haus abfackeln oder so?«

»Das mit dem Ermorden war übertrieben, Price. Ich bin nicht verrückt. Ich will sie nicht umbringen, ich will nur, dass sie jeden Morgen wach wird und denkt: ›Mein Leben ist ruiniert. Ich habe totalen Mist gebaut, als ich beschlossen habe, mich mit Liam Hightower anzulegen. Ich bin ein Irrtum auf zwei Beinen, und die Welt wäre ohne mich ein besserer Ort.‹«

»Wow, ja. Du bist ganz und gar nicht verrückt.«

# NEUN

*Lilith* Ich fuhr extra früh zur Arbeit, was mir so gar nicht entsprach. Ich hatte den Verdacht, dass Liam morgens an meiner Tür klopfen und mir Honig um den Mund schmieren würde, damit ich ihm vergab. Wenn es um ihn ging, konnte ich mir selbst nicht trauen. Also sorgte ich wie eine Süchtige dafür, dass sich gar nicht erst eine Gelegenheit bot, in die Falle zu tappen.

Ich stellte den Wecker auf fünf, machte mich so schnell wie möglich fertig und hatte um sechs bereits die Wohnung verlassen.

Glücklicherweise wurde es ein außergewöhnlicher Arbeitstag, und ich schaffte es, den ganzen Vormittag kaum an Liam zu denken. Williams Zwillingsbruder, Bruce, Williams Schwieger-Großmutter und ich trafen uns heimlich, um Pläne für Williams Überraschungs-Geburtstagsparty zu machen.

Ich saß Bruce gegenüber in seinem sauberen und ordentlichen Eckbüro, während Williams Schwieger-Großmutter alias »Grammy« herumschlenderte, dauernd alles anfasste, umdrehte oder ein paar Zentimeter verrückte. Jedes Mal, wenn sie an irgendetwas in seinem Büro herumhantierte, blitzten ihre Augen vor Boshaftigkeit. Sie wusste, dass Bruce einen Ordnungsfimmel hatte, der an Zwangsneurose grenzte, und Grammy konnte andere auf die Palme bringen wie niemand sonst, den ich kannte.

Bruce musste unser kleines Treffen unterbrechen, um einen Anruf entgegenzunehmen, aber Grammys Umtriebigkeit nahm ihn sichtlich mit.

»Wie läuft dein dunkles kleines Leben so?«, fragte mich Grammy. Sie strich über die Jalousie hinter Bruce' Schreibtisch und verdrehte ein paar der Lamellen.

»Ich warte auf die nächsten Enttäuschungen. Und du? Hast du vor, demnächst zu sterben?«

Sie lachte schallend. »Der Moment, ab dem man sich mit seinem Tod beschäftigt, ist der Moment, ab dem man aufhört zu leben.«

»Nett. Hast du das auf einer Glückwunschkarte gelesen?«

»Glückskeks.«

»Wo steckt eigentlich Hailey?«, fragte ich. »Sollte sie nicht lieber die Geburtstagsparty für den Idioten planen?«

»Ich habe sie nicht eingeladen, weil sie uns alles Coole auszureden versuchen würde. Alles klar, Bitch?«

»Igitt«, sagte ich, konnte mir das Grinsen aber kaum verkneifen. »Das ist dermaßen eklig, wenn du versuchst, ›hip‹ zu reden. Könntest du das bitte lassen? Das ist solch ein Alte-Leute-Klischee. Das ist dir doch klar, oder? Du hast das nicht erfunden, dass sich junge Leute peinlich berührt fühlen, wenn die Alten ihre Sprache benutzen.«

»Du bist viel zu jung, um zu wissen, was ich erfunden habe und was nicht, du Würstchen. Außerdem ist es nur dann ein Klischee, wenn mir nicht bewusst ist, was es ist, also ist es *Meta*. Und nein, ich werde dir nicht erklären, was das bedeutet.«

Ich seufzte. »Egal ob es ›Meta‹ ist oder nicht, es ist ekelhaft. Du solltest einfach Alte-Leute-Wörter wie ›Jungspund‹ oder ›Rabauke‹ benutzen, statt wie eine Siebenjährige zu reden.«

»Ist es auch eklig, wenn ich dir erzähle, dass ich letzte Nacht Sex hatte und noch ganz wund bin? Ob es daran liegt, dass er seine Sache gut gemacht hat oder dass ich schon über siebzig bin, könnte ich nicht sagen, aber verdammt, habe ich heute Muskelkater in den Oberschenkeln.«

»Ja. Das ist ebenfalls ekelhaft.«

Achselzuckend nahm sie einen Briefbeschwerer von Bruce' Schreibtisch. Ich fürchtete schon, Bruce würden die Augen aus dem Kopf fallen, als sie ihn lässig von einer Hand in die andere warf und dann ein klein wenig versetzt von seinem vorherigen Standort wieder ablegte. »Es hat schon seinen Grund, wieso die ganzen Säfte bis ins hohe Alter weiterfließen.«

»Ob deine ›Säfte‹ fließen oder nicht, gehört definitiv in die Kategorie der Dinge, die ich nicht wissen muss.«

Grammy lachte. »Dann würde ich ja nicht dein entsetztes Gesicht zu sehen bekommen. Wo bliebe da der Spaß?«

»Ich bin nicht entsetzt. Die Vorstellung ist nur ekelhaft.«

»Und wenn ich dir erzählen würde, dass wir es mit Hintern, Lippen und Pussy gemacht haben, und das in einer Reihenfolge, die dich überraschen würde?«

Mit gerunzelter Stirn starrte ich Bruce an, der sein Telefonat beendet hatte und mich mit angeekeltem Blick ansah. »Dann ja«, erwiderte ich leise. »Dann wäre ich entsetzt.«

Wieder gab sie ihr asthmatisches Lachen von sich. »Telefonat endlich beendet, großer Boss? Wurde auch Zeit. Einige von uns haben nicht mehr so lange auf dieser Welt.«

»Du lebst garantiert noch viele, *viele* Jahre«, erwiderte Bruce. »Du bist viel zu stur, um zu sterben.«

»Gut. Zumindest bist du kein Vollidiot wie dein Bruder.«

»William ist exzentrisch«, widersprach Bruce. »Er ist kein Idiot, leider. Wäre er einer, könnte ich ihm jeden Monat einen Scheck ausstellen und ihn aus meinem Leben und unserem Geschäft raushalten. Leider brauche ich, was er bei Galleon einbringt, also müssen wir ihn alle ertragen.«

»Da bin ich ganz anderer Meinung.«

Bruce grinste. »Im Gegensatz zu einigen anderen hier habe ich tatsächlich was zu tun. Könnten wir uns also wieder mit seiner Geburtstagsparty beschäftigen?«

»Stripper«, sagte Grammy. »Das ist es. Ich brauche eure Ideen oder eure Meinungen nicht. Auf jeden Fall Stripper. Dich brauche ich wegen deines Geldes.« Sie deutete auf Bruce. »Und du«, fuhr sie an mich gewandt fort, »denkst dir mit seiner Frau eine gute Geschichte aus, damit er zur richtigen Zeit aufkreuzt, und zwar völlig ahnungslos. Pluspunkte, wenn dir was einfällt, wie sie ihn dazu bringt, etwas Bescheuertes anzuziehen. Ich kümmere mich um die Kostüme für die Stripper und um alles andere.«

Ich nickte zustimmend. »Gefällt mir.«

Bruce schüttelte den Kopf. »Wenn ich zustimme, verlässt du dann mein Büro und hörst auf, meine Sachen zu betatschen?«

Als ich aus der Arbeit kam, war ich extrem müde. Am Morgen war ich fast zwei Stunden vor meiner üblichen Zeit wach geworden. Außerdem war ich am Abend ein paar Stunden länger als üblich wach geblieben, weil mir das tolle Gefühl von Liam zwischen meinen Beinen noch zu frisch in Erinnerung war, zum anderen hatte ich mich verwirrt gefragt, wieso seine Stimmung bloß derart plötzlich umgeschlagen war.

Vor der Tür zu unserem Gebäude blieb ich einen Moment stehen und versuchte, durch das Fenster zu spähen. Ich wollte ihm nicht begegnen. Glücklicherweise hatte Liam meine Telefonnummer nicht. Wenn ich es also schaffte, zu kommen und zu gehen, ohne ihm über den Weg zu laufen, war ich auf der sicheren Seite.

»Ich denke, die Bahn ist frei«, sagte eine Stimme hinter mir.

Ich machte einen Satz weg von der Stimme. In den Straßen von New York City war man sofort auf der Hut, wenn man unerwartet direkt hinter sich eine Stimme hörte. Als ich mich umdrehte, war ich bereit, ihm falls nötig die Augen mit den Daumen einzudrücken. Es war Liam, und ich entspannte mich, allerdings nur ein wenig.

»Was soll das, hängst du hier einfach rum, bis ich nach Hause komme?«, fragte ich.

Liam nickte. »Mehr oder weniger. Ab und zu habe ich eine Pause eingelegt. Habe mir einen Hotdog geholt. Mit einem Obdachlosen über Steuern geredet. Eine Taube mit Brot gefüttert. Aber ja, im Großen und Ganzen habe ich hier gewartet, bis du auftauchst.«

Er trug Anzug und Krawatte, und beides sah teuer aus. Ich kannte mich nicht gut genug mit Klamotten aus, um sicher sein zu können, aber ich hatte den Verdacht, dass er die Rolle des Bob Smith aus der Mittelschicht abgelegt hatte, zumindest was seine Garderobe betraf. Ich hatte mir bereits gedacht, dass er vermutlich sehr reich war, und ihn so edel gekleidet zu sehen bestätigte meine Annahme.

Hatte ich also doch recht gehabt. Selbst als ich ihn in billigen Klamotten gesehen hatte, war mir diese Aura des eleganten Jachtbesitzers nicht verborgen geblieben.

»Ich habe was Wichtiges zu erledigen. In zehn Minuten startet ein *Das Leben und ich*-Marathon, also …«

»Wow, ja«, erwiderte er. »Das klingt echt wichtig. Ich könnte uns eine Pizza holen, und wir schauen ihn uns zusammen an.«

Ich machte eine abwehrende Geste und schüttelte den

Kopf. »Du wirst dich nicht einfach wieder bei mir einschleimen. Ich habe für dich eine meiner seltenen Ausnahmen gemacht. Ich war *nett* zu dir, und falls …«

»Lass es mich dir erklären.«

Ich schüttelte den Kopf und griff nach der Türklinke, aber er legte die Hand auf meine und hielt mich zurück.

»Lilith. Ich werde nicht zulassen, dass hier jetzt so was Bescheuertes passiert wie in Shows und Filmen. Ich kann wirklich erklären, was passiert ist. Hör mir einfach zu.«

Ich verschränkte die Arme vor der Brust. »Was Bescheuertes?«

Er zuckte mit den Schultern. »Du weißt schon. Wo es eine einfache Erklärung gibt, aber statt einfach damit rauszurücken, sagt der Typ immer wieder Sachen wie: ›Warte, ich will es dir doch nur erklären‹, oder: ›Geh nicht! Ich kann es erklären.‹ Nur dass er das zehnmal wiederholt, statt einfach die drei Worte auszuspucken, mit denen alles wieder gut würde. Und so vergeht die Hälfte des Filmes mit einem Missverständnis, das sich leicht aufklären ließe, wenn der Typ bloß mal fünf Sekunden reden würde.«

»Dann willst du also behaupten, du hättest drei magische Worte, mit denen alles wieder gut wird?«

Liam richtete den Blick gen Himmel, und ich ahnte, dass er seine Erklärung gerade in drei Worte zu fassen versuchte. »Da warne Kamera.«

»*Warne?*«, fragte ich.

»Es wären eigentlich vier Wörter gewesen. Aber ja. Da war eine Kamera.«

»Moment mal«, erwiderte ich. Allmählich begriff ich, was er sagte. »Du hast uns gefilmt? Ich warte auf den Teil, wo alles auf magische Weise wieder gut wird – abgesehen davon, dass ich mich völlig unschuldig fühle, wenn ich dich im Schlaf umbringe?«

»Erinnerst du dich an die Stiefschwester, von der ich dir erzählt habe? Sie ist gestern Morgen in meine Wohnung eingebrochen und hat mir eine lächerliche Ansprache gehalten wie eine Schwerverbrecherin. Ich dachte, sie spielt nur mal wieder Drama-Queen, aber sie muss die Kameras versteckt haben, bevor sie mich aufgeweckt hat.«

»Kameras? Mehrzahl? Willst du mir sagen, dass da gerade ein Video von mir im Internet kursiert?«

»Nein. Nein, ganz bestimmt nicht. *Vermutlich nicht*«, fügte er schon ein bisschen weniger überzeugt hinzu. »Ich habe die Wohnung durchsucht und alle gefunden. Aber das war jedenfalls der Grund, wieso ich so entsetzt reagiert habe. Die Nachricht war von ihr, und sie gab damit an, dass sie zuschaute. Ich war zu erbost, um vernünftig denken oder reagieren zu können, und na ja, so ... war es halt.«

»Na ja, so war es halt? Was soll ich damit jetzt anfangen? Macht doch nichts, ich stehe ja dauernd nackt vor der Kamera?«

Er senkte beschämt den Blick. »So etwas wird nie wieder vorkommen. Ich will mich nicht rausreden. Ich wusste, dass Celia völlig daneben ist, allerdings dachte ich, das hätte seine Grenzen. Jetzt weiß ich, dass es keine mehr gibt, und ich werde dafür sorgen, dass sie sich nicht mehr in mein Leben einmischt – in unser Leben.«

Ich betrachtete ausgiebig den Boden, während ich das alles zu verdauen versuchte. Wenn ich meine Wut mal einen Moment beiseiteließ, von einer psychotischen Verwandten Liams gefilmt worden zu sein, oder die Verrücktheit außer Acht ließ, dass seine Stiefschwester Spionagekameras versteckte und ihm beim Sex zusah, dann war mir klar, dass nicht Liam das Ziel meines Ärgers sein sollte. Aber ich war nicht bereit, das einfach abzunicken und darauf zu vertrauen, dass er mit dieser Schwester fertigwurde oder ihr das eventuell auf ihrem PC existierende Video von mir – splitterfasernackt Oralsex genießend – rausleiern konnte.

»Ich will mit ihr reden«, sagte ich.

Liam zuckte zusammen. Vielleicht war es mein Ton oder irgendetwas in meinem Blick, jedenfalls sah er mich an, als hätte ich gerade gesagt, ich würde mal ausprobieren, ob man jemanden mit einem Löffel ermorden konnte. Ja, vielleicht fragte ich mich tatsächlich, ob das möglich war.

»Das wäre keine gute Idee. Glaub mir. Ich werde alles tun, was ich kann, damit sie sich nicht mehr in unser Leben einmischt. Bis jetzt habe ich versucht, mich unsichtbar zu machen und ihr aus dem Weg zu gehen. Aber das ist vorbei. Sie hat sämtliche Grenzen überschritten, und ich spiele nicht mehr mit. Ich weiß noch nicht genau, wie ich ihr das heimzahle, aber wenn sie nicht aufhört, fällt mir schon was ein.«

Ich seufzte. »Wenn dein Racheplan grausam genug ist, lasse ich dich machen. Aber ich finde, ich habe genauso viel Grund wie du, diese Frau zu hassen, also erwarte nicht, dass ich mich raushalte, wenn du die Sache nicht gut genug machst.«

Allmählich wirkte er nicht mehr so ernst. »Erinnere mich dran, dass ich dich nie wütend mache.«

»Hast du etwa eine Zeitmaschine?«

Er grinste. »Stimmt auch wieder.«

»Außerdem bin ich mir noch nicht sicher, ob ich dir bereits verziehen habe.«

»Würde Pizza helfen?«

»Ein bisschen. Aber besser wäre ein Laden mit Käserollen und Dessert-Pizza, und ich brauche Krabben-Rangoon.«

Er runzelte die Stirn. »Hast du statt all den ›Unds‹ nicht ›Oders‹ gemeint?«

»Ich stottere nicht, und für diese Zweifel musst du mir auch noch einen Oreo-Schokoladen-Milchshake mitbringen.«

Er biss sich nachdenklich auf die Lippen, dann nickte er. »Gib mir eine halbe Stunde. Du kannst mir erzählen, was ich vom Marathon verpasst habe. Außerdem bist du heiß, wenn du so gnadenlos bist.«

Ich starrte ihn böse an.

Er nickte und grinste. »Ja. Das ist genau der Blick.«

Ich ging nach drinnen, und sobald ich mir sicher war, dass mich niemand sehen konnte, lächelte ich. Ich konnte noch so sauer wegen des Videos und seiner Schwester sein. Das hieß alles nicht, dass ich mich nicht freuen konnte, weil alles falsch war, was ich am Abend zuvor über Liam gedacht hatte. Also ließ ich die Freude zu. Ich mag zwar fast mein ganzes Leben lang alle davon zu überzeugen versucht haben, dass ich quasi allergisch gegen Freude bin, aber allmählich hatte ich den Eindruck, dass das so war, weil ich sie nie zu finden geglaubt hatte. Wenn man etwas gar nicht erst sucht, kann man auch nicht daran scheitern, es zu finden.

Tief im Inneren hatte ich noch immer Angst, es würde ein plötzliches Ende finden. Sobald die unbeschwerte Kennenlernphase vorbei war, würde sich herausstellen, dass er ein Arschloch war. Jeder konnte bei ein paar Treffen oder für ein paar Stunden so tun, als wäre er nett. So früh zeigten sich auch noch nicht die unerträglich schlechten Angewohnheiten oder Macken. Vielleicht gehörte er zu diesen Trotteln, die im Bett die Socken anließen. Vielleicht konnte er sich nicht die Zähne putzen, ohne den Spiegel mit kleinen Tröpfchen aus Spucke und Zahnpasta zu überziehen. Schlimmer noch, vielleicht trank er Magermilch.

Mal abgesehen von irgendwelchen Schrullen, konnte ich mir kaum eine Zukunft vorstellen, in der es mit uns beiden funktionieren würde. Vermutlich würde er sich langweilen und mit mir Schluss machen, vielleicht würde er mich sogar betrügen. Ihm würde klar werden, dass ich für jemanden wie ihn zu arm bin, um interessant zu sein. Vielleicht wäre er auch nicht in der Lage, seine psychotische Stiefschwester daran zu hindern, unsere Beziehung zu ruinieren. Irgendwie fühlte es sich an, als stünde das alles unter keinem guten Stern.

Und dennoch wollte ich dumme Kuh es probieren.

# ZEHN

Liam Die Idee, den *Das Leben und ich*-Marathon anzuschauen, gaben wir etwa zehn Minuten nach meiner Ankunft auf. Fast dreißig Minuten lang beobachtete ich mit wachsender Verblüffung Lilith und ihren offenbar unstillbaren Appetit. Sie arbeitete sich durch drei Pizzastücke, vier Käserollen, ein Stück Dessert-Pizza und drei Krabben-Rangoon. Außerdem kippte sie den kompletten Milchshake hinunter.

»Ich fühle mich hier ein wenig entmannt. Ich glaube, ich kann nicht mal mit dir mithalten.« Mit einem resignierten Seufzer legte ich die Dessert-Pizza wieder hin. Diese Frau war nur halb so groß wie ich, hatte mich aber locker geschlagen.

»Das ist doch kein Wettbewerb«, erwiderte sie. »Außer du wärst ein Mann mit Selbstrespekt, der wenigstens beim Essen nicht von mir übertrumpft werden möchte.«

Ich lachte. »Wenn du das so formulierst, klingt das schon sehr nach Wettbewerb.«

»Man kann ruhig verlieren, Liam. Akzeptier es einfach.«

»Darum geht es gar nicht. Ich frage mich nur, wo du das alles lässt.«

»Das ist einfach. Ich faste vorher. Ich bin so was wie ein Marathon-Junkie. Ich schaue mir Serien nicht jeden Tag oder jede Woche an, aber wenn ich mitbekomme, dass es einen Marathon geben wird, mache ich da so was wie ein Fest draus.«

Ich grinste. »Du weißt aber schon, dass Netflix mehr oder weniger Marathon on demand ist? Du musst nicht warten, bis einer im Fernsehen kommt, und dir die ganze Werbung antun.«

Irgendetwas verschleierte kurz ihren Blick, das ich nicht recht zu deuten wusste. »Ich glaube, das ist Nostalgie. Ohne Werbung und ohne das Gefühl, dass man sich den Tag entsprechend freihalten muss, ist es nicht dasselbe. Meine Eltern waren bei allem immer so streng mit mir. Aber wenn ihre Lieblingsserien liefen, waren diese Marathonabende so etwas wie Familientradition. Das waren die einzigen Gelegenheiten, bei denen sie vergaßen, schlechte Eltern zu sein. Wir aßen den ganzen Tag nichts und machten dann quasi eine Fressorgie und sahen so lange fern, bis wir umfielen. Vielleicht war es nur essensbedingtes Koma, aber das sind mehr oder weniger meine einzigen Erinnerungen an sie, in denen sie nicht an mir rumgenörgelt oder mich zu irgendwas gezwungen haben. Wir machten es uns einfach gemütlich, und ihnen war egal, ob ich mich wie eine perfekte Lady benahm.«

Ich betrachtete ihr Gesicht, während sie sprach, und ich konnte sie fast schon als junges Mädchen auf der Couch zwischen zwei Eltern mit strengen Gesichtern sitzen sehen. Mir wurde bewusst, dass dieses kleine Mädchen, das einfach nur akzeptiert und geliebt werden wollte, vermutlich noch in ihr steckte und dass sie gelernt hatte, sich nach außen hin hart und unnahbar zu zeigen.

Ich wusste, was sie von mir brauchte. Ich musste sie nicht auf Händen tragen oder sie überzeugen, dass sie das schönste Mädchen der Welt war, auch wenn ich allmählich glaubte, dass sie das tatsächlich war. Ich musste sie einfach nur akzeptieren und gernhaben. Als ich mich vorgestern Abend nach Celias Nachricht völlig verkrampft hatte, hatte ich vermutlich das bisschen Vertrauen verspielt, das sie ganz langsam zu fassen begonnen hatte, und das würde ich mir erst wieder zurück erarbeiten müssen.

»Dann hatte ich also nie eine Chance, weil du dein ganzes Leben lang trainiert hast, so zu essen?«, fragte ich.

Sie nickte, und sie lächelte sogar. »Genau.«

Sobald Lilith genügend Essen in sich hineingeschaufelt hatte, setzten wir uns auf die Couch. Sie ließ zu, dass ich den Arm um sie legte und sie nah an mich heranzog. Ich war nie der verschmuste Typ gewesen, vielleicht weil ich die Frauen nie auf falsche Gedanken bringen wollte, vielleicht reichte aber auch von Anfang an mein Interesse für sie nicht.

»Weißt du«, sagte Lilith einige Zeit später, »in Liebesfilmen, wenn der Junge und das Mädchen eine Pizza auswählen und zehn Minuten später schon miteinander im Bett liegen, dann ist das völlig unrealistisch. Ich meine, das ist doch, als hätte man ein Baby aus fettigem Essen im Bauch. Mag man sich da wirklich die Sachen runterreißen, auf den Typen draufklettern und versuchen, so zu tun, als würde man sich sexy fühlen?«

»Ein Baby aus fettigem Essen«, wiederholte ich leise. »Du hast recht, mir ist gleich viel weniger danach, wenn du das so sagst.«

Sie drehte den Kopf, der an meiner Brust lag, nach oben. »Dann findest du mein Baby aus fettigem Essen also nicht sexy?« Sie zog ihr T-Shirt hoch und drückte den Bauch heraus, was überraschend dem frühen Stadium einer Schwangerschaft ähnelte.

Ich lachte, presste die Handfläche auf ihren Bauch und kniff spielerisch hinein. »Ich spüre keine Babys aus fettigem Essen.«

Sie entwand sich meinen Händen, setzte sich auf und sah mich auf einmal todernst an. »Wag es nicht, mich zu kitzeln.«

Ich runzelte die Stirn. »Was? Wieso nicht?«

»Das werde ich dir nicht erklären, also frag gar nicht erst. Lass es einfach bleiben.«

»Komm schon. Du kannst mich doch nicht so in der Luft hängen lassen. Wieso nicht?«

Sie wurde knallrot. »Manche Frauen möchten das eine oder andere Geheimnis nun mal gern für sich behalten. Okay?«

Ich grinste hinterhältig. »Gut. Aber eines Tages finde ich es heraus, das garantiere ich dir.«

»Ich hoffe nicht. Zu unser beider Bestem.«

Liliths Telefon lag auf der Armlehne der Couch, und als es aufleuchtete und zu vibrieren anfing, konnte sie es gerade noch auffangen, bevor es zu Boden fiel. Stirnrunzelnd betrachtete sie das Display. »Oh, verdammt«, sagte sie. »Macht es dir was aus, wenn ich drangehe? Vielleicht ist es die Katzenpension.«

Ich runzelte die Stirn, nickte aber. Katzenpension?

»Hallo?«, sagte sie. Ich beobachtete sie, wie sie erst schwieg und dann die Stirn in Falten legte. »Oh. *Oh*, ja. Claire. Ich erinnere mich. Der Abend bei Galleon, natürlich.«

Wieder Schweigen.

»Ähm, klar doch. Einen Moment.« Sie nahm das Handy vom Ohr, drehte sich zu mir und fragte: »He, wolltest du morgen früh irgendwas mit mir unternehmen?«

»Ich habe morgen ein paar Termine. Meine Verführungsversuche wollte ich eigentlich erst morgen Abend fortsetzen.«

Sie legte das Handy wieder ans Ohr. »Morgen Vormittag ist gut.«

Ein paar Sekunden später beendete sie das Gespräch. »Das

war das Mädchen, das ich bei einer Firmenparty kennengelernt habe. Sie sagt, sie hat gerade Probleme mit einem Typen und würde gern Dampf ablassen. Ich bekomme den Kaffee spendiert und die deftigen Einzelheiten irgendeines Dramas erzählt.«

»Nun, wenn die heutige Nacht nach Plan verläuft, wirst du das Koffein brauchen.«

»Wieso, willst du mich unter Drogen setzen oder irgendwas in der Art?«

»Wie bitte? Nein. Ich meinte, dass ich die ganze Nacht mit dir um die Häuser ziehen will.«

»Oh. Ja. Das ergibt schon eher Sinn. Aber wenn wir die ganze Nacht unterwegs sind, heißt das, dass ich die letzten vier Stunden vom Marathon verpasse. Du müsstest also schon einen verdammt guten Vorschlag haben, um mich von dieser Couch zu locken.«

»Nenn mir was«, erwiderte ich. »Wenn die Stadt dir gehören würde, was würdest du dann gern tun?«

»Ach, ich weiß nicht. Mich ins Rockefeller Center einschleichen und Schlittschuh laufen, wenn es geschlossen ist?«

»Kein Problem. Ist das alles?«

»Kein Problem? Ich hätte dich nicht für jemanden gehalten, der gegen Regeln verstößt. Nach Mitternacht wird niemand mehr reingelassen. Jetzt ist es zwei Uhr, und vermutlich gibt es dort einen Sicherheitsdienst.«

»Überlass das mir. Hast du Schlittschuhe?«

Sie stand wortlos auf, öffnete eine Schranktür und zog ein Paar ziemlich edel aussehender Schlittschuhe heraus. »Und du?«

Wir trafen nur auf einen einzigen Sicherheitsmitarbeiter, und nach einem kurzen Gespräch stellte sich heraus, dass er richtig begeistert war, uns für hundert Dollar aufs Eis zu lassen. Er gab mir sogar ein paar Leihschlittschuhe. Dass er bestochen wurde, schien aufregender für ihn zu sein als die Summe, die ich ihm anbot, und vermutlich hätte er es auch für fünf Dollar gemacht oder für einen Cheeseburger.

Ich setzte mich gegenüber von Lilith an den Rand der Eisfläche und schnallte meine Schlittschuhe an. Erst in diesem Moment machte ich mir bewusst, dass ich noch nie auf Schlittschuhen gestanden hatte und mich mit ziemlicher Sicherheit zum Deppen machen würde. »Bist du dir ganz sicher, dass du das machen willst? Ich habe gesagt, du kannst *alles* machen, du erinnerst dich?«

Sie starrte mich an, dann verzog sie den Mund zum Ansatz eines Grinsens. »Du willst damit wohl sagen, dass du nicht eislaufen kannst?«

»*So* würde ich das nicht formulieren. Ich habe keine Erfahrung aus erster Hand, aber so schwierig kann es doch wohl nicht sein.«

»Das werden wir gleich sehen, nicht wahr?«

Ich zog die Schnürsenkel meiner Schlittschuhe fester und beschloss, es diesem Eis zu zeigen. Lilith machte den Eindruck, als wäre für sie längst klar, dass ich mich blamieren würde, aber ich würde ihr das Gegenteil beweisen.

Sie trat auf die Eisfläche hinaus. Dass sie schon viel Übung hatte, war nicht zu übersehen, denn sie machte eine halbe Drehung, glitt rückwärts zu mir zurück und schaute mich erwartungsvoll an. Fast hatte ich den Eindruck, sie *wolle* mich stürzen sehen.

Ich hielt mich am Eingangstor fest und setzte probehalber einen Fuß auf die Eisfläche. Der Schlittschuh schien sich ganz passabel ins Eis hineinzubohren, und mein Selbstvertrauen wuchs. Sobald ich den hinteren Fuß hochhob, glitt mein vorderer Fuß nach vorne weg, und ich machte einen

Spagat, für den mein Körper nicht gelenkig genug war. Schon lag ich auf der Nase.

Ein scharfer Schmerz zuckte durch meinen Unterleib. Stöhnend rollte ich mich auf die Seite und wartete, dass er nachließ.

Lilith kam heran und reichte mir die Hand, um mir beim Aufstehen zu helfen.

»Alles gut«, sagte ich, konnte aber nicht verhindern, dass meine Stimme gepresst klang. Ich klammerte mich an das Tor und versuchte, mich hochzuziehen.

»Setz die Füße seitlich weiter auseinander, dann gleiten sie nicht so leicht nach vorne weg«, sagte Lilith.

»Schon gut. Das Eis war an der Stelle nur glitschig, und ich…« Wieder glitten meine Schlittschuhe unter mir davon, und schon lag ich platt auf dem Rücken. Ich schaute zu Lilith hoch, um deren Kopf Schneeflocken herumwirbelten. »Ich würde ja fragen, ob du ein Engel bist, aber ein Engel würde sich wohl kaum derart an meinem Leid ergötzen.«

»Ich ergötze mich mehr an deiner Sturheit. Willst du nun Hilfe, oder fliegst du lieber wieder und wieder auf die Schnauze?«

Irgendwie schaffte ich es, auf alle Viere zu kommen und von dort in einen wackeligen Stand. Diesmal gelang es mir, die Schlittschuhe unter mir zu behalten, aber ich spürte, dass sie sich gleich wieder selbstständig zu machen drohten. Cool und selbstbewusst auszusehen konnte ich mir abschminken, ich wollte diese Tortur nur noch überleben.

»Ein bisschen Anleitung könnte vielleicht nicht schaden«, sagte ich, ohne den Blick von den Schlittschuhen abzuwenden.

Sie glitt auf mich zu und legte ihre kleinen Hände an meine Hüften, um mich zu stabilisieren, dann tippte sie innen gegen meinen Oberschenkel. »Versuch, die Beine ein bisschen mehr zu spreizen. Wenn die Schlittschuhe direkt unter dir sind, neigen sie dazu, sich nach vorne oder hinten selbstständig zu machen.«

»Damit hätte ich nun echt nicht gerechnet, dass du *mir* sagst, ich soll die Beine spreizen.«

»Konzentrierst du dich jetzt mal drauf, nicht hinzufallen, statt blöde Witze zu machen?«

Wieder tippte sie innen gegen meinen Oberschenkel und drückte ihn nach außen.

Ich gab ihrem Druck nach, und sogleich fühlte es sich ein bisschen besser an. »Okay, und wie komme ich jetzt vorwärts?«

»Beug dich einfach nach vorn«, erwiderte sie.

Ich tat es und verlor sofort das Gleichgewicht. Ich fiel vornüber und konnte den Sturz gerade noch mit den Händen abfangen. Ich stöhnte.

Lilith lachte. »Oh, Himmel! Ich habe nicht gedacht, dass du das wirklich ernst nehmen würdest. Tut mir leid. Das wollte ich wirklich nicht.« Sie beugte sich herab und half mir wieder auf die Füße. Sie lächelte fröhlicher, als ich das bisher gesehen hatte, und ich schaffte es einfach nicht, sauer auf sie zu sein.

»Ja, dass das blöd ist, hätte mir eigentlich klar sein sollen.«

»Was, dich vorzubeugen oder mir zu vertrauen?«

»Vermutlich beides.«

In den nächsten Minuten zeigte sie mir die Grundlagen, und nach kurzer Zeit hielt ich mich ganz passabel auf den Beinen. Es machte richtig Spaß, und schon bald machte ich mir keine Gedanken mehr, wie albern ich aussah, wenn ich mich mit gerade mal einem Viertel ihrer Geschwindigkeit über das Eis bewegte. Ich sah ihr zu, wie sie über das Eis glitt, als wäre es ihr zweites Zuhause. Sie prahlte nicht mit Drehungen oder Sprüngen, dennoch war ich mir sicher, dass sie das durchaus gekonnt hätte. Nach einiger Zeit kam sie an meine Seite und lief langsam neben mir her.

»Du wirst besser«, stellte sie fest.

»Ich hätte nie gedacht, dass du gern eisläufst.«

»Na ja, ich habe nicht gerade für die Olympischen Spiele trainiert. Das war einfach nur so ein heimliches Vergnügen.«

»Heimlich? Wieso musstest du das heimlich machen?«

»Meine Eltern wären begeistert gewesen, wenn ich Eislaufen gemocht hätte. Alles, was mädchenhaft und weiblich war, fand automatisch ihre Zustimmung. Natürlich gibt es auch männliche Eisläufer, aber ... du weißt schon.«

Ich grinste. »Ja, die engen Trikots sind nicht gerade machomäßig. Oder die gezierten Handbewegungen.«

»Nun, jedenfalls verlor ich ganz schnell die Lust an allem, sobald meine Eltern wollten, dass ich es tat. Schlittschuhlaufen kam also nicht infrage. Oder hätte eigentlich nicht infrage kommen dürfen. Wir sind mal mit der Klasse zum Schlittschuhlaufen gefahren. Ich hatte es vorher nie ausprobiert, und ich weiß noch sehr gut, wie es sich angefühlt hat. Alles in meinem Leben war Ablehnung und Widerstand. Ich war *immer* am Kämpfen. Dann stand ich auf dem Eis, und zum ersten Mal fühlte es sich an, als könnte ich loslassen. Ich wusste, ich tat etwas, das meinen Eltern gefallen hätte, aber in diesem Moment war es *meine* Entscheidung.«

Ich grinste. »Irgendwie bist du wie ein umgekehrtes Aschenputtel. Die Prinzessin, die am liebsten ein gewöhnliches Mädchen gewesen wäre.«

»Wenn ich ein umgekehrtes Aschenputtel bin, bist du dann Prinz Gar-nicht-Charming?«

»Ich bin zu befangen, um zu antworten. Sag du es mir.«

Sie machte eine Drehung, lief rückwärts vor mir her und grinste mich an. »Kommt drauf an. Wenn einen Perfektion und Eitelkeit und lächerlich gutes Aussehen abstoßen, dann ja. Dann trifft das durchaus auf dich zu.«

»Ich bin alles andere als perfekt.«

Sie sah mich mit gerunzelter Stirn an, nahm meine Hände und zwang mich, wackelig am Rand der Eisfläche neben ihr zum Stehen zu kommen. »Beweis es, Mistkerl.«

»Das ist gleich der erste Beweis. Einen perfekten Mistkerl gibt es nicht.«

»Das gilt nicht als Beweis, Mr Gar-nicht-Charming.«

»Okay. Ich bin nicht perfekt, weil ich meinen Käsetoast gern in Ketchup tunke.«

»Lahm. Das habe ich auch schon gemacht. Hast du schon mal ein Stück Butter abgebissen, als wäre es ein Schokoriegel?«

Bei der Vorstellung verzog ich das Gesicht.

»Ja, klar doch. *Weiter.*«

»Okay«, sagte ich. »Als ich acht war, habe ich die Toilette im Haus meines Freundes verstopft und, als ich zur Rede gestellt wurde, die Schuld auf seine Großmutter geschoben.«

»Du bist ein Monster«, erwiderte sie trocken. »Wenn du nicht mehr zu bieten hast, halte ich dich weiterhin für perfekt.«

»Wie wäre es damit: Ich glaube, ich verliebe mich immer mehr in ein Mädchen, das ich vor ein paar Tagen kennengelernt habe. Es ist für mich gerade so gar nicht der richtige Zeitpunkt für eine Beziehung. In der Arbeit ist zu viel los, als dass ich an Mädchen auch nur denken sollte. Ich habe eine psychotische Stiefschwester, die es sich in den Kopf gesetzt hat, mein Leben zu ruinieren und zudem das von jedem Menschen, der mir etwas bedeutet. Und das Mädchen hat eine Katze. Jeder weiß, dass Katzen viel minderwertiger sind, also hat sie eindeutig Probleme.«

»Ein Hunde-Typ. Das ist die Bestätigung. Du bist tatsächlich nicht perfekt.«

»Dann musstest du also«, sagte ich, als wir weiterliefen, »heimlich üben, stimmt's? Oder hast du es deinen Eltern irgendwann erzählt?«

»Nie. Sie wissen es bis heute nicht. Ich habe immer gelogen und behauptet, ich würde nach der Schule noch an Gruppenprojekten arbeiten. Ich kam zur Eisbahn und schwang mich aufs Eis. Damals habe ich vermutlich davon geträumt, wer ich wohl geworden wäre, wenn meine Eltern nicht so viel Druck ausgeübt hätten.«

»Und wer wäre das gewesen?«

Sie lächelte mich schief an. »Wahrscheinlich ein streberhaftes, braves Mädchen.« Sie zuckte mit den Schultern. »Vielleicht ist es nur gut, dass sie so hartnäckig versucht haben, mich nach ihrer Idealvorstellung zu formen. Du machst mir jedenfalls nicht den Eindruck, dass du auf Prinzessinnen stehst.«

Ich lachte. »Eine hat gereicht, dann wusste ich, dass das nichts für mich ist. Nein, ich mag Menschen mit Rückgrat. Du bist anders, und das mag ich an dir.«

»Du bist auch anders, als ich ursprünglich dachte. Ich muss zugeben, ich hatte dich erst für einen Typ namens Kade gehalten, der den ganzen Tag auf seiner Jacht verbringt.«

Ich lachte. »Einer meiner besten Freunde heißt leider Kade. Und theoretisch könnte es sein, dass ich eine Jacht besitze. Vielleicht bin ich also doch nicht so anders.«

Jetzt lachte auch sie. »Wo Geld ist, ist auch ein Kade. Das ist wie ein universelles Gesetz. Hast du auch einen Freund, der Rich heißt? Oder vielleicht *Edward?*«

»Rich nicht, aber mein Halbbruder heißt Price.«

»Verdammt! Mit dir könnte ich innerhalb von Sekunden ein Reiche-Leute-Klischee-Bingo gewinnen.«

»Das Spiel kann ich ebenfalls spielen«, erwiderte ich. »Bringst du an Halloween Opfer dar? Gehst du in der Nacht gern in den Wald und tanzt nackt ums Lagerfeuer?«

»Nein und ja«, antwortete sie völlig ernst.

»Mit einem Ja hätte ich jetzt nicht gerechnet, aber vielleicht schickst du mir von deinem nächsten Nackttanz im Wald mal eine Nachricht, damit ich zuschauen und dir als Punktrichter Noten geben kann.«

»Das würde dir gefallen, wie? *Perversling.*«

»Ich habe dich letzte Nacht ausgezogen und zwischen deinen Beinen das Alphabet buchstabiert. Es ist doch wohl klar, dass ich mich für alles unter deiner Kleidung interessiere. Ich dachte, daraus hätte ich kein Geheimnis gemacht.«

Sie wurde rot. »Hör auf. Ich werde sonst noch rot, und ich werde grundsätzlich nicht rot.«

»Du bist bereits rot.«

»Nein, das ist einfach nur mein gut durchblutetes Gesicht. Bilde dir ja nichts ein.«

»Mein Fehler. Ich dachte, meine Verführungskünste zeigten allmählich Erfolg.«

»Vielleicht ein klein wenig.«

»Wie auch immer. Ich bin froh über den heutigen Abend. Es hat mir gefallen, einen Blick hinter die Kulissen zu werfen, auch wenn er nur kurz war.«

»Und was siehst du hinter meinen *Kulissen?*«, fragte sie.

»Ich bin mir nicht sicher. Meine Augen waren geschlossen, als ich da runtergetaucht bin.«

Sie schwieg einen Moment, dann verzog sie angewidert das Gesicht. »Also echt. Nenn bloß nie wieder irgendeinen Teil meiner weiblichen Anatomie ›Kulisse‹!«

Ich lachte. »Tut mir leid. Du hast völlig recht, das ist ein schreckliches und unschmeichelhaftes Wort. Aber ich konnte nicht widerstehen. Du hast mir da einfach eine Steilvorlage geliefert.«

Sie zog die Stirn in Falten und spreizte die Hände. »Und, deinen abartigen Humor mal beiseite? Welche Geheimnisse habe ich dir enthüllt?«

»Dass es vielleicht ansatzweise eine Entschuldigung dafür gibt, dass du immer so ein kaltherziges Weib bist.«

Sie lachte. »Sag ruhig, was du denkst. *Verdammt.*«

»Größtenteils mache ich nur Spaß. Deine Fassade ist ziemlich überzeugend, aber ich habe dir die Rolle nie so ganz abgekauft.«

»Wer sagt, dass es eine Rolle ist?«

»Deine Augen. Du hast dein Gesicht ziemlich gut unter Kontrolle, nicht aber deine Augen. Und dein Mundwinkel zuckt, wenn du etwas lustig findest. Außerdem hast du mich bei unserer ersten Begegnung mit den Augen verschlungen.«

Sie öffnete den Mund, um zu protestieren, schloss ihn dann aber wieder.

Ich lachte lauthals. »Volltreffer, stimmt's?«

»Halt die Klappe. Nein. Ich konnte nur nicht fassen, wie eitel du geklungen hast.«

»Aber hatte ich recht?«

»Ich habe dich nicht *mit den Augen verschlungen.* Vielleicht habe ich mir manchmal vorgestellt, wie du wohl so bist. Aber mehr war da nicht.«

»Für jemanden, der den ganzen Tag so tut, als ob, bist du eine schlechte Lügnerin.«

»Du bewegst dich auf dünnem Eis, *Bob.*«

Ich schaute auf den Boden. »Wieso? Das ist doch ziemlich dick.«

Sie verdrehte die Augen. »Schlechte Wortwahl, zugegeben. Du weißt, was ich meine. Wenn du möchtest, dass sich all deine romantischen Gesten bezahlt machen, solltest du vielleicht aufhören, mich zu nerven.«

»Ich habe keine Ahnung, wovon du redest. Ich mache

keine romantischen Gesten, und ich hoffe auf keine wie auch immer geartete Belohnung.«

»Wir sind beim Eislaufen, während Schneeflocken um uns herumtanzen. Also wirklich. Wenn das keine maximal romantische Geste ist – da stecken mindestens neunzig Prozent Mühe dahinter. Gib es doch einfach zu. Du gibst dir große Mühe, auch wenn mir nach wie vor nicht klar ist, wieso du überhaupt an mir interessiert bist.«

»Eher 110 Prozent«, gab ich grinsend zu. »Ich gebe mir so viel Mühe, weil ich nicht anders kann. Ich verstehe es nicht ganz, aber ich weiß, dass es sich mit dir anders anfühlt. Seit wir das erste Mal miteinander geredet haben, habe ich mich zu dir hingezogen gefühlt. Während ich mich vorher zwingen musste, mal an etwas anderes als an die Arbeit zu denken, musste ich mich auf einmal zwingen, mich auf die Arbeit zu konzentrieren. Dauernd habe ich im Kopf Szenen durchgespielt, wie ich an dich rankommen und durch deine Sarkasmusmauern brechen könnte.«

»Sarkasmusmauern. Aua.«

»Ich wollte mich nicht beschweren.«

»Und wieso hast du dann noch nicht die wichtige Frage gestellt?«

Ich drehte mich zu ihr hin, ohne daran zu denken, dass ich Schlittschuhe unter den Füßen hatte, und fiel prompt auf den Hintern.

Um die Erniedrigung komplett zu machen, rutschte ich noch ein paar Meter auf dem Hintern weiter, bevor ich mit dem Rücken gegen die Absperrung am Rand der Eisfläche stieß.

Lilith ging graziös in die Knie und glitt auf mich zu, bis sie zwischen meinen Beinen hockte. Sie sah mich durchdringend an. Die plötzliche nächtliche Stille ohne das Kratzen unserer Schlittschuhe auf dem Eis war verwirrend.

»Ich glaube, ich habe mir den Kopf heute Nacht zu oft angehauen, um drauf zu kommen, wie die wichtige Frage lautet«, sagte ich. »Vielleicht kannst du mir weiterhelfen.«

»Du hast mich nicht gefragt, wieso ich mich zu zwei Dates mit dir bereit erklärt habe.«

»Ist das nicht offensichtlich?«, fragte ich grinsend.

Sie schlug mir gegen die Brust, was mich zum Lachen brachte. »Ich meine das ernst.«

Ich hörte auf zu lachen und schüttelte den Kopf. »Muss ich jetzt die richtige Antwort liefern, oder ist das eine rhetorische Frage?«

»Ich habe den Dates mit dir zugestimmt, weil mich Leute normalerweise auslaugen. Ein paar Minuten sozialer Interaktion, und der Tag ist für mich gelaufen. Du bist der erste Mann, von dem ich jemals mehr wollte.« Sie senkte den Blick, und das Schweigen, das sich jetzt ausbreitete, schien ihren Worten noch mehr Gewicht zu verleihen.

Ich legte die Hand unter ihr Kinn und hob es an. »An dieser Stelle würde ich normalerweise einen Schritt auf dich zu machen, aber ich fürchte, mehr als meine Arme kann ich nicht bewegen, ohne sofort erneut hinzufallen.«

»Was meinst du damit?«

»Du musst mich irgendwie hier rausbringen und dann vergessen, dass dies jemals passiert ist. Jedenfalls wenn du möchtest, dass es mit uns weitergeht.«

Sie stand auf, stellte sich neben mich und packte meine Hände. Dann stieß sie sich ab und zog mich auf dem Rücken über das Eis.

»Dein Hintern sieht hübsch aus von hier unten«, sagte ich.

Sie drehte sich um und starrte mich böse an. »Willst du damit sagen, dass er sonst nicht hübsch aussieht?«

»Ganz und gar nicht. Nur dass er aus jedem Blickwinkel hübsch aussieht.«

»Ja, ich frage mich, ob deine Stiefschwester das auch findet.«

Das ließ mich leicht zusammenzucken. Es stimmte, auch wenn ich das, was Celia getan hatte, mindestens so hasste, wie Lilith das tun musste.

Sie zog mich zum Tor, wo es mir gelang, mich äußerst unelegant in eine sitzende Position hochzuhieven. »Ich glaube, über das Eis gezogen zu werden, hat mir besser gefallen, als darauf zu laufen.«

»Wegen meines Hinterns oder weil keine Gefahr bestand, hinzufallen?«

»Eindeutig der Hintern.«

Sie biss sich auf die Lippe, dann kniete sie sich hin und drückte gegen meine Schultern. Ich saß noch immer, und einen Moment lang dachte ich, sie wolle mich wieder auf den Rücken hinunterdrücken.

»Was tust du da?«

»Ich will dich wieder so wie vorher haben«, erwiderte sie. »Ja.« Sie stupste ein wenig gegen meine Beine, bis ich sie spreizte. »Das sieht gut aus.« Sie kniete sich zwischen meine Schenkel, wie sie das vor ein paar Minuten auf dem Eis getan hatte. »Wenn ich mich richtig erinnere, hast du gesagt, wenn du dich richtig bewegen könntest, würdest du einen Schritt auf mich zu machen.«

Ich legte die Hand an ihren Nacken und zog ihren Kopf zu mir herunter, um sie zu küssen. Ihre Lippen waren ein wenig kalt, aber ihre Zunge war dafür umso heißer. Kurz schoss mir durch den Kopf, dass der Wärter, den ich bestochen hatte, hoffentlich nicht irgendwo herumhing, wo er uns beim Knutschen beobachten konnte, aber auch das hätte mich nicht davon abgehalten, sie diesmal zu nehmen, wie ich wollte. Nicht schon wieder.

»Bist du dir sicher, dass sie dies nicht filmt?«, fragte Lilith.

»Nein«, gab ich zu. »Aber ich wäre sehr beeindruckt, wenn sie hier Kameras versteckt hätte. Ich wollte allerdings sowieso lieber drinnen weitermachen. Frostbeulen an deinem Hintern sind nicht unbedingt, was ich mir für heute als großes Finale vorstelle.«

# ELF

*Lilith* Bis wir bei den verglasten Läden neben der Eisfläche angekommen waren, hatten wir beide nur noch Socken an den Füßen, mein T-Shirt war zur Hälfte hochgeschoben und Liams Hose aufgeknöpft. Wir hatten uns küssend auf die Tür zubewegt und mithilfe der restlichen uns noch verbliebenen Gehirnzellen an Schlittschuhen und Kleidung herumgezerrt.

Ich fuhr mir mit der Zunge über die Lippen. »Mal rein hypothetisch: Was passiert, wenn ich dich ranlasse?«

»Was passiert, ist Folgendes: Ich lege dich hin, stelle dich hin, drehe dich auf die Seite – das spielt keine Rolle –, ich spreize deine Beine. Ich tauche in dich ein, als wären es Jahre und nicht nur Tage, seit ich zum ersten Mal beschlossen habe, dass ich mit dir schlafen will. Dass ich mit dir schlafen *muss*. Ein Wort von dir, und ich verschlinge dich. Jeden einzelnen Zentimeter. Das ist es, was passiert.«

Ich versuchte zu schlucken, brachte aber nur ein seltsam klickendes Geräusch in meiner Kehle zustande. *Verdammt*. Er war heiß, wenn er geil war. »Hypothetisch natürlich«, erwiderte ich, »klingt das nach ein bisschen mehr Spaß als 17,5 Zentimeter Silikon.«

»Hypothetisch«, stimmte er zu.

Zwei Minuten später hatte mich Liam hinter einer Tür, auf der »Nur für Mitarbeiter« stand, gegen die Wand gepresst. Es war so etwas wie ein Geräteraum, und wir konnten durch die dünne Wand hören, wie der Wärter eine mit künstlichen Lachern unterlegte Serie anschaute.

Liam hatte mich an den Handgelenken gepackt, hielt die Hände über meinem Kopf fest und brachte sein Gesicht ganz nah an meins. Jeder Nerv in meinem Körper schrie nach seiner Berührung, bis meine Haut von oben bis unten prickelte. Über die Konsequenzen und deren Bedeutung konnte ich mir später Gedanken machen. Seit unserer ersten Begegnung, ob ich es mir eingestehen wollte oder nicht, war ich auf Kollisionskurs mit Liam Hightower gewesen. Alle meine Versuche, der Welt zu zeigen, dass sie mir egal war, hatte er voll unterlaufen. Er war mir nicht egal. Ganz und gar nicht.

Ich wollte, was er zu geben hatte, und ich wollte es so sehr, dass es schon wehtat. Es war keine Frage von *ob* gewesen, sondern nur von *wann*.

Er küsste mich auf seine stürmische, besitzergreifende Art, als wäre jede Berührung seiner Lippen eine Markierung, die der Welt zeigte, dass ich fortan vergeben war und alle anderen mir besser nicht zu nahe kamen.

»Was tun wir da?«, fragte ich zwischen zwei Küssen.

»Das nennt man Vorspiel«, antwortete er, jede Silbe betonend, als spräche er zu einem Kind. »Erst mache ich dich so geil, dass du dich kaum noch auf den Füßen halten kannst, dann …«

»Das Konzept ist mir bekannt«, unterbrach ich ihn. »Was ist dies? Was bedeutet es?«

Er zuckte mit den Schultern. »Es muss nichts zu bedeuten haben. Hör ausnahmsweise einfach auf, allem eine Bedeutung beizumessen. Spür es einfach. Genieß es. Lass die Fragen für später.«

Was er sagte, kam nur zum Teil bei mir an, weil mich seine Nähe völlig in Bann schlug. Sein eng an mich gepresster Körper war hart, warm und ein einziges Versprechen. Sein steifer Schwanz bohrte sich in meinen Bauch und ließ keinen Zweifel daran, wie *sein* Ziel in dieser Nacht lautete.

»Und wenn es nicht so einfach ist?«

Er beugte sich hinunter, packte meine Unterlippe mit den Zähnen und sog sie langsam ein, was ein wenig brannte und mir Hunger auf mehr machte. »Und wenn doch?«

Ich versuchte, ein bisschen von seiner Lässigkeit zu übernehmen. Ich war nicht mehr in der Highschool. Menschen hatten Gelegenheitssex. Lockere Beziehungen. Nicht immer war alles schwarz oder weiß. Konnte ich mich nicht dieses eine Mal einfach in jene Welt hineinfallen lassen?

Liam legte die Hand innen an meinen Schenkel und setzte damit allem Zweifeln ein Ende. In meinem Kopf blinkte nur noch ein Neonlicht auf, das »Mach weiter« signalisierte.

Also ließ ich los. Ich entspannte mich, ließ zu, dass er mit einer Hand meine Handgelenke packte und die andere meinen Schenkel hinaufwandern ließ. Ich ließ zu, dass er mir die Hose auszog, und dann, dass er die Hand an mein schon völlig durchgeweichtes Höschen legte.

Er küsste mein Ohrläppchen. »Deine Pussy scheint keine Zweifel zu haben.«

»Das war nie der Teil von mir, um den du kämpfen musstest«, gab ich zu. »Was zwischen meinen Beinen ist, hat dir schon vom ersten Blick an gehört. Der Rest von mir wollte das nur nicht zugeben.«

»*Verdammt*«, stieß er schwer atmend hervor, während mich seine Finger langsam und rhythmisch bearbeiteten. »Dass du ein unanständiges Mädchen bist, wusste ich gleich, als ich dich gesehen habe. Du hast es gut versteckt, aber ich wusste Bescheid. Unten in der Eingangshalle habe ich gemerkt, dass du es dir wünschst, dass du möchtest, dass ich auf dich zu gehe.«

»Ich wüsste nicht – *oh, Wahnsinn* –, wie du das gemerkt haben willst.«

Er presste meine Handgelenke fester zusammen. Seine Lippen waren noch immer so nah an meinem Ohr, dass ich ihre Bewegungen spürte, wenn er sprach. Er fuhr mit den Fingern unter den Saum meines Höschens und dann zwischen meinen feuchten Schamlippen hindurch. »Du hast mich schon beim ersten Mal, als du mich gesehen hat, mit Blicken verschlungen. Gib's zu.«

»Lügner«, erwiderte ich.

Er kicherte, und ich spürte, wie seine Brust an meiner vibrierte. »Ich bin vieles, aber ein Lügner war ich noch nie.«

Beinahe hätte ich mit ihm gestritten – ihn darauf hingewiesen, dass er alles andere als ehrlich gewesen war, als er sich mir mit falschem Namen vorgestellt hatte –, aber ich war zu reizüberflutet, um noch denken geschweige denn reden zu können. Aus meinem Mund kamen nur noch unverständliche Laute, und ich stöhnte so laut, dass ich nur hoffen konnte, der Wärter würde es nicht über seine Fernsehsendung hinweg hören.

Liam vögelte mich so unnachgiebig mit dem Finger, dass ich kam, während ich mich zitternd an ihn klammerte, um nicht hinzufallen. Meine Knie waren wie Pudding, mein Gehirn war wie Rührei, auch wenn irgendein weit entfernter, klar denkender Teil von mir noch immer versuchte, die Bedeutung des Ganzen zu verstehen und was es über unsere Zukunft oder deren Nichtexistenz aussagte.

Er sank auf ein Knie hinunter, als wolle er mir einen Antrag machen, und sah dann mit einem wölfischen Grinsen im Gesicht zu mir hoch. Er hielt Zeige- und Mittelfinger hoch, die von meinen Säften ganz feucht waren. Ohne den Blick von meinen Augen abzuwenden, leckte er sie von oben bis unten ab. Er biss sich auf die Lippe und grinste mich breit an. »Wahnsinn, schmeckst du gut. Ich brauche mehr.« Mit einer einzigen Bewegung zog er mir mein Höschen aus, schob die Arme unter meine Beine und ließ mich nach unten rutschen, bis ich mit dem Rücken an der Wand lehnte und mein Gewicht auf seinen Schultern ruhte. Mir blieb keine Zeit, zu denken, zu zweifeln oder zu hinterfragen. »Du hast die erotischste Pussy, die ich je gesehen habe«, knurrte er, dann küsste er die Innenseiten meiner Schenkel. Sein Gesicht war meinem Geschlecht so nah, dass ich die Hitze spürte, die er abstrahlte, wie ein Versprechen auf das, was kommen würde. Ich hatte das Gefühl, es müsste mir eigentlich peinlich sein oder mich verlegen machen, denn hier war es deutlich heller als nachts in seiner Wohnung. Aber ich empfand nur Vorfreude.

Als er mich mit den Lippen berührte, war es, als würde die Zeit stehen bleiben. Die Wärme seiner Zunge an einer derart intimen Stelle brachte mich quasi sofort zum Orgasmus. Ich dachte an all die frechen Dinge, die er mit seiner Zunge gemacht hatte, und fand es herrlich unanständig, ihm dabei zuzusehen. Ich hätte nie gedacht, dass sich dieser Anblick so sexy anfühlen würde.

Er sog meine Klitoris ein, wirbelte mit der Zunge um sie herum, stieß die Zunge dann in mich hinein und liebkoste mich mit ihr. Es war zu viel, und als der Orgasmus durch mich hindurchraste wie ein Güterzug, spannten sich meine Muskeln so stark an, dass sein Kopf wie in einer Schere steckte.

Er ließ mich von seinen Schultern herunter, setzte mich am Boden ab und zog sich die noch verbliebene Kleidung aus. Rasch riss er ein Kondom aus seiner Verpackung und streifte es sich über.

Er ging auf die Knie, packte mich an den Beinen und zog mich zu sich her, bis sein Schwanz zwischen meinen Beinen lag. Mit halb geschlossenen Augen schaute er auf mich herunter.

Ich wollte anständig bleiben und warten, dass er in mich eindrang, aber wie es aussah, wollte der Schweinehund einfach auf diese Weise verharren und meinen Körper mit Blicken verschlingen. Also nahm ich die Sache selbst in die Hand, packte seinen Schwanz und schob ihn in mich hinein. Ich war so feucht, dass er problemlos hineinglitt.

Ich legte mich zurück, streckte die Arme über den Kopf und hakte die Finger unter der geschlossenen Tür ein. Dann spreizte ich die Beine und schlang sie ihm um den Rücken, damit er tiefer und tiefer in mich hineinkommen konnte, bis ich dachte, mehr könne er mich nun wirklich nicht ausfüllen.

»Du fühlst dich so gut an«, brachte ich mühsam heraus.

»Wundert dich das?«

»Mistkerl.« Ich versuchte zu lachen, es wurde dann aber doch eher ein Stöhnen. Noch nie zuvor war ich der laute Typ gewesen, aber mit Liam war es unmöglich, nicht laut zu sein. Ihm gelang es, mir das Gefühl zu geben, ich wäre in einem Film oder in einem Märchen. Er wollte mich für sich haben, und nach und nach wurde mir klar, dass ich das ebenfalls wollte. Ich wollte mit ihm verbandelt sein, Teil seines Lebens und seiner Welt. Ich wollte es mir in seinem Herzen gemütlich machen und dort mein Bett aufschlagen.

Meine Gedanken wurden rasch von seinem zunehmenden Tempo davongefegt. Ich beobachtete sein Gesicht und genoss es, wie sich seine schönen Gesichtszüge vor Lust verzerrten. Er packte meine Hüften, und dann war es vorbei mit seinem sanften, fast schon zärtlichen Zustoßen. Er benutzte meine Hüften wie Griffe und hämmerte wie ein Sexspielzeug in mich hinein. *Himmel, es war so geil!*

Die Orgasmen flossen ineinander. Ich war mir nicht mal mehr sicher, ob ich kurz vorm Kommen stand, mitten in einem Orgasmus war oder gerade dessen Ausläufer erlebte. Ich wusste nur, dass sich dies, wenn sich schon der Kuss richtig angefühlt hatte, *absolut* richtig anfühlte. Sex wie diesen gab es nicht zwischen Leuten, die nicht füreinander bestimmt waren. Daran glaubte ich. Daran musste ich glauben.

Er stöhnte, und dann kam er und brach auf mir zusammen.

»Verdammt«, brachte er atemlos heraus. »Ich wollte eigentlich viel länger durchhalten.«

Ich lachte, aber nur leise. Nach wie vor vibrierte mein ganzer Körper, und meine Haut schien noch immer in Flammen zu stehen. »Du hast Glück, es ist nämlich nicht die Menge, die zählt, sondern die Qualität. Ich bin dabei, meinen Standpunkt zu den Verdiensten von Sexspielzeugen versus dem Original zu revidieren.«

»Dummerchen«, erwiderte er lachend.

Ich schlug ihn gegen die Brust, biss mir aber auf die Lippe und lächelte. »Es ist unhöflich, zu jemandem ›Dummerchen‹ zu sagen, in dem man bis zu den Eiern drinsteckt.«

Er beugte sich herunter, küsste mich auf das Kinn und grinste mich hinterhältig an. »Gib zu, dass du für mehr von dem hier alles tun würdest.« Er machte eine leichte Hüftbewegung, und sofort loderte das Feuer in meinem Inneren wieder auf.

»Auf gar keinen Fall.«

»Zu schade. Dann ziehe ich ihn wohl besser raus.«

Ich setzte mich auf, packte seinen festen Hintern und hielt seinen Schwanz in mir fest. »Untersteh dich.«

»Verdammt, das ist echt heiß, wenn du mir Befehle erteilst.«

»Gut. Dann wirst du wohl auch nichts dagegen haben, wenn ich dir befehle, es noch einmal zu machen. Genau wie beim letzten Mal.« Ich lehnte mich zurück und schaute mit einem Gesichtsausdruck zu ihm hoch, der vermutlich nicht so bedrohlich wirkte, wie ich das gern gehabt hätte, weil ich einfach nicht aufhören konnte zu grinsen.

Er salutierte und nickte. »Ich sollte dich warnen. Ich bin ein leistungsorientierter Mensch, deshalb hoffe ich, dass du nicht vorhattest, es morgen in die Arbeit zu schaffen.«

# ZWÖLF

*Liam* Price und Kade warteten schon vor meinem Büro auf mich. Ich versuchte, einen wachen Eindruck zu machen, hatte aber nur eine Stunde geschlafen, und selbst in der hatte ich einen besonders erfreulichen Traum von Lilith gehabt.

Price hatte sich wie üblich für äußerst legere Kleidung entschieden. Er trug ein Button-down-Hemd mit hochgekrempelten Ärmeln. Zumindest schien er sein widerspenstiges Haar gekämmt zu haben, was nicht immer selbstverständlich war. Aus irgendeinem Grund schienen Frauen auf seinen lässigen, sorglosen Stil zu stehen, ich allerdings hätte es lieber gesehen, wenn er sich, zumindest wenn er für die Firma unterwegs war, ein bisschen professioneller präsentiert hätte. Aber ich konnte mich nicht beklagen. Price machte seine Arbeit gut, wenn auch auf seine einzigartig frustrierende Art und Weise.

Kade stand wie eine Statue neben der Tür, als hätte man ihn dort hingestellt, um jeden abzuschrecken, der womöglich in mein Büro kommen wollte.

»Was verschafft mir die Ehre?«, fragte ich. »Ihr beide macht doch sonst keine Hausbesuche.«

»Die Gelegenheit war günstig«, erwiderte Price. Er öffnete mir die Tür und bedeutete mir einzutreten.

Kade, der wie immer nichts überriss, trat vor mir ein, als hätte Price die Tür für ihn offen gehalten.

Ich setzte mich hinter meinen Schreibtisch, wo ich mich beherrschen musste, nicht gleich meinen Computer hochzufahren und meine E-Mails zu checken. Multitasking war noch nie meine Spezialität gewesen. Was immer ich machte, machte ich mit ungeteilter Aufmerksamkeit. Wenn ich an einem Tag vier Aufgaben hatte, fixierte ich mich oft dermaßen darauf, die erste absolut perfekt zu erledigen, dass ich an die anderen drei erst dachte, wenn es bereits zu spät war. Im Großen und Ganzen war ich schon während der Schulzeit auf die Karriere fixiert gewesen, die ich unbedingt machen wollte, wofür ich sogar auf ein Sozialleben verzichtet hatte. Sobald ich die Firma gegründet hatte, hatte ich alles ignoriert, was nicht mit meiner Arbeit zu tun hatte. Hätte ich mich nicht, um meiner Stiefschwester aus dem Weg zu gehen, in Bob Smith verwandelt, hätte ich vielleicht nie mehr das Gefühl gehabt, mir bliebe Zeit für Dates.

Ich fragte mich, ob Lilith auch nur die geringste Ahnung hatte, in welchen Schwierigkeiten sie steckte, seit sie zu meinem neusten Fixpunkt geworden war. Schlimmer noch, ich fragte mich, ob ich mein Leben noch im Griff hatte, wenn ich doch nur eins wollte: sie bald wieder sehen, bald wieder *schmecken*.

Ich klammerte mich an die Armlehnen meines Schreibtischstuhls. Ich wusste, dass Price sprach, hören konnte ich aber nur Liliths verzweifelte Atemzüge, als ich in sie hineinstieß und sie zur Ekstase trieb. Es war schwer vorstellbar, dass mich noch irgendetwas anderes interessieren könnte, als hätte ich gerade zum ersten Mal eine Droge konsumiert, von der ich wusste, sie würde mich innerlich auffressen. Beängstigend war vor allem, dass ich voll und ganz bereit war, mich ihr auszuliefern, auch wenn ich keine Ahnung hatte, was das für mein weiteres Leben bedeuten würde.

»Und?«, fragte Price.

»Er war weggetreten«, sagte Kade. »Ich spreche da aus Erfahrung. Er hat garantiert kein einziges Wort von dem mitbekommen, was du gesagt hast.«

»Ich habe genau zugehört«, widersprach ich.

»Dann gib mir doch mal wie in der Highschool eine Zusammenfassung von dem, was ich gerade gesagt habe.«

»Du ... hast von einem möglichen Geschäft gesprochen.«

Price seufzte. »Nein, Idiot. Ich habe dir gesagt, dass ich eine Darmspiegelung brauchte, weil ich drei Tage nicht aufs Klo konnte und mir allmählich Sorgen gemacht hatte.«

Ich sah ihn stirnrunzelnd an. »Was?«

»Ja. Wie sich herausgestellt hat, war es nur dieser neue Proteindrink, den ich ausprobiert habe. Nicht genügend Gemüse vermutlich. Fasern, all so was.«

Kade nickte weise. »Fasern sind wichtig. Die sind gut für einen regelmäßigen Stuhlgang. Joghurt ist auch gut. Gute Bakterien für deine Eingeweide, aber wenn du wie ich Probleme mit Laktose hast, kannst du immer noch auf Probiotika umsteigen.«

»Ernsthaft? Habt ihr mich deswegen vor meinem Büro abgepasst? Meine Darmtätigkeit ist äußerst zufriedenstellend, besten Dank auch.«

»Nein«, erwiderte Price. »So was nennt man Small Talk. Normale Menschen machen das, bevor sie mit ihren Freunden über Geschäfte reden.«

»Eigentlich«, warf Kade ein, »weiß ich gar nicht so recht, wie normal es ist, über so was zu reden. Es ist seltsam. Wir alle tun es, aber alle wollen es unter den Teppich kehren, als wäre jegliche Darmtätigkeit eine große Verschwörung.« Er kicherte und schüttelte den Kopf. »Manchmal würde man es am liebsten lauthals verkünden, stimmt's? He! Ich habe geschissen! Und ich bin stolz drauf!«

Price und ich seufzten simultan.

»Kade«, sagte Price. »Du bist der abgedrehteste Typ, der mir je über den Weg gelaufen ist. Es hat seinen Grund, warum wir dich nicht mit Klienten zusammenbringen, und dieser Kommentar war dafür ein hervorragendes Beispiel.«

Kade deutete auf Price, hielt den Blick aber mit gerunzelter Stirn auf mich gerichtet. »Siehst du, was ich meine? Er will mich gleich mit unter den Teppich kehren, weil ich darüber geredet habe.«

»Wie immer du meinst, Kade«, erwiderte Price. »Der eigentliche Grund, weshalb wir bei dir vorbeigekommen sind, ist, dass wir einen richtig großen Fisch an der Angel haben. Sie ist die Verbindungsfrau eines multinationalen Unternehmens, das allen seinen leitenden Angestellten ein saftiges Aktienpaket zuteilt. Wenn sie unsere Aktienpakete in ihre Vergütungsprogramme aufnehmen, würden wir fast doppelt so viel Kohle machen wie jetzt, einfach so. Denk mal drüber nach. Ein Vertragsabschluss, und alles verdoppelt sich, vielleicht springt sogar noch mehr dabei raus. Wer weiß, was solch eine Riesenfirma für unseren Ruf bedeuten würde.«

»Dann meinst du also, wir könnten mit denen sehr viel Geld machen.« Ich spreizte die Finger. »Aber wenn es da nicht einen Haken gäbe, würdest du mich nicht so eindringlich davon zu überzeugen versuchen, dass es eine gute Sache ist.«

»Ein kleiner Haken«, gab Price mir recht. »Ich weiß, dir ist es lieber, wenn ich mich um den ganzen Kram kümmere, aber diese Dame möchte dich persönlich kennenlernen. Sie sagt, die Verkaufsargumente interessieren sie nicht. Sie will unbedingt das Gehirn hinter diesen Aktienpaketen kennenlernen. Vermutlich ein Kontrollfreak.«

»Verstehe. Finde heraus, was genau sie erwartet, und melde dich dann wieder bei mir. Ich gehe nicht mit ihr zu Basketballspielen oder irgend so etwas Lächerliches. Wir können uns in einem professionellen Rahmen zusammensetzen. Ich bringe meinen Laptop mit und erläutere ihr die Vorgehensweise. Aber mehr als das ist nicht drin. Keine schwachsinnigen Turnübungen oder PowerPoint-Präsentationen.«

»Die Leute mögen PowerPoint«, warf Kade ein. »Denk mal drüber nach. Als du noch in der Schule warst, waren das immer die besten Tage, wenn der Lehrer irgendwas mit Powerpoint machte. Abgesehen von Filmvorführungen jedenfalls.«

Price und ich schauten Kade an, als wäre er ein Idiot, was er höchstwahrscheinlich tatsächlich war.

Price richtete den Blick wieder auf mich. »Nicht mal ein klein bisschen Überzeugungsarbeit? Deine unsozialen Muffeligkeitstechniken werden in diesem Fall nicht funktionieren. Es geht hier um eine Menge Kohle. Und nicht nur für dich. Denk mal an all unsere Angestellten. Der Typ vorne am Empfangstresen. Die Sekretärinnen. Die armen Schweine, die die Zahlen eingeben müssen. Mein Team, das sich auf der Jagd nach neuen Klienten jeden Tag den Hintern aufreißt. Denk drüber nach, Mann. All das hängt davon ab, dass du mal Eier zeigst und so tust, als wüsstest du, wie man Menschen überzeugt.«

»Komm schon, Price«, erwiderte ich. »Ich kenne dich gut genug, um zu wissen, dass dir die Angestellten egal sind, also tu nicht so, als ob.«

»Aber dir sind sie nicht egal.« Er zeigte mit dem Finger auf mich und grinste wissend. »Es hat seine Gründe, dass ich ein guter Verkäufer bin, Liam. Es liegt daran, dass ich Menschen sofort durchschaue. Ich bekomme sie an der richtigen Stelle zu fassen. Dich kenne ich schon viel zu lange, als dass ich dich erst noch durchschauen müsste, also stimm einfach zu, bevor ich die großen Geschütze auspacke und *wirklich* Überzeugungsarbeit zu leisten anfange.«

Ich schüttelte grinsend den Kopf. »Na gut. Aber ich stimme nicht zu, weil ich glaube, du könntest mich überzeugen. Ich stimme zu, weil ich weiß, du bleibst so stur, wenn ich mich weigere, dass ich schon vor lauter Langeweile nachgeben werde.«

Er beugte sich über den Schreibtisch und klopfte mir auf die Schulter. »Das ist die richtige Einstellung.«

# DREIZEHN

*Lilith* Ich traf mich mit Claire in einem Café in der Nähe meiner Wohnung. Seit dem Abend bei Galleon, als ich auf Williams Wunsch hin am Empfangstresen stand, hatte ich sie nicht mehr gesehen. Eigentlich hatte ich auch nicht damit gerechnet, sie noch einmal zu sehen. Ich konnte schon gar nicht mehr zählen, wie oft jemand, den ich flüchtig kennengelernt hatte, den schicksalhaften Satz »Wir sollten uns unbedingt mal treffen« gesagt hatte. Natürlich bedeutete »unbedingt mal« eher so etwas wie »hypothetisch«. Es war mehr so, als würde derjenige sagen: »Ich habe durchaus nicht vor, mein Leben so zu ändern, dass mir Zeit für eine Freundschaft mit dir bleibt, aber hypothetisch, falls ich das tun wollte, hätten wir sicher viel Spaß miteinander.« Als sich Claire also bei Galleon meine Nummer hatte geben lassen, hätte ich niemals mit einem Anruf von ihr gerechnet.

Claire trank einen Schluck von ihrem Kaffee und sah mich über den Rand der Tasse hinweg an. Mit ihrem schwarzen Haar und dem spitzen Haaransatz machte sie mich fast schon ein wenig neidisch, wirkte sie doch von Natur aus gleich viel bösartiger. Ich gab mir viel Mühe, um auszusehen wie jemand, dem man sich nur ungern nähern würde, aber Claire war der diametrale Gegensatz zu mir. Sie war von Natur aus mit boshaften, Furcht einflößenden Augen ausgestattet, und ihr Mund zuckte auf eine Art, dass man sofort dachte, sie hätte soeben Lügen über einen verbreitet. Gleichzeitig trug sie bunte Farben und Kleidung, als wäre sie süß und unschuldig.

Und dann war da ich. Fast während meiner gesamten Kindheit hatte man mir gesagt, ich würde wie eine Prinzessin aussehen. Ich wurde zu einer Prinzessin der heutigen Zeit *erzogen*. Irgendein puppengleiches Mysterium, entworfen und hergerichtet, um sich einen wohlhabenden Mann zu schnappen. Ich habe das alles weit von mir gewiesen, aber die Geister dieser Erwartung lauerten noch immer im Hintergrund.

Jeden Morgen versuchte ich, diese Erinnerung so gut wie möglich mit Make-up und einem einstudierten gleichgültigen Gesichtsausdruck zu verdrängen. Ich wollte nicht wie eine Prinzessin aussehen. Ich wollte keine Prinzessin sein. Ich wollte ich sein, aber nicht einmal ich wusste mehr, wer das eigentlich war.

»Es erstaunt mich, dass du gekommen bist«, sagte Claire.

*Ich bin gestern Nacht bestimmt fünfmal gekommen, bevor ich aufgehört habe mitzuzählen.* Die unanständige kleine Stimme in meinem Kopf hatte noch nicht damit aufgehört, alles mit Liam in Verbindung zu bringen. Es war schlimmer als bei einem Schüler in der Middle School, der gerade die Macht von *that's what she said* – »genau das hat sie auch gesagt« entdeckt hatte und es zwanghaft an jeden Satz anhängen musste. Ich musste mich zu einem verrutschten Lächeln zwingen und an Baseball denken, um die wachsende Hitze in meinem Unterleib in Schach zu halten. Der Mann war wie eine Stromladung gewesen, und seit er mich letzte Nacht berührt hatte, hatte er etwas in Gang gesetzt, von dem ich nicht wusste, wie ich es stoppen sollte.

»Ja«, erwiderte ich leise und räusperte mich. »Du hast irgendwie cool gewirkt, deshalb.«

Sie zuckte mit den Schultern. »Ich bin ganz und gar nicht cool. Ehrlich, ich wollte dir die Wahrheit sagen. Ich hatte einen Riesenstreit mit meinen Freunden, und ich habe in letzter Zeit große Sehnsucht nach ein bisschen menschlichem Kontakt. Ein paar Tage zu warten, bevor ich dich anrufe, war eine Tortur. Aber ich wollte dich nicht erschrecken und zu verzweifelt wirken.«

»Zu spät. Ich sterbe bereits vor Angst.«

Sie lachte. »Tut mir leid. Ich war mir einfach ziemlich sicher, dass du jemand bist, mit dem ich gut auskommen würde. Es ist immer so komisch, wenn man sich als Erwachsener mit jemandem anzufreunden versucht. Es ist fast so, als würde man jemanden um ein Date bitten.«

»Hätte ich gewusst, dass dies ein Date ist, hätte ich was mit tieferem Ausschnitt angezogen.«

Sie sah mich mit einem hinterhältigen Grinsen an und öffnete einen Knopf ihrer Bluse. »Ich habe mich auf jede Situation vorbereitet.«

»Also, du hast gesagt, du hattest einen Riesenstreit mit deinen Freunden?« Ich wollte das Thema wechseln, weil ich mir kurzzeitig nicht sicher war, ob mich die Frau nicht tatsächlich anmachen wollte. Ich hatte nichts gegen Mädchen, die sich gern auf dem Teppich die Haut wund rieben, aber es war nun mal nicht mein Ding, und ich wollte nicht, dass sie den falschen Eindruck bekam.

Sie senkte den Blick. »Ja. Ich habe was Dummes gemacht. Ich habe jemanden falsch eingeschätzt und ihn so richtig auf die Palme gebracht. Und dann habe ich alles noch viel schlimmer gemacht, weil ich mehr oder weniger versucht habe, mich dafür zu rächen, dass er mich bloßgestellt hat. Jetzt hassen mich so ziemlich alle meine Freunde.«

»Hast du versucht, dich zu entschuldigen?«

Sie richtete den Blick wieder auf mich und sah mich mit bewundernswerter Entschlossenheit an. »Ich bin nicht der Typ, der sich entschuldigt. Ich neige dazu, noch eins draufzusetzen, sogar wenn ich nicht im Recht bin.« Sie lachte, und die Entschlossenheit verschwand aus ihrem Gesichtsausdruck. »Tut mir leid. Das ist die beste Methode, potenzielle Freunde abzuschrecken. Vermutlich ist es gut, dass du mich gleich kennenlernst, wie ich wirklich bin, mit allen Auswüchsen. Nicht wahr?«

Nach dem Treffen mit Claire fuhr ich in die Arbeit. Es fühlte sich zugegebenermaßen gut an, sich mal ganz normal mit einem anderen Mädchen auszutauschen. Meine beste Freundin war seit Monaten außer Landes, und sie war meine einzige Quelle für menschliches Drama gewesen. Natürlich hatte ich immer so getan, als fände ich es schrecklich ätzend, wenn Emily ihre Dramen bei mir ablud und bei mir Dampf abließ, aber ich glaube, im Geheimen habe ich es sehr genossen.

Claire hatte mich schließlich nach meinem Liebesleben gefragt, und so erstaunlich das klingen mag, hatte ich das Bedürfnis gehabt, ihr davon zu erzählen. Nicht in allen Einzelheiten, eher wie unerwartet sich alles entwickelt und was für Gefühle ich für ihn hatte. Es tat erstaunlich gut. Mit Claire zu reden half mir tatsächlich, meine Gefühle für Liam zu durchleuchten und mir meine Hoffnung einzugestehen, dass sich unsere Beziehung weiterentwickelte. Kaum zu glauben. Vielleicht hatten diese Mädchengespräche doch einen praktischen Nutzen.

Sogar bei der Arbeit kehrten meine Gedanken sofort wieder zu Liam zurück. So vollständig, dass ich nicht einmal mehr an Williams blödsinnige kleine Geburtstagsparty dachte, die am Abend stattfinden sollte. Natürlich erinnerte mich nicht nur William sofort daran, als ich in die Arbeit kam, sondern auch Grammy, die leider beschlossen hatte, bei Galleon zu bleiben, bis alle Geburtstagsvorbereitungen zu ihrer Zufriedenheit erledigt waren. Sie hatte sogar den Stuhl eines der Praktikanten an meinen Schreibtisch geschoben und sich dort eingerichtet, als wäre sie hier zu Hause. Ihre Strickanleitungen hatte sie auf meiner Tastatur verteilt, dabei wusste ich genau, dass sie gar nicht strickte.

»Könntest du dich vielleicht ein bisschen weiter weg setzen? Du riechst nach Altenheim.« Das stimmte zwar nicht, aber Grammy war nur zu ertragen, wenn man sie auf Trab hielt, indem man gleich als Erste mit den Beleidigungen begann. Sie hätte es niemals zugegeben, aber sie liebte diese Scharmützel. Eventuell machten sie mir sogar auch ein bisschen Spaß.

»Vielleicht, weil ich in einem wohne, dumme Kuh«, fuhr Grammy mich an.

»Man nennt das Dusche«, sagte William. Er war aus seinem Büro gekommen und lehnte sich jetzt an meinen Schreibtisch.

»Ich weiß garantiert mehr über Duschen als du über Kämme«, erwiderte sie. »Schau dir doch mal dieses lächerliche Haar an. Es sieht aus, als hättest du auf der Fahrt in die Arbeit den Kopf aus dem Fenster gehalten. Schade nur, dass du dabei nicht mit den Zähnen gegen ein Schild gekracht bist.«

Ich schnaubte. Grammy konnte fies sein, vor allem William gegenüber. Die beiden kämpften einen ständig weiter eskalierenden Krieg mit Beleidigungen, der einfach kein Ende zu nehmen schien.

William grinste verächtlich. Sein Haar war wirklich ein bisschen verrückt, aber bei einem Gesicht wie seinem spielte das keine Rolle. Dennoch genoss ich es, wenn Grammy ihm die Hölle heiß machte. »Ich habe dich im Auto mit in die Arbeit genommen. Was glaubst du wohl, weshalb ich den Kopf aus dem Fenster gehalten habe? *Duschen. Du solltest es mal versuchen.*«

Sie musste sich zwingen, nicht zu lächeln, das sah ich ihr deutlich an. »Wenn du, nur weil ich nicht dusche, während der ganzen Fahrt deinen blöden Schädel aus dem Fenster hältst, werde ich das Wasser in meinem Zimmer abdrehen lassen.«

»Du warst doch diejenige, die unbedingt mit mir mitfahren wollte. Ich habe dir angeboten, dir ein Uber zu bezahlen.«

»Ich will dein dreckiges Geld nicht, Bleistiftschwanz.«

Er fuchtelte frustriert mit den Händen in der Luft herum. »Ich habe es dir doch schon tausendmal gesagt. Bleistifte gibt es in allen Größen und Formen. Das ist noch nicht mal eine gute Beleidigung. Es gab da einen Typen, der kam in der Highschool zur Vorbereitung der Aufnahmetests, und der hatte einen Riesenbleistift dabei, der einen Meter fünfzig lang und dreißig Zentimeter dick war.«

»Du machst jede Kuhherde eifersüchtig!«, konterte Grammy. »Aus deinem Mund kommt so viel Mist, dass die Viecher sich fragen müssten, wofür sie eigentlich das ganze Gras mampfen.«

William schaffte es nicht länger, sich das Grinsen zu verkneifen. »Megäre«, murmelte er und ging zurück in sein Büro.

Es war eins ihrer typischen Wortgefechte. Sie hauten sich Beleidigungen um die Ohren, bis einer von ihnen mehr oder weniger gewann. Meistens gewann Grammy, aus reiner Sturheit und weil sie sich weigerte, aufzuhören.

»Er ist ein guter Junge«, sagte sie.

»Hast du ihm das mal gesagt?«, fragte ich.

Sie schnaubte verächtlich. »Du glaubst, ich würde dem Mann, der sich für Gottes Geschenk an die Welt hält, sagen, dass ich ihn mag? Niemals. Vielleicht auf meinem Totenbett. *Vielleicht.*«

»Ich dachte, du hättest nicht vor, jemals zu sterben?«

»Genau.«

Ich grinste. »Verstehe.«

»So, und wann rückst du jetzt endlich raus mit den neusten Entwicklungen? Ich rieche Schwanz an dir. Du hattest Sex, und du erzählst mir nichts.«

»Das ist jetzt doch hoffentlich nur eine Redewendung.« Ich hob die Arme und schnüffelte, konnte aber nur einen leichten Hauch von meinem Deodorant wahrnehmen.

»Du weiß doch, es heißt, sobald eine Nutte mal den Geruch von Schwanz in der Nase hat, kann sie ihn noch aus einer Meile Entfernung riechen, sogar im Wasser.«

Ich verzog das Gesicht. »Was? Nein. Das sagt niemand, Grammy. Ich glaube, du hast da ein paar Aspekte zu einem speziellen Schwachsinns-Cocktail zusammengemischt.«

»Ich weiß, dass du Sex hattest, weil ich es eben weiß. Eines Tages, wenn du erst mein reifes Alter und meine Würde hast, wirst du verstehen, dass junge Leute ganz und gar nicht so undurchschaubar sind, wie sie glauben. Euch unreifen Dumpfbacken sind eure Gefühle ins Gesicht geschrieben, und ich kann darin lesen wie in einem Buch.«

»Und wieso soll ich dann was erzählen, wenn du sowieso schon alles weißt?«

»Hör mal, du kleines Miststück. Du wirst mir erzählen, was passiert ist, wie lange es gedauert hat, wie groß er war und was er dir Unanständiges ins Ohr geflüstert hat. Du erzählst es mir entweder freiwillig, oder ich presse es mit psychologischer Folter aus dir heraus.«

»Du meinst, du wirst so sein wie immer? Was soll daran bedrohlich sein?«

»Du hast nicht mal den Hauch einer Ahnung, zu was ich

fähig bin, Lilith. Ich könnte einen erwachsenen Mann mit nicht mehr als sechs Worten zum Weinen bringen.«

»Nur gut, dass ich kein erwachsener Mann bin.«

Grammy nahm die Herausforderung mit einem Stirnrunzeln an.

Wie sich herausstellte, hielt ich ihren Methoden gerade mal zwei Minuten stand, bevor alles aus mir heraussprudelte.

An jenem Abend kam Liam zu Galleon, um mich zu Williams Überraschungsparty zu begleiten. Alle, die zur Party wollten, trafen sich im sechsunddreißigsten Stock. Wir hatten Hailey schließlich überzeugt, William für eine heimliche kleine eheliche Vögelrunde dorthin zu bestellen.

Liams Geschäftspartner, Price und Kade, waren ebenfalls dabei. Price sah aus, wie jeder Gebrauchtwagenhändler auszusehen glaubte. Gelackt, robust und ein einziger Charmebolzen. Er hatte eine spitze Nase, braune Augen und wirkte, als hätte er sich eine Scheibe von Williams lässigem Outfit abgeschnitten.

Kade war, wie ich mir eine Statue vorstelle, die eines Tages aufwacht und spontan ein Empfinden entwickelt. Er sah aus, als könnte er einen Basketball versenken, indem er sich auf die Zehenspitzen stellte, und sein Gesicht erinnerte mich vage an den jungen Arnold Schwarzenegger.

Price schüttelte mir die Hand und sah Liam stirnrunzelnd an. »War *dies* etwa schon immer dein Typ? Kein Wunder, dass es mit den Mädchen, die ich dir vorgestellt habe, nie geklappt hat.«

»Was für ein Typ bin ich denn genau?«, hakte ich nach.

Bei meinem Ton zuckte er zusammen, dann lachte er und deutete mit dem Finger auf mich. »Das ist gut. Sie ist gut, Liam. Furchterregend, aber dabei auch leicht sexy. Ja, ich verstehe, wieso du sie magst.«

»Du siehst aus wie einer von diesen Männern, die wie ein Mädchen schreien, wenn man mit dem Messer auf sie einsticht.« Ich beugte mich ein bisschen näher zu ihm hin. »Möchtest du mir das Gegenteil beweisen?«

Er schüttelte sich entsetzt und lachte ein wenig nervös, während er zwischen Liam und mir hin- und herschaute. »Himmel, Mann! Hast du sie dir als Wachhund zugelegt oder als Freundin? Ich bin mir da nicht sicher.«

»Lilith hat ein niedrige Toleranzschwelle für Schwachsinn«, erwiderte Liam. »Vielleicht hältst du besser die Klappe, wenn sie in der Nähe ist.«

»Wisst ihr«, sagte Kade, »ich hatte da so ein Ding mit Salat. Wenn ich Salat gesehen oder vor allem, wenn ich Salatblätter rascheln gehört habe, dann hat sich meine Lippe nach oben gestülpt, so ähnlich wie bei Elvis. Ich konnte nichts dagegen tun. Vor allem, wenn es so papierartiger Salat war, das war am schlimmsten. Das Verrückte ist, ich liebe Salat. Schon immer. Ich musste nur wie der King aussehen, während ich ihn gegessen habe.«

Price starrte Kade mit gerunzelter Stirn an. »Du bist ungefähr fünf Sätze über die Stelle hinaus, wo das alles irgendeinen Bezug zu dem haben könnte, worüber wir reden.«

»Ich wollte damit sagen, dass sie, wenn sie ein Problem mit Schwachsinn hat, mal ausprobieren kann, was ich gemacht habe. Mein Therapeut hat mich mehr und mehr Salat ausgesetzt, Blatt für Blatt. Er hat mir das Geräusch sogar über Kopfhörer vorgespielt, während ich meinen Mund im Spiegel beobachtet habe. Irgendwann war ich dann drüber hinweg.«

»Großartig«, erwiderte ich. »Dann nehmen wir also Price' Stimme auf, setzen mich in ein ruhiges Zimmer und spielen sie mir über Kopfhörer vor, und irgendwann habe ich nicht mehr den Wunsch, allein bei diesem Klang irgendetwas kaputt zu machen?«

»Das ist das Konzept«, stimmte Kade mir zu. »Genau.«

»Das Konzept ist, dass du ein Idiot bist«, sagte Price.

»Nur weil ich groß bin, heißt das nicht, dass ich keine Gefühle habe, die verletzt werden können.«

Liam legte die Hand vor den Mund, um sein Lächeln zu verbergen. »Die beiden sind speziell. Ich weiß.«

Kade und Price beachteten uns nicht weiter, weil sie einen Streit darüber begannen, wer von ihnen denn nun tatsächlich der Dümmere war.

»Mir steht kein Urteil zu. Meine Freunde sind auch Idioten.« Ich deutete auf Grammy, die gerade ihre Trainingshose herunterzog, um einer Gruppe gut gekleideter Geschäftsmänner den Saum ihres Trikot-Tangas zu zeigen.

»Wow«, sagte Liam. »Ist das so was wie eine Stripperin, die man als Gag bestellt?«

»Das ist die Schwieger-Großmutter des Geburtstagskinds.«

Liam versuchte sich das Lachen zu verkneifen. »Verstehe.«

Grammy merkte, dass wir sie anschauten, und kam auf uns zu.

»Oh, verdammt. Sie sieht uns.«

»Ist das schlimm?«, fragte Liam.

»Das wirst du gleich sehen.«

Grammy schob ihre Brille nach unten, um Liam zu mustern. Sie machte keinen Versuch zu verbergen, dass ihr gefiel, was sie sah, als sie ihn jetzt von oben bis unten betrachtete. »Na, so was! Sie hatte recht. Sie sehen wirklich aus, als hätten Sie einen riesigen Schwanz.«

Ich wäre vor Scham am liebsten im Erdboden versunken. Grammys Psychofolter war außerordentlich erfolgreich gewesen, und sie hatte alles aus mir herausgequetscht, bis hin zu seiner Schwanzgröße, ungefähr zumindest. Ich kann nicht mit Sicherheit sagen, mit was für einer Antwort ich gerechnet hatte, jedenfalls war ich erleichtert, als Liam grinsend an mich gewandt sagte: »In Anbetracht deiner Kenntnisse über Dildos und die Wirkleistung unterschiedlicher Größen betrachte ich das als Kompliment. Du hattest garantiert schon größere«, fügte er hinzu.

Ich versuchte schon längst nicht mehr, mir über die Hitze meiner Wangen in Liams Gegenwart etwas vorzumachen. Ich wurde definitiv rot. »Das ist Grammy«, sagte ich rasch. »Sie sollte sich vermutlich allmählich hinlegen, damit sie nicht an Überanstrengung stirbt. Nicht wahr?«

»Deine Lebenserwartung wird gleich drastisch unter die meinige sinken, wenn du mich von diesem Bild von einem Mann wegzujagen versuchst, Seifenblasentitte.«

»Seifenblasentitte? Ernsthaft?«, fragte ich.

»Schau sie dir doch an. So runde Titten habe ich noch nie gesehen. Du musst den beiden mal beibringen, sich ein bisschen hängen zu lassen, damit sie echt aussehen.«

»Grammy«, flüsterte ich. »Ich kenne Liam nicht gut genug, dass du dich in seiner Gegenwart so aufführen kannst. Du wirst noch erreichen, dass er vor Angst davonläuft.«

Liam beugte sich vor und senkte ebenfalls die Stimme. »Ich kann alles hören, was ihr sagt, und nichts wird mich dazu bringen, davonzulaufen, nicht mal deine Seifenblasentitten.«

Ich gab ihm einen Klaps auf den Arm, aber er grinste nur.

»Mir gefallen sie zufälligerweise genau so, wie sie sind. Und sie werden mir bestimmt auch noch gefallen, wenn die Schwerkraft ihnen ihre Aufmerksamkeit zu widmen beginnt.«

Grammy nickte. »Sage ich doch. Männer mögen es, wenn sie ein bisschen hängen. Sie spüren gern das Gewicht in ihren Händen. Gib ihnen einen ordentlichen Zweipfünder, und sie spritzen sofort ab.«

»Grammy!«, fauchte ich sie an. »Geh einfach, bitte. Musst du dich nicht um die Stripper kümmern, wenn William gleich kommt?«

Sie schnalzte abfällig mit der Zunge. »Ich gehe ja schon, aber nur, weil du mich langweilst. *Nicht du, Sexy*«, fügte sie hinzu und kniff Liam in die Wange.

»Ich mag sie«, sagte er.

»Igitt. Du hast echt einen schlechten Geschmack.«

»Muss ich wohl, schließlich mag ich auch dich.«

»Ja, genau. Siehst du? Du bist offensichtlich ein Idiot.« Dennoch konnte ich nicht anders, ich musste lächeln. Er sah mich mit diesem Funkeln in den Augen an, und das machte eine Menge dumme, mädchenhafte Dinge mit meinem Körper.

»Wow«, sagte Liam. »Ist das ein Stripper?«

Ich musste laut lachen, als ich William mit überraschtem Gesichtsausdruck im Aufzug stehen sah. Er war splitternackt, abgesehen von großzügigen Mengen Sahne auf den Brustwarzen und zwischen den Beinen. In der Sahne auf seiner rechten Brustwarze thronte sogar eine Kirsche, aber die auf seiner linken war entweder gegessen worden oder abgefallen.

Bei seinem Erscheinen verstummten alle. Hailey legte die Hand vors Gesicht und ließ beschämt den Kopf sinken, aber Williams Lippen verzogen sich mehr und mehr zu einem Lächeln. »Wow, Hailey«, sagte er. »Da lädst du mich zu einer kleinen Vögelrunde hier oben ein, und dann holst du so viele Leute zum Zuschauen? Du verdorbenes kleines Luder.«

»William«, erwiderte sie warnend. »Das ist eine Überraschungsparty. Zu deinem Geburtstag.«

»Oh, ich weiß. Grammy hat mir eine Auftragsbestätigung für Stripper auf den Schreibtisch gelegt. Außerdem hat sie Lilith eine E-Mail an ein paar Leute im Büro schicken lassen, und ich wusste, dass ihr irgendetwas ausheckt, also habe ich in alle ausgehenden Nachrichten hineingeschaut.«

Bruce trat vor und sah seinen Bruder mit einem Blick an, der gleichzeitig überrascht und auch wieder nicht überrascht war, oder vielleicht schwankte er auch zwischen diesen beiden Gefühlen hin und her. »Du wusstest, dass wir alle hier warten, und dann kommst du *so* daher?«

»Überraschung?«, fragte William.

Hailey packte ihn und schob ihn zurück in den Aufzug. Es war witzig, mit anzusehen, wie die kleine Frau den viel größeren nackten Muskelprotz wieder in den Aufzug drängte. William winkte und lächelte uns noch rasch zu, bevor sich die Aufzugtüren schlossen.

»Er ist noch dümmer, als ich dachte«, sagte Grammy. »Aber Sahne steht ihm gut, das muss man ihm lassen.«

»Das war dein Chef?«, fragte Liam.

»Leider.«

»In der Arbeit zieht er normalerweise aber mehr an, oder?«

»Wieso, bist du eifersüchtig?«, fragte ich und wackelte mit den Augenbrauen.

Er antwortete nicht, wandte den Blick aber auch nicht von den Aufzugtüren ab. Als ich seinen Gesichtsausdruck sah, lief mir ein warmer Schauder über den Rücken. Ich fühlte mich in Besitz genommen, aber auf seltsam angenehme Art. Er betrachtete mich bereits als zu ihm gehörig, und egal, wie unwesentlich die Bedrohung war, würde er zwar kein Wort darüber verlieren, aber William ab jetzt mit Argusaugen beobachten.

Ein paar Minuten später kam William in Sweatshirt und Trainingshose zurück. Er grinste wie blöd, und Hailey, die gleich hinter ihm kam, hatte hochrote Wangen.

»Hailey.« Ich packte sie am Arm, bevor sie sich wieder unter die Leute mischen konnte. »Du hast Sahne am Mund. *Loses Weibsbild.*«

Sie wischte sich die weiße Schmiere von der Unterlippe.

Ihre bereits geröteten Wangen wurden noch dunkler. »Danke«, murmelte sie noch, bevor sie William hinterhereilte.

Liam und ich wurden beide durch die Parade halb nackter Männer abgelenkt, die ein paar Minuten später aus dem Aufzug quoll. Sie alle trugen nichts als neongelbe Unterwäsche. Als mein Blick den Männern folgte, sah ich Claire am Treppengeländer lehnen. Sie hatte offenbar darauf gewartet, dass ich sie bemerkte, denn als ich es tat, nickte sie mir unauffällig zu und verschwand dann hinter der Treppe.

Ich runzelte die Stirn. Ich hatte nicht erwartet, sie bei der Party zu treffen. Es hätte mich eigentlich nicht schockieren sollen, bei der Party vor ein paar Tagen war sie ja auch da gewesen. Sie musste jemanden in der Firma kennen, und ich nahm mir vor, sie später danach zu fragen. Ich war mir nicht sicher, ob sie erwartete, dass ich zu ihr kam und mit ihr redete, aber ich spürte, dass ich sie Liam nicht vorstellen wollte. Vielleicht war es Eifersucht, vielleicht war ich nur mal wieder unsozial drauf, jedenfalls wollte ich nicht, dass die beiden sich kennenlernten. Auch ohne sie jemals zusammen zu sehen, stieß mich irgendetwas an dieser Vorstellung ab, als würde ich eine ungute chemische Reaktion befürchten.

Nachdem William gezwungenermaßen Lapdances von einem Team eingeölter männlicher Stripper über sich hatte ergehen lassen, suchten Liam und ich uns einen ruhigeren Ort abseits von der eigentlichen Partymeute und Grammys ununterbrochenen anzüglichen Bemerkungen.

Liam trank einen Schluck aus seinem Glas und sah mich seufzend mit diesem Blick an, der überall auf der Welt »nun, das war interessant« bedeutete.

Ich nickte. »Meiner Erfahrung nach ist es am besten, sich über all das, was passiert ist, keine Gedanken zu machen. Ich habe einen Teil meines Gehirns abgetrennt und lagere dort alle mit William und Grammy zusammenhängenden Erinnerungen. Wenn möglich, vermeide ich es, an sie zu denken.«

»Guter Tipp. Sie scheinen aber gut drauf zu sein. Es muss nett sein, für jemanden zu arbeiten, der kein Arsch ist.«

Ich legte die Hand an Liams Hintern und drückte zu. »Ärsche sind gar nicht so schlecht.«

Er lachte.

»Aber nein, *schlecht* ist es nicht. Es ist nur nicht das, was ich will.« Ich spürte, wie mir ein wenig der Atem stockte. Nicht einmal Emily hatte ich erzählt, dass ich an einem Abschluss in Wirtschaftswissenschaften arbeitete oder was wirklich mein Traum war. Ich weiß nicht, warum, aber von allem, was ich für mich behielt, fühlte sich das am wertvollsten an. Dennoch spürte ich, dass ich es kaum mehr zurückhalten konnte, als würde sich das Bedürfnis, Liam davon zu erzählen, wie ein Druck in mir aufbauen und als würde ich platzen, wenn ich diesem Druck nicht bald nachgab.

»Was willst du?«, fragte er.

»Es ist blöd, aber erinnerst du dich noch, dass ich dir erzählt habe, meine Eltern hätten ihren Plan mit dem Wirtschafts-Guru aufgegeben, weil sie keinen Sohn hatten?«

Er nickte bedächtig, und ich sah ihm an, dass er bereits eins und eins zusammenzuzählen begann. Sein sofortiges Verständnis meiner Motivation ließ mich ihn gleich noch mehr mögen. Es gab mir das Gefühl, dass es gar nicht völlig blöd oder lächerlich war, sich von etwas so Trivialem antreiben zu lassen.

»Ja«, sagte ich. »Ich glaube, metaphorische Stinkefinger waren schon immer mein Ding. Wie könnte ich sie besser dafür bestrafen, wie sie mich erzogen haben, als dadurch, dass ich ihr Traumsohn werde, ohne den Penis, und das auch noch ohne ihre Hilfe? Oh, und ohne ihnen dann je auch nur einen Cent zu geben, egal wie sehr sie betteln.«

Liam nickte anerkennend. »Das hatte ich mich gerade schon gefragt. Manche Kinder bekommen so eine Macke mit, dass sie ihren Eltern noch immer Geld geben wollen, wenn sie es geschafft haben.«

»Ich habe eine Macke mitbekommen, aber nicht so eine. Mit dem letzten Darlehen, bei dem man sie schlecht beraten hat, setzen sie gerade eine Autowaschanlage in den Sand. Ich glaube nicht, dass ich so grausam sein könnte, sie hungern oder obdachlos werden zu lassen, aber weiter geht mein Mitleid nicht. Vermutlich sind das allerdings sowieso alles nur sinnlose Fantastereien. Ich hatte vor, eine steile Karriere in der Wirtschaft zu machen, und hier bin ich, Jahre später, arbeite als Sekretärin für einen Idioten und häufe einen immer größeren Schuldenberg auf, um meinen Master zu machen.«

»Darf ich dir einen Job anbieten?«

»Nein. Die Fantasie geht so, dass ich irgendetwas Außergewöhnliches schaffe und ein weibliches Finanzgenie werde. Nicht, dass ich mit Schwanzlutschen an die Spitze gelange.«

»Genau genommen hast du meinen Schwanz nicht gelutscht. Nicht, dass ich mir das irgendwo notiere, ich wollte es nur mal feststellen.«

Ich zog eine Augenbraue nach oben. »Ich tue es, wenn du mich bittest.«

Er lachte. »Ich kann mich nicht erinnern, dass du mich bitten musstest, als ich meine Künste an dir unter Beweis gestellt habe. *Beide Male nicht*«, fügte er hinzu.

»Das kommt daher, dass du zu nett bist und eine Gelegenheit hast verstreichen lassen, deine Dominanz zu demonstrieren. Den Fehler werde ich nicht machen. Sag bitte, und ich tu's. Sonst gibt es nix.«

Er sah mich herausfordernd an. »Wenn ich dich richtig geil mache, wirst du diejenige sein, die bitte sagt.«

»Das bezweifle ich.«

»Ich nicht.«

»Außerdem, wie willst du mich gegen meinen Willen geil machen? Gegen die üblichen Verführungsmethoden bin ich ziemlich immun. Die beiden Male, die wir zusammen waren, *wollte* ich verführt werden. Das ist ein großer Unterschied.«

Er setzte ein wölfisches Grinsen auf. »Jetzt hast du einen Fehler gemacht. Ich weiß nicht, ob du weißt, dass ich höllisch konkurrenzbetont bin, und du hast mich gerade herausgefordert.«

»Irgendwie werde ich das schon überleben.«

Er trat einen Schritt näher. Ich rührte mich nicht von der Stelle, was vielleicht ein Fehler war, vielleicht aber auch nicht, denn jetzt konnte ich die Hitze spüren, die von seiner Haut abstrahlte. In meinem Kopf blitzten Bilder von unserem Zusammensein auf. Bilder, wie ich die Finger in seine schweißgebadete Haut bohrte. Meine um seine schmale, muskulöse Taille geschlungenen Beine, die Füße an seinem knackigen Hintern. Sein heißer Atem an meinem Hals, als er kam, und sein kratziges Kinn an meiner Brust, wenn er mich küsste, als brauche er unbedingt mehr.

Ich schluckte, und unglücklicherweise war es so ein comicartiges Schlucken, das ein lautes, klickendes Geräusch macht. Offenbar hatte er ein besonderes Talent dafür, mich auf diese Weise schlucken zu lassen. Mit großer Anstrengung hielt ich seinem Blick stand. *Zeig bloß keine Schwäche. Lass ihn nicht sehen, dass dir sein Penis bereits zu Kopf gestiegen ist. Lass ihn nicht spüren, dass diese Vagina, die dein ganzes Leben lang stumm war, spontan eine Direktverbindung zu deinem Gehirn aufgebaut hat und gerade dessen sturen Teil umzupolen versucht, damit du diesem umwerfenden Mann gibst, was er will.*

Er legte den Daumen an meine Unterlippe und betrachtete sie. Jede Bewegung war zielgerichtet. Langsam. *Behutsam.*

»Das ist eine Lippe«, herrschte ich ihn in dem Versuch an, ihm ein bisschen von der Magie zu nehmen, mit der er bereits Erfolg bei mir hatte. »Sie schien dich zu verwirren«, fügte ich hinzu, als er den Blick zu meinen Augen hob und mich intensiv anschaute.

»Ich habe mir gerade vorgestellt, wie gut sie sich an meinem Schwanz anfühlen würde.«

»Oh. Wie ich sehe, hast du dich für den direkten Angriff entschieden. Darf ich ebenfalls direkt sein?«

»Bitte.«

»Sosehr ich es vermutlich sogar genießen würde, werde ich jetzt nicht auf die Knie gehen und dir mitten auf der Geburtstagsparty meines Chefs einen blasen. Außerdem bin ich zu stur, es zu machen, nachdem du gesagt hast, du würdest mich dazu bringen, bitte zu sagen. Wir stecken hier also in einer Sackgasse.«

»Was würdest du vorschlagen?«

»Schon mal von klassischer Konditionierung gehört? Im Wesentlichen zeigt sie, dass Menschen genauso trainiert werden können wie Tiere. Man verknüpft einen Stimulus mit einer Belohnung oder einer Strafe, und so fördert oder unterbindet man das Verhalten.«

»Interessant, Frau Professor.«

Ich bohrte ihm den Finger in die Brust und grinste. »Mit anderen Worten: Du solltest dich fragen, was du letztes Mal tun musstest, um ein bisschen Sex zu bekommen. Welches Verhalten habe ich belohnt?«

»Meine Erinnerung ist verschwommen. Ich erinnere mich, dass ich auf den Hintern gefallen bin. Ich erinnere mich, dass du mich an den Füßen vom Eis gezogen hast. Bin ich schon nah dran?«

»Du hast mich zu etwas eingeladen, das cool und auch irgendwie romantisch war.«

»*Irgendwie?* Verdammt. Ich dachte, das Schlittschuhlaufen hätte zumindest die Bezeichnung ›ziemlich romantisch‹ verdient gehabt.«

»An sich schon. Aber deine tollpatschigen Stürze haben zu ein paar Punkten Abzug geführt.«

Er grinste. »Oh, verdammt. Wenn das meine Belohnung für eine minderwertige Leistung war, was bekomme ich dann, wenn ich was richtig Großes auf die Beine stelle?«

»Vielleicht bekommst du einen geblasen, was dir ja sehr wichtig zu sein scheint?«

»Abgemacht. Aber du musst mich trotzdem bitten. Dein Chef ist nicht der Einzige mit einem empfindsamen Ego.«

»Ich habe da so meine Zweifel, dass dein Ego auch nur ansatzweise empfindsam ist. Wann werde ich also deine romantische Geste erleben? Morgen Abend?«

Er seufzte. »Ich wünschte, das ginge. Morgen muss ich ein bisschen länger arbeiten, aber am Wochenende, das verspreche ich dir.«

Ich zeigte es nicht, aber ich spürte eine unglaubliche Ausgelassenheit. In Liams Gegenwart war ich all das, was ich mir immer verboten hatte. Aufgeregt. Glücklich. Mädchenhaft. *Sexy*. Er gab mir das Gefühl, nicht vor all den Attributen davonlaufen zu müssen, die meine Eltern in mich hineinzuhämmern versucht hatten. Es war, als könnte ich mich endlich entspannen und zur Abwechslung mal ich selbst sein.

Dennoch fragte ich mich, ob da nicht doch irgendwo ein Haken war.

Letztlich gab es bei allem einen Haken. Ein Gratisurlaub, wenn man nur zu dem Treffen kam. Ein kostenloses iPhone, wenn man diese Werbung anklickte. Wenn es zu gut aussah und klang, um wahr zu sein, dann war es das in der Regel auch. Und Liam war so ein Fall. Er spielte in einer ganz anderen Liga, war charmant, nett und sogar witzig, wenn ihm danach war. Aus irgendeinem Grund mochte er mich.

Wo also war der Haken?

Bevor ich Liam kennengelernt hatte, war ich perfekt unzufrieden damit, bei der Arbeit zu sein, William dabei zu helfen, seiner Verantwortung aus dem Weg zu gehen, und mich dann meinen Hausaufgaben oder virtuellen Kursen zu widmen. Es war langweilig, es war öde, aber ich war daran gewöhnt.

Ich wusste, ich würde ihn heute nicht sehen, und ich gab mir alle Mühe, mich nicht wie eine liebeskranke Dreizehnjährige aufzuführen, die den ganzen Tag Trübsal bläst, weil sie im Lesesaal nicht mit ihrem Freund Händchen halten kann.

Ich setzte mein normales, leicht genervtes Gesicht auf und stellte mich auf einen langen Tag ein.

Im Büro war es ruhiger als üblich. Auf unserem Stockwerk hatten die exzentrischen »Ideen-Leute« ihre Büros, die mit William kreative und umwälzende neue Möglichkeiten ersannen, die Produkte von Galleons Klienten zu vermarkten. Theoretisch hätte es ein Haufen kreativer Genies mit außergewöhnlichen IQs sein sollen. Tatsächlich war es eher ein Haufen Leute mit Hygieneproblemen und einer ausgeprägten Unfähigkeit, auf ihren Stühlen hocken zu bleiben. Es war fast, als wäre es ein soziales Stigma, wenn man auf seinem Stuhl blieb. Egal was dahintersteckte, die Männer und Frauen auf unserem Stockwerk schienen dauernd auf Schreibtischkanten, Blumentopfrändern, in Wandnischen, auf Fensterbänken oder sogar auf dem Boden zu sitzen, in Halbkreisen wie im Kindergarten während der Vorlesestunde.

Sie waren allesamt kuriose Gestalten, und ich hatte noch niemanden kennengelernt, den ich tatsächlich mochte.

Als also eine junge Frau, die mir nur flüchtig bekannt war, mit ihrem riesigen Brillengestell und diesem Gesichtsausdruck einer Ivy-League-Absolventin an meinen Schreibtisch trat, ignorierte ich sie und ihr dezentes Hüsteln, mit dem sie mich auf sich aufmerksam zu machen versuchte.

»Lilith«, fauchte sie mich schließlich an. »Da ist eine Frau, die will dich sprechen. Kann ich sie dir schicken?«

»Wer ist sie?«

»Sie sagt, sie heißt Claire.«

»Oh. Ähm, ja, natürlich. Schick sie rein.«

Eine Minute später kam Claire auf meinen Schreibtisch zugesteuert. Sie sah sich interessiert im Büro um, aber kaum war sie bei mir angelangt, verdunkelte sich ihr Gesicht.

»Was ist los?«, fragte ich.

»Ich muss dir gewissermaßen etwas beichten. Und ich hoffe, du wirst mich dafür nicht hassen.«

»Ich kann dir nichts versprechen«, erwiderte ich.

Sie grinste mich halbherzig an. »Dass wir uns kennengelernt haben, war nicht wirklich Zufall. Der Abend, als ich mich unter dem Empfangstresen versteckt habe, weil ich Stress mit einem Typen hatte? Nun, du kennst den Typen.«

»Redest du von William?«, fragte ich. Bei dem Gedanken, dass der Idiot Haileys Vertrauen missbraucht haben könnte, fing mein Herz gleich an zu rasen. Sie war der netteste Mensch auf Erden, und wenn er …

»Ich rede von Liam. Er war zu dem Zeitpunkt mein Freund, und ihm ist aus Versehen rausgerutscht, dass er das Mädchen von gegenüber um ein Date gebeten hatte. Ich war schon immer sehr eifersüchtig, und ich … Ich bin zu weit gegangen. Ich musste dich einfach kennenlernen. Ich wollte sehen, was er an dir mehr mag als an mir. Ich habe ein bisschen nachgeforscht, habe herausgefunden, wo du bist, und bin hier aufgetaucht.«

Ich spürte vage, wie sich mein Herz zusammenkrampfte, als würde es überlegen, ob es weiterschlagen oder lieber gleich die Arbeit einstellen sollte.

Ich runzelte die Stirn. »Willst du damit sagen, dass er mit dir Schluss gemacht hat, um sich mit mir zu treffen?«

»Nein. Ich will damit sagen, dass er versucht hat, sich das Beste aus beiden Welten zu sichern und dich nebenbei mitlaufen zu lassen oder aber mich zu derjenigen zu machen, die nebenbei mitläuft. Wer weiß schon, wie herum es laufen sollte. Ich will damit sagen, dass Liam nicht der Mann ist, als der er sich darstellt. Du kannst ihm nicht vertrauen.«

Mir drehte sich ein wenig der Kopf, und mir war leicht schwindelig, aber vor allem spürte ich immer mehr den Drang, Liam einen Schlag in die Eier zu versetzen. Nein, wenn das stimmte, was sie sagte, war ein Schlag in die Eier zu gut für ihn. Ich würde eine Limodose leeren, Milch hineinfüllen – nichts ist verstörender, als einen Schluck von einem Getränk zu trinken, das sich dann als ein ganz anderes erweist – und ihm *dann* in die Eier hauen.

Andererseits kannte ich Claire erst seit ein paar Tagen. Es gab wirklich keinen Grund, ihr mehr zu vertrauen als Liam, den ich zugegebenermaßen allerdings auch noch kaum kannte – abgesehen davon, dass er eine kleine Sommersprosse unten an seinem Penis hatte und direkt unter seiner Hinterbacke kitzlig war.

»Kannst du das beweisen?«, fragte ich. Meine Stimme klang angespannt, obwohl ich versuchte, mir meine Gefühle nicht anmerken zu lassen.

»Er trifft sich heute Abend mit einer anderen. Ich nehme an, er hat heute Abend keine Zeit für dich, stimmt's?«

Meine Nasenlöcher bebten. »Das stimmt. Aber es beweist noch lange nichts. Er hat gesagt, es hätte mit seiner Arbeit zu tun.«

»Und die Tatsache, dass er sich die ganze Zeit weiter mit mir getroffen hat? Beweist die irgendwas?«

Ich holte tief Luft und ließ sie langsam entweichen. Ich konnte das alles nicht so schnell einordnen, und ich musste gegen meinen Instinkt ankämpfen, Liam mehr als allem anderen zu trauen. »Das behauptest du. Das ist kein Beweis. Außerdem, soll ich jetzt glauben, dass du bei ihm geblieben bist, obwohl du wusstest, dass er sich mit mir trifft? Soll ich das echt glauben?« Man hörte mir an, dass ich verzweifelt versuchte, ihr das Gegenteil zu beweisen – dass ich Liam unbedingt weiter für den Mann halten wollte, den ich zu kennen glaubte, und nicht für das Monster, als das sie ihn darstellte.

»Ich habe nie behauptet, dass ich stark oder klug bin«, erwiderte Claire. »Glaub, was du willst, ich fand einfach, ich wäre es dir schuldig, dir die Wahrheit zu sagen. Und wenn du es selbst nachprüfen möchtest, er ist mit seiner Flamme heute im *Cochina La'Fleur*. Reservierung 19 Uhr 30 für zwei Personen im intimen Terrassenbereich.«

»Du kannst jetzt gehen«, sagte ich abweisend.

Sie sah mich mitfühlend an. »Ich war auch sauer, als ich es herausgefunden habe«, erklärte sie. »Tut mir leid, dass ich dich angelogen habe.«

Kaum war sie gegangen, drückte ich auf die Taste, die den Summer in Williams Büro auslöste. Fünf Sekunden später kam er mit einem wahnsinnigen Blick in den Augen aus seinem Büro gestürzt.

»Du hast den Summer betätigt?«, fragte er mit irrem Grinsen.

Die Erlaubnis, den Summer in seinem Büro zu betätigen, hatte er mir vor fast einem Jahr gegeben, und ich wusste noch gut, wie aufgeregt er damals gewesen war. Vermutlich hatte er geglaubt, ich würde diesen Summer dauernd betätigen, um Witze mit ihm auszutauschen oder was immer sonst Lächerliches er sich vorgestellt hatte. Stur, wie ich war, hatte ich ihn nie benutzt. Stattdessen hatte ich gewartet, bis er unvermeidlich ohnehin alle paar Minuten aus seinem Büro kam, um ziellos durch das Gebäude zu wandern.

»Hast du noch diese ganze Spionageausrüstung?«

»Nicht nur das. Ich habe sie seit neulich noch erweitert.«

# VIERZEHN

Liam Price saß mir gegenüber an meinem Schreibtisch und machte ein ernstes Gesicht. In etwa einer Stunde sollte ich mich mit der Kontaktfrau treffen, und er hatte darauf bestanden, mich auf dieses Treffen vorzubereiten.

»Also«, sagte er. »Was tust du, wenn sie Zweifel an dem Produkt erkennen lässt?«

»Ich lasse die Zahlen für sich sprechen. In einem Zeitraum von sechs Monaten übertreffen wir jeden einzelnen Anlageberater im Land um zwanzig Prozent.«

»Falsch. Du versetzt dich in sie hinein. Unsere Zahlen kennt sie bereits. Sie trifft sich nicht mit dir, damit du ihr vorbetest, was sie längst gelesen hat. Sie will sich mit dir treffen, weil sie das Gefühl braucht, dem Menschen hinter den Zahlen trauen zu können.«

»Mich in sie hineinversetzen? Was soll ich tun, lachen und sagen, dass ich ebenfalls Zweifel habe? Dass ich mich immer frage, in welchem Monat es wohl so weit sein wird, dass wir voll auf die Schnauze fliegen und unseren Investoren mehrere Millionen Dollar Verlust bescheren?«

»Ähm, nein. Du versetzt dich in sie hinein, ohne dabei unser Produkt zu schmälern. Du machst ihr Komplimente, dass sie so sorgfältig vorgeht. Sie ist eine wissbegierige Geschäftsfrau. Das respektierst du. Du kannst nicht glauben, dass sich manche Menschen als Geschäftsleute bezeichnen, obwohl sie nicht die gleichen Vorsichtsmaßnahmen ergreifen wie sie. *Dann* kommst du wieder auf die Zahlen zurück, als hätte sie sie bereits angeschaut und selbst festgestellt, dass sie beeindruckend sind.«

»Ja, ich verstehe. Ich finde noch immer nicht, dass das alles nötig ist. Ich meine, unser Produkt spricht doch wirklich für sich. Wir sind der Konkurrenz nicht nur eine Nasenlänge voraus, wir verleiben sie uns ein. Es gibt buchstäblich keinen Grund für ein Nein.«

Price seufzte. »Zu selbstsicher. Du klingst, als würdest du viel zu hartnäckig versuchen, sie zu überzeugen. Wenn ein Verkäufer zu hartnäckig ist, geht der Kunde in die Defensive. Er kommt sich wie ein Beutetier vor und empfindet dich als Raubtier. Du musst ihr das Gefühl geben, du wärst auf ihrer Seite und als wäre es letztlich egal, ob sie sich für dich entscheidet oder nicht. Du bist bloß ein Freund, der ihr verschiedene Optionen aufzeigt, und die Option ist so eindeutig, dass du sie gar nicht in die Richtung lenken musst.«

Ich seufzte. »Okay. Sind wir fertig?«

Er verschränkte die Arme vor der Brust. »Nun, eins noch. Sie ist eine Frau, und sie sieht gut aus. Ich weiß, du hast da was mit der Nachbarin laufen, aber vielleicht könntest du trotzdem ein bisschen flirten. Ich meine damit natürlich nicht, dass du *tatsächlich* irgendetwas versuchen solltest. Nur ab und zu mal ein unauffälliges Nicken, ein Blick, der etwas zu lange auf ihrem Ausschnitt verharrt, eine Hand unten an ihrem Rücken, du weißt schon, solche Sachen eben.«

»Nein. Auf gar keinen Fall.«

Price stöhnte. »Komm schon, Mann. Kannst du ihr wenigstens ein Kompliment zu dem machen, was sie trägt?«

»Ich bin schon jetzt total sauer, dass ich auf einen Abend mit Lilith verzichten muss, um *deinen Job* zu machen. Endlich habe ich ein Mädchen gefunden, das ich mag, und das werde ich nicht für ein paar Dollar aufs Spiel setzen.«

»Wenn diese Frau ist, wer zu sein sie behauptet, dann sind das mehr als ein paar Dollar. Ein paar Hundert Millionen Dollar vielleicht.«

»Was meinst du mit: wenn sie ist, wer zu sein sie behauptet?«

Price wand sich. »Ich meine, es kommt durchaus vor, dass eine Verbindungsfrau online nirgendwo in Verbindung mit der Firma auftaucht oder nicht anbietet, irgendwelche Referenzen zu schicken.«

»*Wie bitte?*«

»Ich sage nur, dass ich nicht viel mehr weiß, als was sie mir erzählt hat, aber ich wollte sie auch nicht durch Nachbohren und Ausquetschen beleidigen. Aber wieso sollte jemand lügen? Es ist ja nicht so, als würden wir ihr Geld geben. Wir wollen sie bloß dazu bringen, Tausende von Accounts zu verlinken, um unser Modell zu benutzen. Für eine Betrügerin gibt es da nichts zu holen, deshalb ...«

»Du hast sie nicht um Referenzen gebeten?«

»Das musste ich noch nie. Aber wie ich schon sagte, du brauchst dir deswegen keine Sorgen zu machen. Im schlimmsten Fall ist sie irgendeine Psychopathin, die sich großartig vorkommt, wenn sie sich als Verbindungsfrau eines einflussreichen Superunternehmens ausgibt. Ich habe schon gehört, dass Leute Angst vor Gurken haben, aber von *dieser* speziellen Störung habe ich noch nie gehört. Ich denke, wir sind auf der sicheren Seite.«

»Wenn dieser Schuss irgendwie nach hinten losgeht, mache ich dich dafür verantwortlich. Das ist dir doch wohl klar, oder?«

»Nach hinten losgehen? Was kann denn schlimmstenfalls passieren? Du bekommst ein exklusives Abendessen und redest zwei Stunden mit einer Psychopathin? Na, und wenn schon. Wenn es klappt, ist es eine Riesensache. Denk doch nur an all das Geld, das wir verdienen könnten.«

»Ja, weil wir davon auch noch nicht genug haben.«

Price lehnte sich zurück und runzelte die Stirn. »Wow. Wo kommt das denn her? Was ist aus dem Mann geworden, den ich mal kannte? Der, der all dies in Gang gesetzt hat? Der, der immer mehr wollte, immer besser werden wollte, selbst wenn es dafür gar keinen Grund gab?«

»Wenn ich dich als Therapeuten brauche, lasse ich dich das wissen. Wie klingt das?«

Er lächelte verkniffen. »Verdammt, Mann. Mir ist egal, ob ich das bin. Aber reden solltest du auf jeden Fall mit irgendjemandem. Ich sage nur, ich bin hier, wenn du mich brauchst. *No homo.*«

Ich schüttelte den Kopf und grinste. »Wirklich? *No homo?* Wo sagt man so was? In der Middle School? Außerdem bin ich mir ziemlich sicher, dass man so etwas heute nicht mehr sagen darf. Die Leute werden dich für einen Schwulenhasser halten.«

»Man muss nicht schwul sein, um für Schwulenrechte zu sein, Kumpel. Denkst du jemals nach, bevor du den Mund aufmachst?«

Ich seufzte. »Du weißt schon, was ich meine.«

»Ich dachte nur, ich hätte da ein leichtes Zucken an deinem Auge gesehen. Ich wollte nicht, dass es komisch wird.«

»Du hast kein Zucken an meinem Auge gesehen. Vielleicht hast du nur gesehen, wie sehr ich mir wünsche, du hättest eine Taste, mit der man dich auf stumm schalten kann.«

»Das war gemein.«

»Aber ich weiß dein Angebot zu schätzen. Sollte ich mir

jemals einbilden, jemanden zum Reden zu brauchen, wärst du vermutlich meine erste Wahl. *No homo*«, fügte ich grinsend hinzu.

»*No homo*«, stimmte er mir zu. »Nicht, dass daran irgendwas falsch wäre?«

Ich grinste. »Dann meinst du also ein *bisschen* homo?«

Price kicherte. »Hör auf, mich abzulenken. Ich wollte doch nur herausfinden, ob ich mich darauf verlassen kann, dass du dieses Geschäft an Land ziehst.«

»Ich gehe mal davon aus, dass deine schlechte Wortwahl nur Zufall war. Ich kriege das schon hin, vorausgesetzt, diese Frau ist, wer sie zu sein vorgibt.«

Das Restaurant war sehr voll, aber man führte uns durch den mit leisen Gesprächen angefüllten Raum und durch einen Teil der Küche auf eine Terrasse im zweiten Stock. Ein von Kerzen erhellter Tisch, zwei Stühle und ein Heizstrahler stellten die einzige Möblierung dar. Ich stöhnte innerlich frustriert auf, weil ich Price die Reservierung hatte machen lassen. Er hatte darauf bestanden, und jetzt wusste ich, wieso.

Ich ließ die Frau sich zuerst hinsetzen, bevor ich ihr gegenüber Platz nahm. Erst jetzt konnte ich einen genaueren Blick auf sie werfen. Sie hatte wasserstoffblonde Haare, so verdächtig volle Lippen, dass ich mich fragte, ob da ein Chirurg nachgeholfen hatte, und eine Stupsnase. Sie sah aus wie eine von diesen Frauen, mit denen ich vor Jahren meine Zeit verschwendet hatte – jene Sorte Frau, die plötzlich auftaucht, wenn das Bankkonto genügend Nullen aufweist. Mir war das genauso ein Rätsel wie Fliegen rund um den Abfalleimer in einem ansonsten sauberen Haus. Vermutlich kamen hier die gleichen wissenschaftlichen Gesetze zum Tragen.

Ich nickte ihr zu und lächelte sie verkniffen an. Der Kellner kam, schenkte uns Wasser ein und zählte die Weinauswahl des Abends auf. Ich wollte ihn schon wegschicken, aber sie berührte ihn am Arm und bestellte uns eine Flasche. Sie sprach mit einem europäischen Akzent, den ich nicht einordnen konnte. Irgendetwas zwischen Französisch und Italienisch, nahm ich an.

Der Heizstrahler hatte wenig Chancen gegen die kühle Luft, deshalb behielt ich meinen Mantel an. Die Frau mir gegenüber empfand das offenbar anders. Als sie ihre Jacke auszog, fühlte ich mich verpflichtet, einen Meter über ihren Kopf hinwegzusehen, um nicht auf ihr supertiefes Dekolleté starren zu müssen.

»Mein Name ist übrigens Liam«, sagte ich zu dem Wolkenkratzer über ihrem Kopf.

»Floria«, schnurrte sie. »Ich weiß nicht, wie viel Ihnen Ihr Partner erzählt hat, jedenfalls habe ich großes Interesse an Ihnen und an Ihrem Unternehmen.«

»Ja, mir wurde gesagt, dass Sie sich ausdrücklich mit mir treffen wollten. Ich kann Ihnen allerdings versichern, dass Price unser Produkt und seine Vorteile für Sie viel besser darstellen kann. Ich bin im Grunde nur derjenige, der ständig den Börsenhandel im Auge behält.«

»Wie es aussieht, bleibt Ihnen auch noch Zeit zu trainieren. Sehr ausgiebig, stelle ich mir vor.«

Ich biss die Zähne zusammen. In meinem Kopf schrillten bereits sämtliche Alarmsirenen. Auch wenn ich nicht Price' Job machte, wusste ich genug über das Umgarnen eventueller Kunden, um die Grenzen zwischen professionell und zu locker zu kennen. Sie versuchte bereits, diese Grenzen zu verschieben.

»Was genau tun Sie eigentlich für Ihre Firma?«

»Merrick war die Firma meines Urgroßvaters.« Das klang geringschätzig, und sie sprach schnell, als wolle sie möglichst bald auf ein anderes Thema zu sprechen kommen.

»Ich werde ehrlich zu Ihnen sein, Mr Hightower. Man schickt mich meistens zu Treffen von Angesicht zu Angesicht, denn wir haben herausgefunden, dass potenzielle Geschäftspartner großzügiger sind, sobald sie mich kennengelernt haben. *Von Angesicht zu Angesicht*«, fügte sie hinzu und stützte das Kinn auf den Handrücken.

Ich musste mich zwingen, nicht genervt zu seufzen. Was immer dies zu bedeuten hatte. *Wer auch immer* sie war. Ich kaufte es ihr nicht ab. Aber ich brauchte irgendeine Bestätigung, bevor ich diese Farce platzen ließ. Price würde es mir ewig vorhalten, wenn ich ihm keinen überzeugenden Grund nennen konnte, wieso ich diese Frau zum Teufel gejagt hatte.

Ich hatte das ungute Gefühl, dass es ein langer, frustrierender Abend werden würde, und ich konnte nicht verhindern, dass meine Gedanken immer wieder zu Lilith wanderten. Ich wünschte mir, ich würde ihr gegenübersitzen, statt meine Zeit mit diesem lachhaften Geschäftsabschluss zu verplempern.

# FÜNFZEHN

*Lilith* Das Nachtsichtgerät hatte ein paar Kippschalter, mit denen man die Hitzesensibilität einstellen konnte. William hatte mir ein Hotelzimmer mit perfektem Blick auf die Terrasse hinter dem *Cochina La'Fleur* gemietet. Dummerweise ließen sich die Fenster nicht öffnen, deshalb presste ich das Gerät gegen das Glas und starrte mit gerunzelter Stirn auf die Terrasse einige Stockwerke unter mir. Aus dieser Entfernung hatten Liam und die Frau in etwa die Größe meines Daumens, aber zumindest konnte ich sehen, was vor sich ging.

Liam sah wie ein orangeroter Fleck aus, sein Gesicht zeigte das dunkelste Rot. Die Frau ihm gegenüber war hellgelb, vermutlich weil die Idiotin ihre Jacke ausgezogen hatte, um ein heißes Dekolleté zu präsentieren – und heiß ist hier wörtlich gemeint, denn durch das Nachtsichtgerät waren sie dunkelrote Kreise auf ihrem ansonsten gelb gefärbten Körper. Es war, als hätte sie irgendwelche übernatürlichen Kräfte, den Blutfluss zu ihrem Vorbau zu lenken, um sie zum maximalen »Ich-klaue-dir-deinen-Mann« aufzupumpen.

»Siehst du irgendwas Cooles?«, fragte William, der neben mir hockte. Ein paar Schritte hinter ihm stand Hailey mit vor der Brust verschränkten Armen und einem Gesichtsausdruck, als frage sie sich noch immer, wieso sie dieses große Kind geheiratet hatte. Gleichzeitig konnte sie ihn offenbar nicht ohne dieses bewundernde Strahlen ansehen, als würde sie sich gleichzeitig fragen, wieso sie dieses große Kind so sehr liebte.

»Ich sehe meinen vermeintlichen Freund zwei riesigen Möpsen gegenübersitzen, an denen eine Frau befestigt ist. Insofern, nein, einen coolen Eindruck macht das nicht auf mich.«

»Du meinst, sie hat ordentlich Holz vor der Hütte?«

»William«, stöhnte Hailey. »Könntest du wenigstens dann nicht von den Brüsten anderer Frauen reden, wenn ich im Zimmer bin?«

»Das ist doch nicht zu meinem Vergnügen, Hailey. Ich versuche doch nur, aus dem Ganzen schlau zu werden. Wir haben da den Freund und das mysteriöse Date. Die mysteriöse Ex, die behauptet, seine Freundin zu sein. Wie dieses mysteriöse Date aussieht, ist entscheidend. Wir müssen wissen, ob sie eher der gerissene Typ ist oder ob sie genauso wenig Ahnung hat, wie Lilith hatte.«

»Ich war nicht ahnungslos. Ich bin mir auch immer noch nicht sicher, ob ich irgendetwas davon glauben soll.«

»Genau«, erwiderte William. »Du hast es so unbedingt nicht glauben wollen, dass du mich quasi angefleht hast, diese Geheimoperation einzuleiten.«

Ich setzte das Nachtsichtgerät ab, um ihn böse anzustarren. »Dich angefleht? Ich habe dich nur um das Nachtsichtgerät gebeten. Du warst derjenige, der völlig aus dem Häuschen war, weil er unbedingt wissen wollte, was los ist.«

Hailey stöhnte. »Du hast behauptet, du hättest dem allen nur zugestimmt, weil du Lilith noch nie weinen gesehen hattest. Du hast behauptet, es hätte dich sehr berührt, und wenn ich dabei gewesen wäre, hätte ich bestimmt auch geweint.«

William gab ein undefinierbares Geräusch von sich und stand auf. »Verlieren wir uns doch nicht in Details, Leute. Es gibt hier Wichtigeres, worauf wie uns konzentrieren sollten. Liliths Freund leidet unter akutem Wanderpenis, und wir müssen herausfinden, ob die Schlange heute Abend ein neues Loch findet.«

»William!«, zischte Hailey ihn an. »Das ist sozusagen ihr Freund, von dem du da sprichst. Außerdem hast du mich angelogen, um mich da mit reinzuziehen. Das bedeutet, dass ich auswählen darf, wohin wir heute Abend zum Essen gehen. So lautete die Abmachung.«

Er seufzte. »Komm schon. Es war eine Notlüge. Ich weiß, was du aussuchen wirst, aber ich kann nicht schon wieder Sushi essen. Hast du diese Statistiken gesehen, wie leicht man davon Würmer bekommt? Oder diese Videos von Thunfisch frisch aus dem Hafen, wo es unter der Haut von Würmern nur so wimmelt?«

»Dann musst du eben gründlicher kauen«, erwiderte Hailey. »Es wird nämlich Sushi werden.«

Die beiden fingen einen Streit darüber an, wohin sie zum Essen gehen würden, und ich versuchte, sie zu ignorieren und mich wieder auf die Terrasse zu konzentrieren.

Der Kellner brachte eine Flasche Wein an den Tisch und schenkte beiden ein Glas ein. *Toller geschäftlicher Termin.* Die Frau presste die Hand gegen ihre Brust, warf den Kopf in den Nacken und lachte laut. Ob Liam ebenfalls lachte, konnte ich nicht erkennen.

Ich knirschte mit den Zähnen. Das Nachtsichtgerät war mir hier keine große Hilfe. Das Abhörgerät wäre besser gewesen, aber durch das Fenster hörte ich nur Hunderte von Echos irgendwelcher Geräusche, die von sämtlichen Fenstern des Gebäudes widerhallten, in dem ich mich befand.

Ich schämte mich für das, was ich dachte, aber ich sagte

mir auch, dass jede vernünftige Frau zumindest darüber nachgedacht hätte, Claires Behauptungen nachzuprüfen. Jede vernünftige Frau hätte zugegebenermaßen allerdings vor dem Restaurant gewartet, statt sich eine so raffinierte Aktion auszudenken wie die, auf die ich mich eingelassen hatte.

Ich wollte gerade aufstehen und nach unten gehen, als ich sah, wie die Frau bewusst ihr Kleid nach unten zog, um noch mehr von ihren lächerlichen Möpsen zur Schau zu stellen. Liam schien sich auf seinem Stuhl zu versteifen, dann legte er seine Serviette hin, stand auf und ging zurück ins Restaurant. Auch die Frau stand auf und folgte ihm nach drinnen.

Mir sank der Mut. Mehr war nicht nötig? Ein bisschen mehr Möpse zeigen, und schon war das Essen vergessen, weil er einfach nicht warten konnte, sie flachzulegen?

»Die Mission ist abgeblasen.« Meine Stimme klang trocken und tonlos.

»Was?« William, der inzwischen nicht mehr mit Würmern im Thunfisch argumentierte, sondern damit, dass Sushi, wenn man es sich recht überlegte, im Grunde nichts anderes war, als würde man Reis in einen Salat werfen. »Was ist passiert?«

»Sie hat ihm quasi ihren nackten Busen unter die Nase gehalten, er ist aufgestanden, und beide sind ins Restaurant gegangen. Ich frage mich nur, ob sie es noch bis zu einem Bett schaffen oder ob sie gleich auf der Toilette übereinander herfallen.«

»Moment mal«, sagte Hailey. »Wer ist als Erster aufgestanden? Er?«

»Ja, wieso?«

»Und wenn er einfach sauer war? Vielleicht war es wirklich ein geschäftlicher Termin, und sie ist zu weit gegangen. Vielleicht hat er sie sitzen lassen. Vielleicht ist sie ihm hinterhergegangen, um ihn umzustimmen.«

Ich dachte darüber nach, es klang zugegebenermaßen gut. Ich fasste wieder Mut, zumindest ein wenig. »Vielleicht …«

»Geh zu ihm hin«, flüsterte William.

Ich sah ihn mit gerunzelter Stirn an. »Und wenn ich zu ihm hingehe und er steckt bis zu den Eiern in dieser Frau?«

»Das wäre dann eine unerwartete Entwicklung.« William rieb sich gedankenverloren das Kinn. »Ich glaube, an dem Punkt könntest du ihm unumwunden mitteilen, du würdest ihn wissen lassen wollen, dass er dir Tripper angehängt hat und dass er ein dreckiger Hurensohn ist.«

Ich nickte. »Das ist tatsächlich eine gute Idee.«

»Wow. Du hast Tripper? Ich hatte das als Witz gemeint.«

Ich seufzte und gab ihm das Nachtsichtgerät. »Tut mir leid, Hailey. Ich muss dich jetzt mit ihm allein lassen. Übrigens hat er recht mit den Thunfischwürmern, so ungern ich das zugebe. Ich habe die Videos gesehen. Er hat sie vor ein paar Monaten an alle im Büro geschickt.«

Hailey zog enttäuscht einen Schmollmund. »Wenn William eins nicht braucht, dann ist das jemand, der ihm sagt, dass er recht hat. Was hast du getan?«

Ich grinste. »Irgendwie habe ich das Gefühl, du wirst schon wissen, wie du mit ihm fertigwirst.«

Ich ging, und innerhalb von Sekunden war mein Lächeln verflogen. Ich hätte gern an die gute Version der Geschichte geglaubt. Er hatte mir doch die Wahrheit erzählt. Es war ein Geschäftstermin. Die Frau hatte sich als unangenehmer Mensch herausgestellt. Er war gegangen. Sache erledigt. Aber ich hatte mich gefühlsmäßig zu tief eingelassen und war nicht befriedigt. Eine eifersüchtige Stimme in meinem Kopf zählte mir die ganze Zeit all die schrecklichen Dinge auf, die vielleicht gerade passierten – die schrecklichen Dinge, die *bereits passiert waren*. Falls Claire die Wahrheit sagte, wäre dies nicht das erste Mal, dass er mich betrog. Es wäre dauernd passiert, seit wir uns kennengelernt hatten, und für ihn wäre ich nur ein Spielzeug gewesen, das er manipulieren und benutzen konnte, bis ihm langweilig wurde.

Andererseits konnte ich nicht vergessen, was er mir erzählt hatte. Seine Stiefschwester war psychotisch. Sie hatte angekündigt, die Sache zwischen uns zu ruinieren, allerdings konnte ich mir beim besten Willen nicht vorstellen, was sie mit all dem hier zu tun haben könnte. Sie hätte den Plan gemeinsam mit dieser Frau aushecken müssen, und ich kannte diese Frau zwar nicht, konnte mir aber nicht so recht vorstellen, dass jemand so weit gehen würde.

Grübeln würde zu nichts führen, beschloss ich. Ich würde mir nicht länger den Kopf zerbrechen. Ich würde tun, was ich gleich hätte tun sollen, nachdem Claire mir ihre Geschichte aufgetischt hatte. Ich würde Liam suchen und ihn zur Rede stellen. Und ich konnte nur hoffen, dass er voll angezogen und allein war, wenn ich ihn erwischte.

Als ich unten an der Straße angelangt war, sah ich Liam am Straßenrand nach einem Taxi Ausschau halten. Ich blieb abrupt stehen und beschloss, selbst herauszufinden, wohin er wollte, statt darauf zu vertrauen, dass er mir die Wahrheit sagte. Ich wäre fast gestürzt, als der Mann hinter mir in mich hineinlief.

»Lern gefälligst, wie man geht, Blödmann«, fauchte ich ihn an.

Der Mann sah mich verblüfft an, ging aber weiter.

Ich seufzte genervt und versteckte mich dann in dem Gebäude hinter einem Vorsprung, um Liam zu beobachten. Er versuchte noch immer, ein Taxi anzuhalten.

Ich hatte mir bisher nur selten im Leben ein Taxi genommen, schon gar nicht mehr, seit es Uber gab, aber ich beschloss sofort, ihm zu folgen. Ob ich es glauben wollte oder nicht, ich musste mich der Tatsache stellen, dass Claire vielleicht die Wahrheit gesagt hatte. Bisher hatte mich Liam – abgesehen von seiner falschen Identität – noch nie angelogen, und diese Lüge hatte er recht bereitwillig zugegeben. Das hieß, dass er entweder nicht log oder ein guter Lügner war. Ihm zu folgen war vielleicht meine einzige Chance, ihn in flagranti zu erwischen, auch wenn ich deswegen ein schlechtes Gewissen hatte.

Fast sofort hielt ein Taxi vor mir an, und ich sah, dass Liam ebenfalls gerade in eins einstieg.

Die Taxifahrerin war etwa Mitte zwanzig, hatte Piercings im Gesicht und helllila Haare, die sie zu Rattenschwänzen zusammengebunden hatte. Sie lächelte mich überraschend freundlich an.

»He, he!«, sagte sie.

»Das klingt jetzt total klischeehaft, aber Sie müssen dem Taxi dahinten hinterherfahren.« Ich beugte mich vor und deutete auf Liams Taxi in ihrem Rückspiegel.

Sie folgte mit den Augen meinem Finger und kniff sie zusammen. Ich dachte schon, sie würde lachen oder mich rauswerfen, stattdessen ballte sie die Hand zur Faust und nickte.

»Verdammt, ja. Dass jemand das von mir will, darauf warte ich schon, seit ich diesen Job angefangen habe.«

Ich lehnte mich zurück und betrachtete sie ein wenig misstrauisch. Sie sah zu begeistert aus, und ich konnte nur hoffen, dass sie nicht glaubte, ich wolle eine hollywoodreife Verfolgungsjagd.

Liams Taxi fuhr an uns vorbei, und die Frau gab Gas, schnitt einen anderen Wagen und setzte sich direkt hinter Liams Taxi.

»Wir sollten vorsichtshalber besser ein paar Wagen Abstand halten«, gab ich zu bedenken.

»Mist«, zischte sie. Sie riss das Lenkrad nach links, schoss durch den entgegenkommenden Verkehr, blieb kurz schräg zwischen zwei geparkten Wagen stehen und fädelte sich dann wieder in den fließenden Verkehr ein, nicht ohne erneut einige Wagen zu schneiden. Jetzt fuhren mehrere Autos zwischen Liams Taxi und unserem, und während hinter uns alle wild hupten, machte sie siegesgewiss das Daumen-hoch-Zeichen.

»So kann man es auch machen«, sagte ich leise.

Den Rest der Fahrt folgte sie ihm eher unauffällig, ließ ein paar Autos zwischen seinem und unserem Taxi und verzichtete auch im Großen und Ganzen auf weitere dramatische Manöver.

War ich eine Stalkerin? Ja. War es völlig gerechtfertigt? Weitgehend.

# SECHZEHN

*Liam* Ich saß hinten im Taxi und kochte. Die »Verbindungsfrau« roch verdächtig nach meiner Stiefschwester. Ich versuchte zum sechsten Mal, Lilith zu erreichen, landete aber wieder nur auf ihrem Anrufbeantworter.

Ich konnte mich des unguten Gefühls nicht erwehren, dass sich meine Stiefschwester nicht einfach zum Spaß die Mühe machte, eine Schauspielerin zu engagieren und Price glauben zu machen, sie sei echt. Sie hatte versprochen, Lilith und mich auseinanderzubringen. Garantiert hatte sie dafür gesorgt, dass Lilith von dem Abendessen auf irgendeine Weise etwas mitbekommen und falsch interpretiert hatte. Ich dachte daran, wie schamlos die Frau ihr Dekolleté enthüllt und wie hartnäckig sie mit mir geflirtet hatte. So hartnäckig, dass es auch aus größerer Entfernung nicht zu übersehen war.

Bei dem Gedanken, dass ich Celia voll auf den Leim gegangen war, hätte ich am liebsten irgendetwas zerschlagen. Aber wie hätte sie dafür sorgen können, dass Lilith alles sah? Wurde ich allmählich paranoid?

Wieder versuchte ich, Lilith zu erreichen, und hätte am liebsten das Telefon erwürgt, als sie sich nicht meldete. Beinahe hätte ich zu dem Fahrer gesagt, er solle umkehren und mich zur Wohnung zurückbringen, vielleicht war Lilith zu Hause. Aber tief im Inneren wusste ich, dass sie dort nicht war. Was auch immer Celia da inszeniert hatte – Lilith würde nicht einfach zu Hause sitzen und fernsehen.

Celia dagegen würde mit stolzgeschwellter Brust auf mich warten. Vermutlich saß sie neben der Haustür, damit sie so bald wie möglich meinen Gesichtsausdruck zu sehen bekam. Ich musste herausfinden, was sie zu Lilith gesagt hatte, damit ich wusste, wo ich anzufangen hatte, sobald die Zeit gekommen war, alle Lügen aufzudecken. Ich hatte da auch schon eine Idee. Sie würde viel Unheil anrichten, aber es war schon schlimm genug, dass ich sie bisher noch nicht in die Tat umgesetzt hatte. Ich zog mein Handy heraus und beschloss, dass das Unheil gar nicht groß genug sein konnte, keine Grenze so grundsätzlich, dass sie nicht überschritten werden konnte.

Ich wählte die Nummer von Celias Mann und wartete, dass er abhob.

Ich sprang aus dem Taxi, lief zu Celias Haustür, klopfte kräftig und wartete. Es überraschte mich nicht, dass die Tür bereits wenige Sekunden später von meiner Stiefschwester geöffnet wurde, die ein lächerlich raffiniertes weißes Kleid trug, dazu schwarzen Edelsteinschmuck, passend zu ihrem Haar.

Sie sah mich triumphierend an und lächelte. »Bruder.«

»Stiefbruder«, korrigierte ich sie. »Was zum Teufel hast du getan?«

»Du meinst, heute Abend? Ich hatte einen Termin bei meinem Friseur, und dann bin ich …«

»Du weißt, was ich wissen will. Was hast du getan?«

Sie stieß demonstrativ Luft durch die Nase aus und ließ

ausnahmsweise zu, dass sich ihre schwarze Seele in ihren Gesichtszügen widerspiegelte. »Ich habe genau das getan, was ich angekündigt hatte. Ich habe getan, was ich auch weiterhin tun werde, wenn du mir nicht gibst, was ich will.«

»Was du willst. Was war das doch gleich noch mal?«

»Du weißt genau, was ich will. Wenn du so pervers bist, dass du es unbedingt laut ausgesprochen hören willst, tue ich dir gern den Gefallen. Ich will dich *vögeln*. Nicht weil ich dich liebe. Nicht weil ich eine Beziehung mit dir will. Ich will es, weil du Nein sagst, und niemand verweigert mir etwas.«

Ich spitzte die Lippen und nickte. »Was passiert, wenn das dein Mann rausfindet?«

»Das spielt keine Rolle, weil er es nicht rausfinden wird. Ich habe dich problemlos die ganze Zeit ausgetrickst, und du hast deutlich mehr auf dem Kasten als der arme Walter. Er tappt im Dunkeln, so lange ich das will.«

Ich grinste und sonnte mich in meinem Triumph. Mit lauter Stimme rief ich ins Haus hinein: »Hast du genug gehört, Walter, oder brauchst du noch mehr Beweise?«

Ich wartete, dass Celia blass würde, aber sie betrachtete mich weiter mit demselben selbstzufriedenen Lächeln.

»Walter?«, rief ich.

»Dein Fehler lag darin, dass du ihn zu früh angerufen hast. Dadurch blieben mir ein paar Minuten, um ihn zu überzeugen, dass mein armes, empfindsames Herz brechen würde, wenn er dir deine Lügen tatsächlich abnehmen würde.«

Als sie meinen Gesichtsausdruck sah, lachte sie. »Du hast doch nicht wirklich geglaubt, dass ich ihn Anrufe entgegennehmen lasse, ohne mitzuhören, oder? Jedenfalls wird er nicht kommen, um unser Gespräch zu belauschen. Er liegt noch im Bett, und er ist glücklich. Er *will* nichts Schlechtes über mich glauben, verstehst du? Er will, dass ich sein perfekter kleiner Engel bin, und er wird Hinweisen und Gerüchten, die das Gegenteil andeuten, niemals Glauben schenken, weil er sich lieber seine Illusionen bewahrt. Also gib deine dummen Versuche ruhig auf, mich entlarven zu wollen.«

Beide drehten wir den Kopf, als ein weiterer Wagen in die Auffahrt einbog. Den Fahrer konnte ich hinter den Scheinwerfern nicht erkennen, aber als die Tür aufging, war es zweifellos Lilith, die da langsam ausstieg.

»Oh.« Celia versuchte, ins Haus zurückzutreten und die Tür zu schließen.

Instinktiv packte ich sie so fest am Handgelenk, dass ihr klar sein musste, ich würde sie nicht davonkommen lassen. Ich wusste nicht, wieso, aber ich sah, dass sie sich bei Liliths Anblick verdrücken wollte, und das reichte mir als Grund.

»Lilith«, sagte ich über meine Schulter hinweg. »Kennst du schon meine Stiefschwester?«

Lilith kam näher. Sie ging langsam, und der Fahrer in dem Wagen hinter ihr ließ den Motor weiterlaufen. Ihr Blick schoss hin und her, als versuche sie, alles auf einmal in sich aufzunehmen. Ich konnte quasi sehen, wie sich die Rädchen in ihrem Gehirn drehten, um alles zu begreifen.

»Deine Stiefschwester …«, sagte sie.

»So macht er das immer.« Celias Stimme klang seltsam, fast nicht wie ihre eigene. Jedenfalls weniger bösartig. »Wenn man ihn erwischt, kommt er immer mit den verrücktesten Lügen daher. Glaub ihm kein Wort.«

# SIEBZEHN

Lilith Ungläubig starrte ich die beiden an. Noch immer hielt Liam Claire am Handgelenk fest. Jedes verunsicherte Molekül in meinem Gehirn versuchte mich zu überzeugen, ich solle *ihr* glauben. Ihr alles glauben, denn welche andere Erklärung sollte es schon dafür geben, dass sich ein Mann wie Liam für mich interessierte?

Aber das war blödsinnig. Sogar idiotisch. Liam hatte mir bereits etwas gegeben, was er mir nicht mehr wegnehmen konnte, nicht einmal, falls Claire die ganze Zeit die Wahrheit gesagt hatte. Er hatte mir bewiesen, dass ich es wert war, gemocht zu werden. Ob er mich wirklich mochte, spielte keine Rolle. Ich glaubte noch immer, dass ich es wert war, und solch ein Geschenk konnte man nicht wieder zurücknehmen.

Gleichzeitig glaubte ich nicht, dass er das wirklich vorhatte. Ich sah Claires verzweifelten Gesichtsausdruck, sah, wie sie sich weiterhin aus seinem Griff zu befreien versuchte. Wieso wollte sie bei meinem Anblick im Haus verschwinden, wenn sie die Wahrheit sagte? Wäre das nicht ein Moment des Triumphs für sie? Der eindeutige Beweis, dass Liam ein Schwein war und jetzt bei seiner Ex auftauchte?

»Dann warst du also die ganze Zeit Liams Stiefschwester«, sagte ich und schüttelte den Kopf über meine eigene Dummheit. Ich hatte keine Ahnung, wie ich mich so gründlich von dieser Frau hatte täuschen lassen können und wie ich beinahe auf den größten Schwindel überhaupt hereingefallen wäre. Ich hatte Liam hinterherspioniert, hatte mir die schlimmsten Dinge ausgemalt und ihm alles denkbar Schreckliche zugetraut. Dennoch konnte ich nicht nachvollziehen, was sie damit hatte bezwecken wollen. Hatte sie geglaubt, ich würde die beiden einfach davonziehen lassen und jeglichen Kontakt mit ihm abbrechen? Vielleicht hatte sie sich eingebildet, dass mein Vertrauen in ihn so nachhaltig erschüttert sein würde, wenn ich ihn mit seinem »Date« sah, dass er niemals mehr die Chance haben würde, mich zurückzugewinnen.

»Moment mal, *die ganze Zeit?*« Liam sah zwischen uns hin und her und ließ den Blick schließlich auf seiner Stiefschwester ruhen. »Wie lange kennst du Lilith schon? Für wen hält sie dich?«

Claire – nein, *Celia*. Ich erinnerte mich, dass der Name in einem meiner längeren Gespräche mit Liam aufgetaucht war. Ich erwartete, dass sie irgendetwas Bösartiges vom Stapel lassen oder sich vielleicht eine Maske herunterreißen und sagen würde, sie wäre damit davongekommen, wären da nicht diese neugierigen Kinder und dieser Hund gewesen, doch stattdessen schlug sie uns wortlos die Tür vor der Nase zu.

Das letzte flüchtige Bild, das mir von ihr in Erinnerung blieb, war ihr bösartiger Blick – passend zu dem beeindruckend spitz zulaufenden Haaransatz, den ich anfangs für ein so interessantes Abbild ihres Charakters gehalten hatte.

Liam sah auf seine Hand hinunter, mit der er sie festgehalten hatte, und wischte sie sich unwillkürlich an der Hose ab.

»Wenn du glaubst, sie wäre nett, dann warte ab, bis du meine Eltern kennenlernst.«

Ich lachte, obwohl mir nicht nach Lachen zumute war. »Da ich Miss Megatitten hier nirgendwo entdecken kann, nehme ich mal an, dass du vorhin im Restaurant nicht von deinem Stuhl hochgeschossen bist, um eine Runde in der Toilette zu vögeln.« Kaum hatte ich das gesagt, zuckte ich zusammen. Ich hatte soeben zugegeben, dass ich ihm hinterherspioniert hatte, und sein Grinsen bewies mir, dass ihm das nicht entgangen war.

»Hast du wieder Vögel beobachtet?«, fragte er.

Ich seufzte. »Zwei Riesendinger, um genau zu sein. Die haben so viel Hitze abgestrahlt, dass kaum etwas anderes zu erkennen war.«

Liam lachte. »Schon okay. Celia weiß bereits seit frühester Kindheit, wie man Tatsachen verdreht und Menschen manipuliert. Und ich verzeihe dir, dass du mir hinterherspioniert hast.«

»Ich habe dich nicht um Verzeihung gebeten. Aber ich weiß es zu schätzen«, fügte ich seufzend hinzu. Ich richtete den Blick auf Celias Haus und starrte es missmutig an. »Außerdem werden wir es der Schlampe schon zeigen.«

»Nachdem ich das mit den Kameras erfahren hatte, wollte ich nur noch, dass ihr ihr ganzes Leben um die Ohren fliegt. Das will ich noch immer. Der Unterschied ist allerdings, dass ich mich jetzt, wenn ich die Wahl zwischen Rache und dir hätte, für dich entscheiden würde.«

»Gut, dass du nicht zu entscheiden brauchst. Sagen wir es doch mal so: Wenn ich einen Penis hätte, hätte ich gerade einen Rache-Ständer.«

Liam lachte laut auf. »Ich bin … mir ziemlich sicher, dass ich das noch nie gehört habe.«

»Das bedeutet, dass man einen Ständer bekommt, weil …«

Er hob abwehrend die Hände und grinste. »Der Satz ist selbsterklärend. Ich wollte nur sagen, dass ich nicht weiß, ob Penisse so funktionieren.«

»Meiner würde es«, erwiderte ich leise, ohne den Blick von Celias Haus abzuwenden. »Er würde jetzt pulsieren und direkt auf dieses bösartige kalte Miststück zeigen.«

»Ich bin mir nicht sicher, ob mich das jetzt erregen sollte, aber, tut mir leid, das tut es nicht.«

Ich ließ den Blick zu ihm wandern. »Hier geht es nicht um Erregung, Liam. Hier geht es um Rache.«

»Weißt du, als ich herkam, war ich in der Stimmung, das Haus mit meinen eigenen Händen niederzureißen, und jetzt gibst du mir das Gefühl, hier der Vernünftigere zu sein.«

»Ich habe dir nie erzählt, was den Kindern zugestoßen ist, die mich in der Schule gemobbt haben.«

»Du hast mir nie erzählt, dass du gemobbt worden bist.«

»Tja, bin ich aber. Dabei habe ich meine beste Freundin kennengelernt, Emily. Sie hat sich eingemischt und mich verteidigt, was ihr eine Menge Ärger seitens ihrer hochnäsigen Freundinnen eingebracht hat. Aber ich habe mich an jeder einzelnen gerächt. An allen Mädchen, die auf mir herumgehackt haben. Jede von ihnen hat büßen müssen.«

Liam sah mich sehr ernst an. Sein Gesicht wurde von den Scheinwerfern des noch immer im Leerlauf in Celias Auffahrt wartenden Taxis erhellt. »Hast du ... *ihnen wehgetan?*«

»Körperlich, nein. Seelisch, ja. Bei einem der Mädchen habe ich ihre Feuchtigkeitscreme gegen Mayonnaise ausgetauscht und beobachtet, wie sie sich in der ersten Stunde Englisch Beine und Hände mit Mayo eingeschmiert hat. Einer anderen habe ich weisgemacht, sie sei Aaron Carters Brieffreundin – er stand damals hoch im Kurs – und er sei in sie verliebt. Sobald sie ihm ebenfalls ihre Liebe gestanden hat, hat er ihr nicht mehr geantwortet. Ich habe einen Weckruf-

Service bezahlt, damit er die letzte Mobberin zu allen möglichen Zeiten während des Unterrichts anruft, bis ihr Handy schließlich konfisziert wurde. Das war alles Phase eins, und für den Fall, dass sie mich nicht in Ruhe gelassen hätten, hatte ich zwei weitere Phasen geplant. Bei deiner Stiefschwester müssen wir, fürchte ich, gleich zu Phase drei übergehen.«

Jetzt wirkte er tatsächlich besorgt. »Phase drei ist aber nicht Mord, oder?«

»Hältst du mich wirklich für fähig, jemanden umzubringen?«

»Willst du darauf wirklich eine Antwort?«

»Ich habe noch keinen konkreten Plan, was wir tun sollten, aber er wird sie lehren, uns ein für alle Mal in Ruhe zu lassen, so viel weiß ich.«

Liam und ich fuhren mit meinem Taxi zurück und stiegen bei einem noch spätabends geöffneten Café aus. Er bestellte uns Frozen Joghurt und Kaffee. Sein Joghurt war eine Monstrosität aus irgendwelchem Keksteig mit Brownie, meiner dagegen eine bescheidenere Mischung aus Schokolade und Oreo.

Trotz meines ganzen Geredes von Racheständern fühlte es sich großartig an, einfach mit ihm dort zu sitzen und Nachtisch zu essen. Dass ich ihn beinahe verloren hätte, ließ mich ihn noch mehr schätzen als vorher, und ich begriff allmählich, was er damit meinte, dass man seinen Rachedurst nur schwer beibehalten konnte. Dennoch wollte ich das Miststück nicht ungestraft davonkommen lassen.

»Leute, die Keksteig essen, habe ich noch nie verstanden«, sagte ich und schluckte einen Bissen von meiner eigenen Leckerei.

Er runzelte die Stirn. »Wie meinst du das? Das ist doch weit verbreitet. Es schmeckt großartig.«

»Nenn mir irgendein anderes Essen, das jemand vorsätzlich bestellt, bevor es fertig gekocht ist.«

»Das ist doch was anderes.«

»Ich bin mir ziemlich sicher, dass Keksteig rohes Ei enthält. Danach hockst du vermutlich die ganze Nacht auf der Toilette, falls du nicht schon vorher tot zusammenbrichst.«

»Ich bin mir ziemlich sicher, dass der Laden nicht überleben würde, wenn das Topping von seiner Speisekarte Leute vergiftet oder tötet. Außerdem ist mein Verdauungssystem unkaputtbar. Ich könnte zum Frühstück drei Hamburger mit Pommes essen, ohne dass mein Magen auch nur einmal zuckt. Ich glaube, ich werde überleben.«

»Als Nächstes wirst du mir erzählen, dass deine Scheiße aus echtem Gold ist und nicht riecht.«

»Moment mal, ist das nicht normal?«

Ich verdrehte die Augen. »Iss einfach dein Gift und lass mich nachdenken, wie ich mich an deiner Stiefschwester räche.«

Er schwieg eine Zeit lang, und als er schließlich sprach, klang er deutlich ernster. »Ich habe das Gefühl, ich müsste mich für all das entschuldigen, aber ich mache mir auch Sorgen, dass es, wenn ich mich entschuldige, so aussieht, als hätte ich zu all dem mit beigetragen.«

»Du kannst dich ja dafür entschuldigen, dass du deine Stiefschwester nicht um die Ecke gebracht hast, als du noch Gelegenheit dazu hattest. Sie sich bei einem Familienausflug im Wald verirren lassen, irgend so etwas.«

»Du bist schrecklich. Aber aus irgendeinem Grund mag ich dich trotzdem noch.«

»Du *magst* mich, soso.«

Sein Gesichtsausdruck war irgendwo zwischen Lächeln und Stirnrunzeln angesiedelt. »Das geht dir jetzt erst auf?«

»Nein. Ich höre es nur gern, wenn du es sagst.«

»Lilith. Wir brauchen an meine Stiefschwester nicht einmal zu denken. Das Schlimmste hat sie bereits angerichtet. Sie hat versucht, uns auseinanderzubringen, und es ist ihr nicht gelungen. Zieh bei mir ein. Leb mit mir in meiner richtigen Wohnung. Du darfst sogar deine seltsame Katze mitbringen.«

»Roosevelt ist nicht seltsam, aber ich halte das nicht für eine gute Idee. Noch nicht. Du sagst, das Schlimmste hat sie bereits angerichtet, aber das glaube ich nicht. Irgendwie habe ich das Gefühl, du bist nie gemobbt worden, aber ich. Normalerweise hören diese Leute nicht auf, außer man schlägt zurück. Sich verkriechen und hoffen, dass es aufhört, macht es in der Regel nur schlimmer. Denk mal drüber nach. Was hast du getan, seit dir deine Stiefschwester den Krieg erklärt hat? Du hast eine andere Identität angenommen? Versucht, dich unsichtbar zu machen? Du musst die Initiative ergreifen und sie da treffen, wo es wehtut. Schlag zu, bevor sie noch härter zuschlägt.«

»He«, widersprach er. »Ich hatte meine Entscheidung nicht aus Angst getroffen. Ich wollte meine Zeit nicht mit ihr und ihren Spielchen vergeuden. Ich dachte, am schnellsten werde ich sie los, wenn ich sie ignoriere. Aber glaub nicht, dass ich nicht bereit bin, irgendetwas zu unternehmen. Ich denke nur nicht, dass es noch nötig ist. Ihr muss doch klar sein, dass sie verloren hat. Hast du gesehen, wie sie dich angeschaut hat?«

»Ja, als wäre ich ein neues Problem in einem langfristigen Plan. Sie ist noch nicht fertig, glaub mir.«

»Und, was stellst du dir vor? Wie bringen wir sie dazu, aufzuhören?«

»Du hast doch gesagt, sie ist verheiratet, nicht wahr?«

Er nickte.

»Da hast du deine Antwort. Entweder liebt sie den Mann,

oder sie bleibt wegen seines Geldes bei ihm. Egal wie, sie will jedenfalls, dass es bleibt, wie es ist. Also treffen wir sie, wo es wehtut. Wir denken uns etwas aus, wie wir sie bloßstellen können.«

»Ist es schlimm, dass ich bei ›bloßstellen‹ eher daran denke, dich zu entblößen?«

»Ja«, erwiderte ich, konnte mir das Lächeln aber nicht ganz verkneifen. »Du bist schlimm. Und ich habe noch mal drüber nachgedacht. Ich ziehe bei dir ein. Vorübergehend. Aber Roosevelt braucht einen Platz für sich. Das mache ich zur Bedingung.«

»Er kann sein eigenes Zimmer haben.«

»Igitt. Ich hatte ganz vergessen, wie ekelhaft reich du bist.«

Wie sich herausstellte, war ekelhaft reich noch untertrieben.

Liams Wohnung belegte einen nicht unwesentlichen Teil eines Wolkenkratzers in der Innenstadt. Wir gingen durch ein luxuriöses Hotelfoyer zu den Aufzügen, fuhren sechzig Stockwerke nach oben und stiegen bei seiner Penthouse-Suite aus. Unter einem Penthouse hatte ich mir immer das oberste Stockwerk eines Gebäudes vorgestellt, aber seins machte den Eindruck, als hätte man gleich die vier obersten Stockwerke zu einer Riesenwohnung zusammengelegt.

»Wie funktioniert das eigentlich?«, fragte ich. Wir traten aus dem Aufzug, und ich musste mich einmal um die eigene Achse drehen, um alles in mich aufzunehmen. In alle Richtungen hatte man einen fantastischen Blick auf die City von New York, und nur wenige Gebäude überragten uns. Überall bestand der Boden aus dickem, goldgeädertem Marmor, dessen Kühle und Schwere von exklusiven weißgrauen Stoffen gemildert wurde, in Form von Bezügen auf modernen Möbeln oder als Teppiche. »Ist das wie ein Hotelzimmer, das du unbegrenzt gemietet hast?«

»Nicht ganz. Der ursprüngliche Besitzer des Hotels hat das Obergeschoss vor vierzig Jahren an seinen Freund, einen Milliardär, verkauft. Als sein Freund ausgezogen ist, stand es zum Verkauf, und ich habe zugeschlagen. Aber wenn ich will, kann ich immer noch Zimmerservice bekommen.«

Ich blieb neben seinem Couchtisch stehen, wo unübersehbar etwas lag, das wie ein echter, handgroßer Goldbarren aussah. Ich versuchte, ihn hochzuheben, aber entweder war er festgeklebt oder viel schwerer, als er aussah.

»Was ist mit dem Ding?«, fragte ich und stöhnte vor Anstrengung. Ich wollte schon aufgeben und mich damit abfinden, dass er sich nicht bewegen ließ, als ich schließlich die Finger unter den Rand bekam und ihn hochhieven konnte. Er fühlte sich an, als würde er zwei Kilo wiegen, dabei hatte er nur die Größe eines Kartenspiels.

»Gold«, erwiderte er.

Ich verzog das Gesicht. »Ernsthaft? War irgendwann der Zeitpunkt gekommen, wo du so viel Geld hattest, dass du dir gedacht hast: ›Okay, ich weiß, was die perfekte Dekoration für diesen Tisch wäre‹? *Massivgold?*«

»Eher nicht.« Er nahm mir den Goldbarren vorsichtig aus der Hand und betrachtete ihn. »Ich habe ihn gekauft, als ich gerade in einer leicht theatralischen Stimmung war. Vermutlich dachte ich, er wäre eine gutes Symbol.«

»Ein Symbol für was? Dass du so stinkreich bist?«

»Nein.« Er sah mich an, wandte den Blick dann aber ab, und einen seltenen Moment lang ließ er eine gewisse Verletzlichkeit sehen. »Vergiss es.« Er warf den Barren auf die Couch, als wäre er ein nutzloser Briefbeschwerer und nicht etwas, das mehr wert war als die Häuser der meisten Menschen.

»Ich will es aber nicht vergessen. Du wolltest mir gerade erzählen, was dahintersteckt. Ich konnte es spüren. Ich muss es wissen, vor allem jetzt, wo du es mir verschweigen willst. Denk mal drüber nach. Du weißt quasi nichts über mich. Aber was weiß ich wirklich über dich?«

»Du weißt eine Menge.«

»Ich weiß, dass deine Stiefschwester auf dich steht, und ich weiß, dass du reich bist. Das ist auch schon alles.«

»Jetzt bin ich aber verletzt. Was ist mit meiner charmanten Persönlichkeit?«

»Okay. Ich weiß, dass du *nicht* das größte Arschloch bist, das mir je über den Weg gelaufen ist.«

Er ließ sich das durch den Kopf gehen, dann zog er einen Schmollmund und nickte. »Akzeptiert.«

»Und ob du das akzeptierst. *Und* du wirst mir erzählen, was es mit dem da auf sich hat.« Ich deutete auf den Goldbarren.

Liam ließ sich auf die Couch fallen, nahm den Goldbarren wieder in die Hand und hielt den Blick auf ihn gerichtet, während er sprach. »Es ist wirklich keine große Sache. Ich habe nur ... ich habe nur darüber nachgedacht, wo ich eigentlich stehe. *Im Leben*«, fügte er leise hinzu, als bereite es ihm körperliche Schmerzen, so über seine Gefühle zu reden. »Ich kam zu dem Ergebnis, dass ich mein Leben vergeude. Mich interessierte nur meine Arbeit, mehr Geld verdienen, mehr Erfolg haben. Ich hatte es satt, alles Gute an mir vorüberziehen zu lassen.«

»Ich will ja nicht unhöflich sein, aber ich verstehe nicht, was das damit zu tun hat, dass auf deinem Couchtisch ein massiver Goldbarren liegt.«

»Nun ja, ich war nicht ganz nüchtern. Und ich habe ihn erst vor ein paar Tagen gekauft.«

»Oh. So wie du geredet hast, dachte ich, es hätte sich um eine schon ein paar Jahre zurückliegende große Lebenskrise gehandelt. Du redest von vor ein paar Tagen?«

»Ja. Als ich dich kennengelernt habe. Im angeheiterten Zustand ergab das durchaus Sinn. Ich würde mein altes Ich hinter mir lassen, und diese kleine Trophäe würde mich daran erinnern, was mir all das Geld gebracht hat.« Er hob den Goldbarren hoch und kicherte. »Ich habe dir doch gesagt, es ist blödsinnig.«

»Nicht blödsinnig. Vielleicht ein bisschen melodramatisch. Aber ich kann es nachvollziehen. Du benutzt ihn wie einen Briefbeschwerer, also wollte der betrunkene Liam zum Ausdruck bringen, dass Geld nicht für allzu viel taugt? *Während der nicht betrunkene Liam in einem mehrere Millionen Dollar teuren Penthouse wohnt?*«

Er biss sich auf die Lippe. »Eins zu null für dich. Aber lass mir doch einfach meinen trübseligen Symbolismus, okay?«

»Weißt du, was?«, sagte ich. »Ich glaube, wir müssen mal klären, wo wir stehen, denn wenn wir hier von Highschool-Regeln reden, Oralsex und, nun ja, *Penissex*, dann deutet sich da so was wie eine Beziehung an. Man muss das ... die andere Person nicht direkt fragen, aber ich habe das Gefühl, nicht mal zu wissen, ob ich dich als meinen Freund bezeichnen darf.«

Er grinste und runzelte dabei gleichzeitig die Stirn. Dann stand er auf und nahm meine Hände. »Lilith ... möchtest du meine Freundin sein?«

»Ja«, erwiderte ich. »Aber nur, wenn ich den Goldbarren noch mal nehmen darf. Ich komme mir wie ein Topganove vor, wenn ich ihn in der Hand halte.«

»Ich könnte dir noch mehr Gold besorgen. Vielleicht Goldmünzen? Wir könnten ein Kinderschwimmbecken damit füllen und drum herum schwimmen. Jedenfalls wenn meine Freundin das möchte.«

»Was deine Freundin im Moment wirklich möchte, ist Befriedigung finden für ihren Racheständer, den sie für deine

Stiefschwester hat. Wenn wir das nicht bald in Angriff nehmen, bekomme ich noch das Rache-Äquivalent zu blauen Eiern. *Rote Eier?*«

»Wie wäre es ohne Eier? Und ohne wütende Erektion? Eigentlich mag ich deine Teile so, wie sie sind.«

»*Eigentlich?*«, fragte ich, drückte die Brust heraus und rempelte ihn kräftig an.

Er stolperte nach hinten, und sein Lächeln war nicht länger fröhlich, sondern gefährlich. Seine Hand machte sich bereits hinter meinem Rücken auf die Suche nach einem schnellen Zugang und stieß dabei auf den Reißverschluss meines Kleides. »Meine Erinnerung ist in letzter Zeit so verschwommen. Du könntest sie allerdings jederzeit wieder auffrischen.«

»Was ist mit all den Fenstern hier oben? Ich will nicht, dass mich morgen irgendein dahergelaufener Typ auf der Straße anquatscht und nach dem Muttermal auf meiner rechten Pobacke fragt.«

»Du hast ein Muttermal auf der rechten Pobacke?«, fragte Liam.

»Könnte sein. Ich könnte es dir zeigen, wenn du diesen Schwachsinn vergisst, wo ich auf die Knie gehe und dich anflehe, dir einen blasen zu dürfen.«

»Ich hatte das bereits vergessen.« Er schlug sich gegen die Stirn. »Wie nett, dass du mich daran erinnerst. Nein, ich glaube, ich will doch weiterhin, dass du mich auf Knien anflehst plus das Muttermal an deinem Hintern. Vielleicht beiße ich rein.«

»Anflehen ist definitiv nicht drin«, widersprach ich.

»Also, gehst du jetzt für mich auf die Knie?«

»Nein.« Ich verschränkte die Arme vor der Brust und starrte ihn so böse wie möglich an. »Wieso schaust du mich so an? Mir gefällt dieser Blick nicht …«

Er legte die Hand an meinen Rücken, und dann folgte eine Reihe fließender Bewegungen. Ich spürte kurz einen leichten Druck in den Kniekehlen und knickte automatisch ein. Ich knallte allerdings nicht auf dem Boden auf, weil er mich an den Schultern packte und sanft unten absetzte.

Er räusperte sich. »Schön, dass du deine Meinung geändert hast.«

»Was zum Teufel war das? Kung-Fu?«

»Judo.«

»Okay. Halt mal. Stopp. Du kannst Judo?«

»Ein Mann braucht ein Hobby.«

»Ich mache dir einen neuen Vorschlag. Wenn du mir beibringst, wie das geht, mache ich alles, was du willst.«

Seine Augenbrauen schossen in die Höhe.

# ACHTZEHN

*Liam* Normalerweise überließ ich Price das Umgarnen potenzieller Klienten auf großkotzigen Partys, aber ich wollte die Gelegenheit nutzen, Lilith von ihrem Feldzug gegen Celia zur Befriedigung ihres »Racheständers« abzulenken. Ich gab es zwar nur ungern zu, aber ich hatte im Moment einfach kein Interesse, mich in welcher Form auch immer auf Celia zu konzentrieren. Endlich hatte ich das Gefühl, dass nichts mehr zwischen Lilith und mir stand. Tief im Inneren wusste ich, dass Lilith Celia vermutlich richtig einschätzte. Meine Stiefschwester würde ihre Niederlage nicht hinnehmen, ohne einen letzten Sabotageversuch zu starten, und doch fühlte sich Celia für mich nur wie eine unwichtige Bodenschwelle zwischen Lilith und mir an. Mir hätte es gereicht, abzubremsen, drüber hinwegzugleiten und sie im Rückspiegel verschwinden zu sehen.

Lilith dagegen wollte mit Vorschlaghammer und Dynamit aus dem Auto stürmen und die Bodenwelle aus der Straße sprengen. Aber das war ihr Stil, und es war Teil ihres Charmes. Sie war eine seltsame Mischung aus Mädchenhaftigkeit und Kommandotrupp. Ihre Kindheit hatte deutliche Spuren bei ihr hinterlassen, und seit wir uns kennengelernt hatten, hatte ich das Gefühl, sie täglich mehr von ihrer Vergangenheit ablegen zu sehen. Ich genoss es, und ich war schon gespannt darauf, wie weit ihre Veränderung gehen würde.

Sie stand neben mir in einem engen grünen Kleid, das wie Fischschuppen glitzerte. Am Rücken war es tief ausgeschnitten, und immer wieder wanderte mein Blick dorthin. Ich verlor mich in dem subtilen Muskelspiel und der weichen Haut über ihrem Hintern und sonnte mich in der Vorstellung, problemlos die Hand unter den Stoff schieben und zugreifen zu können.

Aber ich beherrschte mich. Ich wusste, ich konnte sie bald wieder haben. Inzwischen war es fast eine Woche her, dass wir erst eine spontane Lehrstunde in Judo und dann eine in Blowjob gehabt hatten. Als sie mir – die Finger an meinem Schwanz und die Lippen nur wenige Zentimeter von meiner Eichel entfernt – gestand, dass es ihr erstes Mal war, war das vielleicht das Erotischste, was ich je erlebt hatte. Um ehrlich zu sein, wäre mir gar nicht aufgefallen, dass es ihr erstes Mal war, aber unter Umständen habe ich das Ganze in die Länge gezogen, indem ich ihr ein paar neue Techniken zum Ausprobieren gab. Sie lernte schnell, und wie sich herausstellte, übte sie gern, sooft sie konnte.

Eins meiner Ziele lautete, dass der Karton mit den Sexspielzeugen, den sie zusammen mit anderen Sachen zu mir gebracht hatte, als sie »vorübergehend« bei mir einzog, verschlossen blieb. Ich wollte Lilith nicht teilen, nicht einmal mit einem Sexspielzeug. Heimlich genoss ich auch, dass sie jeden Tag weitere »vorübergehende« Kartons anschleppte, und diese hatten die Tendenz, geöffnet und ausgepackt zu werden.

Price trug ausnahmsweise mal einen Smoking.

Ich zupfte an seinem Kragen herum. »Hat dich deine Großmama heute angezogen?«, fragte ich.

»Ob du es glaubst oder nicht«, erwiderte er und schlug meine Hand weg, als wäre ich eine Fliege. »Ich mache meine Arbeit tatsächlich gut und habe ein bisschen nachgeforscht. Hier ist heute Abend ein großer Fisch, und nachlässige Kleidung findet er abstoßend. *Deshalb.*«

»Dann gibst du also endlich zu, dass du dich nachlässig und unmodern kleidest?«

»Nein. Ich weiß nur, dass einem derart engstirnigen Menschen mein Stil sowieso nicht gefallen würde.« Price richtete den Blick auf Lilith, die auf einen Tisch voller Essen und Getränke zusteuerte. »Wie läuft es übrigens mit ihr?«

»Gut«, erwiderte ich.

»Komm schon. Ich habe dich letzte Woche mindestens zehnmal dabei erwischt, wie du gelächelt hast. Einmal habe ich dich im Büro sogar pfeifen gehört. Gib's zu. Es ist mehr als gut.«

Ich zuckte mit den Schultern. »Ich glaube, ich liebe sie.«

Price quollen fast die Augen heraus. »Liebe?«

»Ich kann nur noch an sie denken. Mir ist es nicht mal mehr wichtig, mich an Celia zu rächen.«

Price schüttelte den Kopf. »Natürlich denkst du nur an sie. Mann, das ist wie *Romeo und Julia*. Was glaubst du, wieso all die tragischen Romanzen von Menschen handeln, die kaum Zeit miteinander verbringen? Glaubst du, Romeo hätte sich umgebracht, wenn er lange genug mit Julia zusammengelebt hätte, um mitzubekommen, dass sie immer ihre Socken im Badezimmer auf dem Boden liegen lässt? Oder dass sie nach mexikanischem Essen fürchterlich furzt? Komm schon. Das läuft alles hier oben ab.« Er klopfte mir an den Kopf. »Da spielt dir die Biologie einen Streich. Dein Körper will nichts anderes, als ihr ein Baby zu machen, deine Gene weiterzugeben, und peng, schon ist die magische Chemie verschwunden, und du merkst, dass Liebe nur eine Illusion ist.«

»*Oder*«, erwiderte ich, »du bist ein zynischer Idiot und verstehst nichts von Liebe, weil du noch nie eine ernsthafte Beziehung hattest.«

»Definier ›ernsthaft‹.«

»Etwas, das länger als einen Monat dauert.«

Price sah aus, als wolle er mir widersprechen, und runzelte dann die Stirn. »Man muss es nicht selbst erlebt haben, um es zu sehen, Liam. Denk mal drüber nach. Was passiert, wenn ihr euch erst mal alles erzählt habt oder wenn der Sex nicht mehr so prickelnd ist? Willst du dich wirklich für den Rest deines Lebens an eine Frau binden, die du gerade mal ein oder zwei Wochen kennst?«

»Ich habe nicht gesagt, dass ich sie heiraten will, aber ich habe drüber nachgedacht.«

Er schloss die Augen und legte die Fingerspitzen an die Stirn. »Du bist pussykrank. Das ist alles. Es wird vorbeigehen, also versprich mir, dass du ihr noch nicht sagst, dass du sie ›liebst‹. Sobald du das tust, setzt du eine gefährliche Kettenreaktion in Gang, und ich kann dir nicht versprechen, dass ich es schaffe, dich da rauszuholen.«

»Ich weiß deine Sorge zu schätzen, aber ich glaube, ich komme auch allein klar. Ich kenne meine Gefühle. So einfach ist das.«

»Noch vor ein paar Sekunden hast du gesagt, du glaubst, du liebst sie. Jetzt redest du, als stünde das fest.«

»Inzwischen habe ich mich entschieden.«

Er seufzte genervt. »Weiß Kade das? Einer von uns sollte es ihm sagen. Das wird dem armen Kerl das Herz brechen.«

Unerwartet mischte sich Kade in das Gespräch ein, was mich überraschte, denn bei seiner Länge war er doch meist nicht zu übersehen. »Ich weiß es bereits, Price. Liam hat es mir erzählt, als wir hierhergekommen sind. Vermutlich heißt das, dass ich sein bester Freund bin.«

»Er hat es dir nur als Erstem erzählt, weil er weiß, dass du zu einfach gestrickt bist, um ihm zu sagen, was für ein Idiot er ist«, erwiderte Price spöttisch.

»Einfach gestrickt?«, hakte Kade nach. »Wer, glaubst du, hat den Code für die ›Genius‹-Software geschrieben, die du unseren Kunden immer in den höchsten Tönen anpreist, und …«

Ich ging weg und überließ die beiden ihrem Streit. Dass beide noch nie eine ernsthafte Beziehung gehabt hatten, lag vermutlich daran, dass sie bei fast jeder Gelegenheit aneinandergerieten.

Lilith betrachtete irgendetwas mit weit aufgerissenen Augen. Noch nie hatte ich bei ihr einen derart interessierten Gesichtsausdruck gesehen.

»Was gibt's?«, fragte ich und stellte mich neben sie.

»Diese Frau da vorne. An ihrem Absatz klebt Toilettenpapier, und sie hat gerade dem Kellner vorgeworfen, ihr Wein angeboten zu haben, obwohl sie schwanger ist, dabei sieht man ihr eindeutig nichts an. Siehst du, wie einer nach dem anderen das Toilettenpapier bemerkt, aber keiner einen Ton sagt?«

Ich beobachtete die Frau, die selbstbewusst und mit verführerischem Blick durch den Raum schlenderte. Hinter ihr drehte sich der eine oder andere Kopf. Mir kam das nicht sonderlich ungewöhnlich vor, aber Lilith wirkte begeistert. »Mich wundert, dass es ihr niemand sagt.«

»Mich nicht. So etwas sehe ich dauernd. Die Leute sagen fast nie was, außer es ist ein guter Freund. Normale Leute schauen nur gern zu und machen ihre Bekannten darauf aufmerksam.«

Ich grinste. »Irgendwie merkwürdig. Solltest du jemals Toilettenpapier an deinem Schuh kleben haben, sage ich es dir sofort.«

»Nicht nötig. Wie man Toilettenpapier an seinen Schuh bekommt, ist mir immer ein Rätsel geblieben. Ich meine, was tun die Leute in Toiletten, wo man auf Klopapier treten kann? Passen die denn nicht auf, wenn sie auf öffentliche Toiletten gehen? Ich habe dort schon oft genug weit Unangenehmeres rumliegen sehen, deshalb ist mein Blick geradezu auf den Boden fixiert.«

»Das ist ein gutes Argument.«

»Was ist?«, fragte sie. »Du schaust mich so komisch an.«

Ich deutete mit dem Kopf auf etwas schräg hinter ihr. »Nicht dich«, erwiderte ich leise. »Sie ist hier.«

»Oh, verdammt«, zischte Lilith.

Wir hatten den Plan in der vergangenen Woche entworfen, und Celias Auftauchen bedeutete Phase eins. Ich schnappte mir eine Garnele von einem Buffettisch in der Nähe und warf sie nach Price. Sie prallte von seiner Stirn ab, und sein Kopf ruckte wie in einem Zeichentrickfilm nach hinten, als hätte er einen Schuss in die Stirn bekommen. Er starrte mich mit einem Blick an, als wolle er mich gleich ermorden.

»Celia«, formte ich mit den Lippen und deutete mit dem Kopf in ihre Richtung.

Er schnitt Kade das Wort ab und verschwand in der Menge. Price hatte behauptet, einen Mann zu kennen, der Grönländern Badetangas verkaufen kann. Uns reichte es, wenn der Typ Celia eine Geschichte verkaufte, was eventuell schwieriger war.

Ein paar Sekunden später kam Price mit einem gut gekleideten Mann zurück, der etwas älter war als ich. Er sah gut aus und blinzelte mir zu, während er auf Celia zuging.

»Glaubst du wirklich, das funktioniert?«, fragte Lilith.

»Starr sie nicht an«, erwiderte ich. »Celia weiß, dass wir hier sind, aber wenn sie merkt, dass wir sie beobachten, schöpft sie vermutlich schnell Verdacht.«

»Was meinst du, wie lange es dauern wird, bis sie darauf reinfällt, *falls* sie darauf reinfällt?«

»Ich weiß es nicht. Aber Price und ich geben dem Typen Zugriff auf unser Geld, also sollte er sie recht einfach überzeugen können, dass er jede Menge Kohle hat. Celia war schon immer eine Goldgräberin, aber sie ist auch hochmütig. Wenn sie ihren Mann, diesen reichen Wal, in jung und gut aussehend haben kann, wird sie die Chance vermutlich ergreifen. Für sie ist er wie eine Trophäe, und sie will die beste und glänzendste. Wenn dieser Typ ihr weismachen kann, dass er genau das ist, könnte es tatsächlich klappen.«

»Er verführt sie also, bringt sie dazu, sich scheiden zu lassen, und dann lässt er sie einfach fallen.«

»Außer du möchtest die Sache abblasen.«

Sie schüttelte den Kopf. »Denk an all das, was sie getan hat. Die Kamera. Miss Megatitten. Ich meine, jemanden dazu zu bringen, sich scheiden zu lassen, dreht die Spirale tatsächlich ein ganzes Stück weiter, das gebe ich zu, aber abblasen möchte ich die Sache trotzdem nicht. Du weißt doch, Racheständer.«

»Ich weiß. Aber mir ist ein bisschen unwohl bei der Sache, wenn ich ehrlich bin.«

»Wir machen keinen Rückzieher, du Spinner.«

Jetzt klang sie deutlich entschlossener. »Denk doch mal drüber nach. Sollte ihr ihr Mann überraschenderweise tatsächlich etwas bedeuten, würde sie doch gar nicht erst auf die Idee kommen, sich scheiden zu lassen. Das funktioniert nur, wenn die Ehe von Anfang an ein Schwindel war.«

Price gesellte sich zu uns. »Dieser Typ ist Profi. Glaubt mir. Er könnte einer Schnecke Salz verkaufen.«

»Ich dachte, es wären Badetangas an Grönländer«, erwiderte ich.

»Beides. Er ist ein Naturtalent. Absolut kein Gewissen. Er

macht auf mich immer einen leicht soziopathischen Eindruck, deshalb glaube ich kaum, dass er irgendwelche seelischen Narben davontragen wird.«

»Ich möchte Celias Leben ruinieren, nicht beenden. Wenn dieser Typ gefährlich ist, müssen wir die Sache abblasen.«

Price hob beschwichtigend die Hände. »Ganz ruhig. Schlechte Wortwahl. Außerdem habe ich *leicht* soziopathisch gesagt. Ich meine doch nur, dass die meisten Leute, die ich als Verkäufer anlerne, moralische Vorbehalte haben, den Leuten etwas anzudrehen. Er will einfach verkaufen. Ob es für den Kunden gut oder schlecht ist, interessiert ihn nicht. Vertrau mir, er ist der Richtige für diesen Job.«

»Wie heißt er noch mal?«

»Florian.«

Lilith verschluckte sich fast vor unterdrücktem Lachen.

»Was ist?«, fragte Price.

»Er sieht nicht aus wie ein Florian. Ich stelle mir da eher lange Haare und protzige Muskeln vor. Vielleicht einen Franzosen.«

»Ja, lach du nur, aber Florian wird das hinbekommen, das garantiere ich dir.«

# NEUNZEHN

*Lilith* Zum ersten Mal, seit ich Liam kennengelernt hatte, rief ich Emily, meine beste Freundin, an. Ein Glück, dass Ferngespräche inzwischen keine große Sache mehr waren, sonst hätte mich ein Anruf nach Paris vermutlich ein Vermögen gekostet.

Ich saß in der Fensternische in Liams Wohnung, und unter mir lag New York City. Wenn ich die Stirn an das Glas legte, hatte ich das Gefühl, über allem zu schweben. Liam war bei der Arbeit, und ich hatte frei, weil William am Vortag eins von diesen mit Wasserkraft angetriebenen Jetpacks gekauft und so lange damit gespielt hatte, dass er nicht mehr ins Büro kommen konnte.

Nachdem es ein paarmal geklingelt hatte, hob Emily ab.

»Lilith!«, rief sie. »Es hat mich schier umgebracht, dich nicht anzurufen, aber ich weiß ja, dass man dich nicht belästigen darf. Etwa so, wie einem eine Katze nur auf den Schoß springt, wenn man sie ignoriert, aber wenn man sie ruft, ignoriert sie einen.«

Ich lächelte. Das tat ich in letzter Zeit häufiger, und ich war mir nicht so recht sicher, wie ich das fand. »Ich mag es, wenn du mich mit einer Katze vergleichst.«

»Ich weiß«, erwiderte sie, und ich konnte aus ihrer Stimme heraushören, dass sie lächelte. »Oh, ich habe gute Neuigkeiten. Eine meiner Skulpturen wird im *Louvre* ausgestellt. Natürlich nur vorübergehend, aber sie haben da so ein Programm, bei dem man in einer Studentenausstellung ein Wochenende lang sein Werk zeigen darf.«

»Hat die Skulptur einen Penis?«

Sie lachte. »Also, das ist eher wie eine Stadt auf einer Wolke. Es ist schwer zu beschreiben, aber ich schicke dir Fotos von der Ausstellung.«

»Darfst du echt so was Cooles machen? Ich dachte, moderne Kunst bedeutet, dass man einfach Farbe über irgendwelche Objekte verspritzt, die normalerweise nicht als Leinwand benutzt werden. Oder dass man eine plastische Darstellung von Penissen und Vaginen auf irgendwas draufklatscht, weil es provokant ist.«

Ein paar Sekunden lang entgegnete sie nichts. Dann sagte sie: »He ... du klingst anders.«

»Was? Nein. Das liegt vermutlich nur an diesem beschissenen Telefon.«

»Nein. Du klingst glücklich. Was ist da drüben los? Hast du kürzlich jemanden sterben sehen?«

»Es gibt da einen Mann«, erwiderte ich zögerlich. »Man könnte es vermutlich eine Beziehung nennen.«

Wieder Schweigen.

»Lilith!«, kreischte sie.

Ich zuckte zusammen und hielt den Hörer vom Ohr weg. »Dreh jetzt bloß nicht durch, okay?«

»Okay. *Okay.*« Emily atmete langsam aus, als versuche sie, sich aktiv zu beruhigen. »Seit wann?«

»Seit einem Monat. Seit etwa drei Wochen wohne ich in seiner Wohnung. Roosevelt ist ebenfalls hier.«

»Wie heißt er?«

»Liam.«

»Moment mal, du bist nach einer Woche bei ihm eingezogen? Das ist schnell. Er ist aber nicht irgend so ein Spinner?«

»Es ist nur vorübergehend. Dass ich hier wohne. Ich meine, meine Wohnung ist weitgehend leer, und ich war schon seit einer Woche nicht mehr dort … aber ich habe ihm nicht versprochen, dass ich auf Dauer bleibe.«

»Okay, du bist also nach einer Woche bei ihm eingezogen. Vorübergehend. Du bist offenbar sehr verliebt in ihn, aber du willst dich auch nicht festlegen, weil …«

»Es ist nicht so, dass ich mich nicht festlegen will. Ich will nur … ich weiß auch nicht … warten? Ich habe so was noch nie gemacht. In der Highschool waren Beziehungen einfacher, weil Zusammenziehen nicht zur Debatte stand. Man saß nur im Bus nebeneinander und aß gemeinsam zu Mittag. Klare Sache. Und jetzt soll ich rausfinden, was das alles bedeutet?«

Emily lachte. »Okay. Schau. Ich bin ja auch nicht gerade Expertin, aber wenn du bei ihm eingezogen bist, ist es ziemlich ernst. Es gibt da einen natürlichen Stufenplan. Freund, Zusammenziehen, Verlobung, Heirat, Kinder. Man kann die Reihenfolge verändern, aber das ist das grundlegende Prinzip.«

»Dem Prinzip zufolge müsste ich jeden Tag mit einem Verlobungsring rechnen.«

»Wieso klingst du bei der Vorstellung nicht so entsetzt wie die Lilith, die ich kenne und liebe?«

»Er wird mir keinen Antrag machen. Außerdem ist alles kompliziert. Er hat eine gemeine Stiefschwester, und wir haben da einen Racheplan ausgeheckt, der noch in der Umsetzungsphase ist. Deshalb liegt erst mal alles auf Eis, bis wir wissen, ob wir ihr Leben genügend durcheinandergewirbelt haben, um uns keine Sorgen machen zu müssen, dass sie uns weiterhin quält.«

Wieder Schweigen.

»Jetzt ergibt das Ganze ein bisschen mehr Sinn. Damit du dich für einen Mann interessierst, muss da schon irgendwas Seltsames, Abartiges dabei sein.« Sie lachte. »Ich kann mir richtig vorstellen, wie du Pläne schmiedest, um das Leben einer armen Frau zu ruinieren.«

»Ja, mag sein.« Wieder lächelte ich, vor allem, weil ich an den Spaß dachte, den es Liam und mir gemacht hatte, Florian und Celia hinterherzuspionieren. William hatte uns seine Spionageausrüstung noch länger überlassen, und Spionieren war eine unserer Lieblingsabendbeschäftigungen geworden. Allerdings sah unsere Spionageversion eher so aus, dass wir den Wagen an irgendeiner Stelle parkten, von der wir dachten, die beiden würden vielleicht auftauchen, dann eine Stunde mit Reden abgelenkt waren und schließlich mit billigem Essen und einem Film zurück in seine Wohnung fuhren.

Wir hatten das Paar nur ein- oder zweimal zusammen auf dem Weg in einen Laden gesehen. Nachdem wir unter dem Vorwand, ihnen hinterherzuspionieren, unzählige Stunden miteinander verbracht hatten, war inzwischen ziemlich eindeutig, was unsere eigentliche Motivation war.

»Und, irgendwelche Pläne für Weihnachten? Ryan und ich überlegen, in den Weihnachtsferien nach Hause zurückzukommen. Einfach, um alle mal wiederzusehen. Es ist jetzt schon ewig lange her.«

»Wenn dreizehn Monate ewig ist, dann ja.«

»Du legst mal wieder jedes Wort auf die Goldwaage.«

»Um deine Frage zu beantworten, nein. Ich weiß noch nicht genau, was wir Weihnachten machen. Ich weiß auch noch nicht, was ich Liam schenken soll. Ich habe den Eindruck, dass er sich bereits alles gekauft hat, was er jemals wollte, also müsste ich jetzt quasi einen auf sentimental machen, um was Nettes für ihn zu finden.«

»Ich habe da eine Idee.«

Liam und ich saßen gemeinsam in einem gut besuchten Café.

»Price sagt, dass Florian sich nicht mehr bei ihm gemeldet hat. Er reagiert nicht auf Nachrichten und auch auf sonst nichts. Florian hebt auch nicht mehr so viel von unseren Konten ab wie am Anfang.«

»Was, glaubst du, hat das zu bedeuten? Könnte Celia die Wahrheit aus ihm herausgequetscht haben?«

»Möglich wäre es. Vielleicht mag er sie aber auch tatsächlich?« Bei der Vorstellung zog Liam die Stirn in Falten, dann schüttelte er den Kopf, als hätte er gerade etwas Abwegiges gesagt. »Aber das würde keinen Sinn ergeben. Es muss irgendetwas anderes sein.«

»Price hat gesagt, Florian hätte was von einem Soziopathen. Ich würde sagen, auf deine Schwester trifft dieser Begriff ebenfalls zu.«

»Stiefschwester. Und ja, aber ich kann es mir einfach nicht vorstellen. Und selbst wenn sie sich wirklich ineinander verliebt hätten, würde es sicher hässlich werden, sobald sie herausfindet, dass er gar kein Milliardär ist. Der Typ verdient nicht schlecht, aber vermutlich nicht mehr als Walter. Sie wird ihn trotzdem in die Wüste schicken, sobald sie es herausfindet.«

»Ja. Ich habe fast schon ein schlechtes Gewissen. Wenn er sich nun in sie verliebt, und dann sind wir schuld, wenn ihnen *beiden* das Herz gebrochen wird? Celias Leben ruiniere ich mit Vergnügen, aber dieser Florian hat uns nur einen Gefallen getan.«

»Meine Lilith hat ein schlechtes Gewissen?« Er legte mir die Hand an die Stirn. »Fühlst du dich nicht gut, Schatz?«

Ich biss mir auf die Lippe. Vor ein oder zwei Wochen hatte er angefangen, mich mit Kosenamen anzureden. Als Single hatte ich Kosenamen widerlich und abstoßend gefunden, jetzt aber empfand ich sie anders. Wenn sie von Liam kamen, fing es in meinem Bauch zu kribbeln an, und ich wurde rot, selbst wenn er so etwas Blödes wie »Trüffelkaninchen« oder »Pfirsich« zu mir sagte. Er wechselte gern durch, aber sein Standardwort schien »Schatz« zu sein, was so lässig seine Zuneigung ausdrückte, dass ich es gar nicht oft genug hören konnte. »Doch, ich fühle mich großartig.«

»Vermutlich, weil du tatsächlich mal wie ein normaler Mensch isst«, erwiderte er, ohne zu ahnen, worauf ich mich wirklich bezog. »Ich wusste, du würdest dich tausendmal besser fühlen, sobald wir deine Makronährstoffe in den Griff bekommen. Es hat mich wirklich überrascht, dass du mit so wenig Proteinen, wie du zu dir genommen hast, überhaupt gehen und reden konntest. Das war ein wissenschaftliches Wunder.«

»Red weiter von Makronährstoffen, und ich sterbe spontan an Langeweile«, erwiderte ich.

Er grinste. »Gut. Solange du weiter isst, was ich dir koche, bin ich zufrieden, auch wenn ich nicht darüber reden darf.«

Ich nickte. »So lautete die Abmachung.« Liam hatte sich als großartiger Koch entpuppt. Er war entsetzt gewesen, dass meine Ernährung nur aus Ramen-Nudeln, Makkaroni mit Käse und Pizza im Wechsel bestand. Seiner Ansicht nach fehlte mir mindestens ein Drittel der Nährstoffe, die mein Körper brauchte. Offenbar sollte ich Proteine zu mir nehmen und nicht nur Fette und Kohlenhydrate. Wer weiß. Ich würde es ihm gegenüber nicht zugeben, aber seit er angefangen hatte, für mich zu kochen, fühlte ich mich richtig gut. Es war ein bisschen schwieriger geworden, die ganze Zeit mürrisch und sarkastisch zu wirken, aber das konnte auch daher kommen, dass ich jetzt einen Freund hatte. Er war sogar so umsichtig gewesen, dem Essen, das ich bereits gern aß, einfach Proteine hinzuzufügen.

Meine Ramen-Nudeln enthielten jetzt Rindfleisch, meine

Makkaroni mit Käse zusätzlich Schinken und meine Pizza nicht mehr nur Käse. Außerdem hatte er mich nach und nach an Essen herangeführt, das er »Erwachsenenessen« nannte, was ich leicht beleidigend fand. Andererseits konnte ich durchaus zugeben, dass meine Ernährung nach wie vor fast vollständig aus all dem bestand, was ich während meiner Collegezeit als billige Mahlzeiten kennengelernt hatte. Glücklicherweise war sein »Erwachsenenessen« ziemlich lecker, weshalb ich mich nur selten beschwerte, jedenfalls solange er nicht den Rappel bekam, sich wie ein Ernährungsexperte aufzuführen und mir den wissenschaftlichen Hintergrund erklären zu wollen.

»Darf ich dir was gestehen?«, fragte ich.

»Ja, aber ich muss dir auch etwas gestehen.«

»Dann sagen wir es gleichzeitig.«

»Okay, auf drei«, stimmte er zu. »Eins, zwei, dr...«

»Mir ist es inzwischen egal, ob wir uns an Celia rächen«, sagte ich.

»Ich liebe dich von Tag zu Tag mehr«, sagte er.

Wir sahen uns in die Augen, und die Gespräche im Café schienen auf einmal ganz weit weg. *Ich liebe dich von Tag zu Tag mehr.*

Ich öffnete den Mund, um etwas zu sagen, aber die richtigen Worte wollten mir einfach nicht einfallen, weshalb ich anfing, kleine Fetzen aus meiner Serviette zu reißen und mit ihnen über den Rand zu wischen, den meine Kaffeetasse hinterlassen hatte. »Also«, sagte ich schließlich. »Ich habe das Gefühl, mein Geständnis war nicht ganz so bahnbrechend, und jetzt fühle ich mich ein bisschen schuldig.«

»Stimmt«, erwiderte er. »Du solltest dich schuldig fühlen.«

Ich sah nicht hoch, aber ich glaubte ihm anzuhören, dass er grinste.

»Aber«, fuhr ich fort, »wenn man sich genauer anschaut, was ich gesagt habe, dann könnte man argumentieren, dass es, wenn mir die Rache an Celia, die mir so wichtig war, jetzt nicht mehr so wichtig ist, nur bedeuten kann, dass mir etwas anderes wichtiger ist.«

»Genau. Und bei der Größe deines Racheständers, von dem du gesprochen hast, kann ich nur annehmen, dass dein Ständer jetzt von etwas anderem gespeist wird, und vielleicht ist er jetzt sogar noch größer als vorher.«

»Das könnte man durchaus schlussfolgern.«

»Ein Liebesständer«, flüsterte er.

Ich lachte hell auf, biss mir dann aber auf die Lippe, als sich unsere Blicke wieder trafen. Ich sah es in seinen Augen. Nicht nur, was er für mich empfand, sondern auch, wieso ich auf einmal wusste, dass ich ihn ebenfalls liebte. Vermutlich war es für jeden anders, aber für mich hieß, Liam zu lieben, nicht nur, dass wir gut miteinander auskamen oder er mich zum Lachen brachte. Für mich hieß es vor allem, dass es ihm gelang, das Beste aus mir herauszukitzeln. Vielleicht war das egoistisch, aber ich glaube, tief im Inneren ist jeder egoistisch. Und welch besseren Grund gibt es, jemanden zu lieben, wenn nicht den, dass derjenige einen lehrt, sich selbst zu lieben?

»Einen Liebesständer«, stimmte ich zu.

»Und was machen wir jetzt mit Celia?«, fragte er. »Sollen wir die ganze Sache einfach abblasen?«

Ich runzelte die Stirn. »Ich weiß es nicht. Ich meine, ich habe nicht mehr den Drang, ihr Leben zu zerstören, aber mir ist auch nicht unbedingt danach, ihr Geburtstagskarten oder Cupcakes zu kaufen. Wie wäre es, wenn wir einfach den Kontakt mit diesem Florian abbrechen und ihn tun lassen, was immer er will?«

»Die Sache einfach sausen lassen?«

»Ja. Vielleicht endet für sie ja doch noch alles im Unglück. Vielleicht findet sie die wahre Liebe. Wen juckt's?«

Er lachte. »Ich muss zugeben, so leicht möchte ich sie dann doch nicht davonkommen lassen. Ich muss ihr nicht mehr das ganze Leben ruinieren, aber irgendwas müssen wir ihr schon ruinieren. Mindestens einen Tag. Vielleicht eine Woche.«

Ich lachte. »Jetzt klingst du wie ich.«

Er grinste. »Warte, bis du meinen Plan gehört hast.«

# ZWANZIG

*Celia* Ich kochte mir einen Kaffee und starrte aus dem Küchenfenster. Es schneite, und zum ersten Mal seit langer Zeit war ich glücklich. Florian und ich wollten zum Golfen gehen, womit es endlich einen Anlass gab, mein umwerfendes Golf-Outfit zu tragen. Natürlich war es Designerware, und ich zweifelte nicht daran, dass die anderen Ehefrauen und Freundinnen vor Neid erblassen würden.

Ich lächelte und biss mir auf die Lippe. Das Leben war gut. Walter würde in einer Stunde von einer Geschäftsreise zurückkommen, aber er würde mir auch einen Mord durchgehen lassen, solange ich nur genügend mit den Wimpern klimperte. Er hatte Florian bereits ein paarmal getroffen. Ich hatte ihm weisgemacht, Florian sei mein Privattrainer, und ich würde ihm einfach sagen, dass wir heute als Übungseinheit ein bisschen Golf spielten. Walter würde mir einen Kuss auf die Wange geben und mir viel Glück wünschen.

Seit ich mit Florian zusammen war, fand ich das Leben mit Walter noch abstoßender. Ich dachte an seine trockenen, rissigen Lippen und an Florians weiche, geschmeidige. Ich dachte daran, wie kalt sich Walters knochige Hände im Gegensatz zu Florians festem Griff anfühlten. Die Idee, mich scheiden zu lassen, war mir schon mehr als einmal durch den Kopf gegangen, obwohl ich wusste, dass an dem Ehevertrag nichts zu rütteln war. Wenn ich mich von Walter scheiden ließ, bekam ich nichts. Florian konnte für mich sorgen, aber die Vorstellung, Walter mit leeren Händen zu verlassen, missfiel mir. Ich hatte jahrelang gelitten und auf den Tag gewartet, an dem er starb und mir alles hinterließ. Wenn ich ihn verließ, wäre alles umsonst gewesen.

*Nun ja.* Während ich meinen Kaffee austrank, fiel mir ein, dass ich gestern gar nicht nachgeschaut hatte, ob ein Paket für mich gekommen war. Ich streckte den Kopf aus der Tür. Draußen lagen zwei Pakete, eins ein großer Karton von eBay. Vermutlich wie üblich irgendein Autoteil, das Walter bestellt hatte. Es würde auf dem Stapel ungebrauchter Autoteile landen, aus denen er eines Tages seine Oldtimer zusammenbasteln wollte. Das andere Paket war interessanter. Es war rosa, länglich und wirkte sehr mädchenhaft.

Sofort dachte ich an Florian. Es war sicher eine Überraschung von ihm. Ich ließ Walters Paket draußen und nahm das rosa Päckchen mit nach drinnen, setzte mich damit auf die Couch, packte es behutsam aus und las die Nachricht auf der Karte.

»Der hier ist extra für dich angefertigt worden. Drück einfach auf den kleinen roten Knopf, und die Party beginnt. Es wird unvergesslich …

Alles Liebe

L und L.«

Mit gerunzelter Stirn betrachtete ich die Karte. L und L? Ich fragte mich, ob das eine Anspielung auf ein Gedicht war. Florian war außerordentlich belesen, und er redete dauernd über Bücher und über Sachen, von denen ich noch nie gehört hatte. Ich verwarf den Gedanken und öffnete das Päckchen.

Es war ein Dildo.

Ich lachte, dann, als mich ein heißer Schauder durchlief, biss ich mir auf die Lippe. *Florian, du unanständiger Kerl.* Der Dildo war größer als alle, die ich bisher gesehen hatte, und ich wollte unbedingt wissen, wie er sich anfühlen würde. Außerdem machte mich der kleine rote Knopf unten an dem Ding fürchterlich neugierig. *Drück auf den kleinen roten Knopf, und die Party beginnt.* Vermutlich stellte man so den Vibrator an, aber wieso hatte Florian ihn extra anfertigen lassen?

Zehn Minuten später hatte ich im Schlafzimmer ein paar Kerzen aufgestellt und war bereit.

Ich schob den Dildo in mich hinein und schnappte nach Luft. Er war wirklich groß. Fast schon zu groß. Einen Moment lang stand ich kurz davor aufzugeben, aber Florian würde mich sicher fragen, wie es gewesen war, und ich wollte ihn nicht enttäuschen. Ich versuchte es weiter, bis ich den Dildo ganz in mir drin hatte, und legte den Finger auf den kleinen roten Knopf.

Ich drückte ihn und machte mich auf die Vibrationen gefasst. Ich hörte ein seltsames Geräusch, das ich zunächst nicht einordnen konnte. Es war ein Telefon, das aus einem Lautsprecher in dem Dildo herauszuklingeln schien. *Was zum Teufel sollte das?*

»Neun-eins-eins, um was für einen Notfall handelt es sich?«

»Es gibt keinen Notfall«, rief ich rasch und versuchte, den Dildo aus mir herauszuziehen. In meiner Panik musste ich mich wohl angespannt haben, denn ich bekam ihn nicht heraus. Wieder drückte ich auf den roten Knopf in der Hoffnung, den Anruf so zu beenden.

»Ma'am? Alles in Ordnung?«

»Alles bestens!«, schrie ich. »Ich weiß nur nicht, wie man diesen verdammten Dildo auflegt, okay?«

»Ich werde vorsichtshalber eine Streife vorbeischicken.«

»Nein. Sie Idiotin! Ich kann nur … Schicken Sie niemanden. Mir geht es gut.«

»Bleiben Sie einfach mit mir am Telefon. Die Kollegen sind in ein paar Minuten da.«

Ich fluchte, was das Zeug hielt, während ich versuchte, dieses blöde Ding aus mir herauszubekommen, aber es ließ sich nicht bewegen. Je panischer ich wurde, desto fester saß es. Ich ignorierte die Frau am Telefon, suchte nach einer Gleitcreme und versuchte, den Dildo aus mir herausrutschen zu lassen, aber vergeblich.

Dann hörte ich ein Auto in der Auffahrt. Der Schlüssel wurde in die Haustür geschoben, und Schritte kamen die Treppe hinauf.

»Liebling, ich bin wieder da! Wo bleibt mein Begrüßungskuss?«

*»Verdammt«*, murmelte ich.

»Ist alles in Ordnung, Ma'am?«, quäkte die Stimme aus meinem Schoß.

Jetzt, wo Walter zu Hause war, fiel mir auf, wie unglaublich laut der Lautsprecher in dem Dildo war.

»Halten Sie die Klappe«, zischte ich. »Er wird Sie hören.«

Ich zog mir rasch einen Morgenmantel über und eilte so schnell in den Flur, wie mir das mit einem in mir feststeckenden Riesendildo möglich war.

»He«, sagte ich. Ich versuchte, locker und liebevoll zu klingen, aber meine Stimme hatte etwas Angespanntes.

Walter lächelte und nahm mich in die Arme. »Noch im Morgenmantel? Das sieht dir ja gar nicht ähnlich.«

»Nun, ich habe es langsam angehen lassen.«

Draußen ertönten Polizeisirenen, und wir drehten uns beide Richtung Haustür. Autotüren wurden geöffnet und wieder geschlossen.

»Was ist da los?«, fragte Walter.

»Ich gehe schon. Streng dich nicht zu sehr an, Liebling.« Ich küsste ihn auf die Wange, lächelte ihn an und humpelte die Treppe hinunter und auf die Eingangstür zu.

Ich öffnete die Tür, bevor jemand klopfen konnte, und streckte nur den Kopf hinaus. Zwei untersetzte Polizisten sahen mich besorgt an.

»Alles in Ordnung, meine Herren. Ich hatte nur die falsche Nummer gewählt. Ich habe versucht, es der Dame am Telefon zu erklären, aber sie hat nicht auf mich gehört.«

»Es ist mein Job, in solchen Situationen die Polizei zu verständigen, Ma'am«, ertönte die Stimme aus dem Inneren meiner Vagina.

Ich kniff die Beine zusammen und spürte, wie sich meine Augen weiteten.

Die Polizisten schauten mich verdutzt an.

»Woher kommt das?«, fragte der erste.

»Das hier ist ein Smarthome«, erwiderte ich. »Überall Lautsprecher.«

»Es klang, als käme es von *Ihnen*, Ma'am. Dürfen wir reinkommen?«

»Nein«, widersprach ich. »Das dürfen Sie nicht. Mir geht es hier bestens.«

Als ich Florians Wagen in die Auffahrt einbiegen sah, hätte ich mir am liebsten die Haare gerauft. Beim Anblick der Polizisten stieg er rasch aus und kam zur Tür geeilt.

»Was ist los?«, fragte Walter hinter mir. »Oh, Florian, hallo«, fügte er hinzu, als er Florian die Treppe zum Eingang herauflaufen sah.

Ich hatte das Gefühl, gleich laut schreien zu müssen. Der Dildo in mir hatte angefangen, leicht zu vibrieren, aber jetzt wurden die Vibrationen intensiver, und ich konnte nicht mehr vernünftig denken. »Am besten gehen jetzt alle nach Hause, okay?«

Die Polizisten warfen sich einen Blick zu.

»Alles in Ordnung mit dir?«, fragte Florian.

»Mir geht es gut«, brüllte ich. Es zuckte heftig in meinem Unterleib, als das Gewicht des Dildos und die Vibrationen endlich dazu führten, dass er sich lockerte. Er rutschte aus mir heraus und fiel zwischen meine Beine, wo er langsam vor sich hin vibrierte und um seine eigene Achse drehte.

»Soll ich Verstärkung schicken?«, fragte der Dildo.

Ich presste die Hände gegen die Augen. Voller Wut dachte ich an die Karte, die dem Päckchen beigelegen hatte. L und L. Lilith und Liam. Jetzt begriff ich. Das waren die beiden.

# EPILOG

Früher hatte ich mir nie viel aus Weihnachten gemacht, aber dieses Jahr hatte ich jemanden, mit dem ich es feiern konnte. Obwohl Lilith behauptete, Weihnachtsdekoration sei etwas für »diese Trottel, die hässliche Pullover anziehen und singend von Tür zu Tür rennen«, beschwerte sie sich nicht, als ich mit Kartons voller Dekoration für die Wohnung nach Hause kam.

William Chamberson schmiss bei sich eine »Heiligabendparty«, zu der er uns eingeladen hatte. Nachdem ich seinen Geburtstagsanzug aus Schlagsahne gesehen hatte, hatte ich zugegebenermaßen keine große Lust hinzugehen, aber Liliths beste Freundin und ihr Mann kamen extra deswegen aus Paris hergeflogen, und so konnte ich nicht Nein sagen.

An Heiligabend fuhren wir mit dem Aufzug zu Williams Wohnung hoch. Lilith trug einen riesigen grasgrünen Pullover mit einem plüschigen, glitzerbestäubten Einhorn vorne drauf, das so hingenäht war, als würde es wie in Ridley Scotts *Alien* aus ihrer Brust brechen.

»Warst du nicht diejenige, die noch vor einer Woche über Leute, die hässliche Weihnachtspullover tragen, geredet hat, als wären sie die Pest?«, fragte ich. Der Pullover, den ich trug, hatte überall LED-Leuchten und stellte vermutlich eine

Brandgefahr dar, aber er war einfach zu hässlich, um auf ihn zu verzichten.

»Ich trage ihn ironisch gemeint, also zählt es nicht.«

»Ja, aber alle tragen ihre Pullover ironisch gemeint, insofern ...«

»Ich mache mich über die Leute lustig, die sie ironisch gemeint tragen. Das ist *Meta*. Wenn du nicht weißt, was das heißt, kannst du Grammy fragen.«

Ich lachte. »Wenn ich eins ganz schnell gelernt habe, dann, dass man Grammy keine Fragen stellt. Deshalb: nein, danke. Ich nehme es dir also einfach so ab.«

Ich war überrascht, dass bei der Party in Williams Wohnung nicht viel los war. Ich hatte mit Hunderten von Gästen gerechnet, aber offenbar hatte er nur Familie und enge Freunde eingeladen.

Hailey, Williams Frau, half Natasha, Bruce' Frau, Tabletts voller Essen aus der Küche zu einem großen Esstisch zu tragen. Grammy saß am Tisch neben einem ältlichen Mann mit krummem Rücken. William stand vor einem riesigen, an die Wand montierten Fernseher, hatte etwas auf der Nase, was wie eine VR-Brille aussah, und hielt in beiden Händen Controller. Bruce stand mit gelangweiltem Gesichtsausdruck neben ihm, während William begeistert das Spiel beschrieb, das er gerade mit weit ausholenden Armbewegungen spielte. Wie es aussah, verprügelte und zerschlitzte er Horden von neandertalerähnlichen Männern in einer Gladiatorenarena.

Lilith verdrehte die Augen. »Er hat den größten Schwachsinn gekauft. Das macht er jedes Weihnachten. Es ist, als hätte er das Konzept nicht verstanden, und so fängt er schon Wochen vor Weihnachten an, alles zu kaufen, was ihm in den Sinn kommt.«

»Ich habe das Konzept durchaus verstanden«, kam Williams laute Stimme aus dem Wohnzimmer. »Aber ich habe

Impulskontrollprobleme. Das ist ein Unterschied. Außerdem habe ich das größte Geschenk für morgen früh aufgehoben. Es ist ein Elefantenbaby. Ich musste ein paar Leute anhauen, die mir noch einen Gefallen schuldeten, und ich darf es auch nur ein paar Wochen behalten, aber ja. Ich werde ein Elefantenbaby in meiner Wohnung haben.« Er schwieg einen Moment, duckte sich und holte Schwung, um eine Gruppe Männer in seinem Spiel abzuwehren. »Ganz legal ist das nicht, aber solange es keiner merkt, ist alles gut.«

Hailey blieb am Tisch stehen und richtete den Blick auf William. »Ein Elefantenbaby?«, hakte sie nach.

Ich rechnete damit, dass sie ihn anschreien würde, aber sie machte einen Satz, schlug die Hand vor den Mund und stieß einen begeisterten Schrei aus. »O mein Gott! Ernsthaft? Ist es so klein, dass man mit ihm schmusen kann?«

»Du kannst mit ihm schmusen, bis es umfällt«, erwiderte William. »Ich dachte, wir könnten ihm ein paar Pullover und all so was stricken. Vielleicht kleine Hüte, aber ich weiß nicht, ob Elefanten dafür genügend Kopf haben. Vielleicht Rüsselpullover. Das wäre doch der Wahnsinn, oder?«

Grammy seufzte und stieß den Mann neben ihr in die Seite. »Hast du das gehört, Earl? Mein Schwieger-Enkel ist ein Beispiel dafür, wieso man nicht Millionen von Dollar an Idioten gibt. Kannst du dir die Welt vorstellen, wenn mehr Leute wie er Geld hätten? Wir wären alle am Arsch.«

Earl nickte. Sein Blick war auf irgendeinen Punkt in der Ferne gerichtet. »Weißt du«, sagte er keuchend, »am D-Day verfing sich mein Fallschirm in einem Baum. Drei Tage saß ich dort fest, bis mich jemand runtergeholt hat.«

Grammy schaute zur Decke hoch und bewegte die Lippen. »Earl, du hast nie in irgendeinem Krieg gekämpft. Du hast Plattfüße und wurdest deshalb ausgemustert, du keuchender alter faltiger Sack. Das Interessanteste, was du je gemacht hast, war, jemandem die Hose zu klauen und zu versauen, und das war, bevor du senil geworden bist.«

»Ich bin nicht senil. Ich finde nur, dass du sexy bist, wenn du dich aufregst.« Earl gab ein krächzendes Lachen von sich.

Grammy grinste. »Da hast du verdammt recht.«

Emily und Ryan kamen ein paar Minuten nach uns. Ich hatte erwartet, dass sie sich wie Europäer kleiden würden, wie das fast alle taten, die sich länger als ein paar Wochen in Europa aufgehalten hatten, als müsse man irgendein widerwärtig auffälliges Mode-Statement machen. Als ich sah, dass die beiden vergleichsweise normal angezogen waren, stellte ich fest, dass ich sie bereits mochte.

Ryan schüttelte mir lächelnd die Hand, während Emily zu Lilith ging, um sie zu begrüßen. »Dann bist du also derjenige, der Lilith gezähmt hat? Du siehst auch tatsächlich so aus, als wärst du dazu in der Lage«, fügte Ryan hinzu, nachdem er mich in Augenschein genommen hatte. »Ich hätte nicht gedacht, dass irgendjemand das je schaffen könnte.«

»Das könnte vermutlich auch niemand. Ich habe sie nicht gezähmt. Das ist mehr eine Frage von Geben und Nehmen.«

»Leuchtet ein. Manchmal denke ich, so läuft das auch mit Emily und mir.«

Schließlich ging Ryan zu Hailey und Grammy, um mit ihnen zu reden, und ich beobachtete erstaunt, wie Lilith Emily fest in den Arm nahm. Als sie sich wieder voneinander lösten, schienen Liliths Augen sogar ein wenig feucht zu sein.

»Ich habe dich und dein dummes Gesicht vermisst«, sagte Lilith.

Emily, der Tränen in den Augen standen, lachte. »Hätte ich gewusst, dass ich nur das Land verlassen muss, damit du so viel Gefühl zeigst, hätte ich das schon vor langer Zeit getan.«

»Gewöhn dich lieber nicht dran«, erwiderte Lilith. »Nächstes Mal pinkele ich vielleicht auf dein Kissen.«

Sie schaute zu mir her, sah meinen entsetzten Gesichtsausdruck und lächelte.

»Okay, gut«, sagte sie. »So aus dem Zusammenhang gerissen klingt das vielleicht merkwürdig. Das ist so ein Katzending. Ein Witz nur für Eingeweihte ... oder vielleicht können wir einfach so tun, als hätte ich es nicht gesagt.«

Ich grinste. »Ich enthalte mich jeglichen Kommentars.«

Schließlich ging Lilith zum Fernseher, wo William noch immer mit seinem Spiel beschäftigt war. »Das sieht echt cool aus. Darf ich es mal versuchen?«

Bruce wirkte erleichtert und nutzte die Gelegenheit, sich davonzustehlen.

William half Lilith freudig, das Headset aufzusetzen, und innerhalb kürzester Zeit hackte sie armen Cartoon-Gladiatoren Köpfe und Arme ab und knurrte dabei.

William stieß mich an. »Sie ist ein Naturtalent. Ich habe ein paar Stunden gebraucht, bis ich es draufhatte.«

»Ja. Es ist irgendwie beängstigend, wie gut sie Leuten die Glieder abhacken kann. Ich dachte immer, das wäre nur ein Witz, wenn sie davon redet, jemanden zu erstechen.«

»Darüber macht sie wirklich gern Witze. Hast du keine Angst, wenn ihr streitet? Ich hätte Angst, sie würde mir im Schlaf irgendetwas antun.«

»Wir streiten uns eigentlich nicht.«

»Oh.« William nickte weise. »Ihr solltet es mal probieren. Es macht mehr Spaß, wenn man sich streitet. Versöhnungssex und all das. Sie mag doch Sex, oder?«

»Ich kann dich hören«, knurrte Lilith. »Und wehe, du antwortest, Liam, sonst haben wir unseren ersten Streit.«

Lilith und ich hatten beschlossen, am ersten Weihnachtsfeiertag ein Fest nur für uns zu machen. Ich hatte lange und intensiv darüber nachgedacht, ob ich ihr einen Verlobungsring schenken sollte, war aber zu dem Schluss gekommen, dass es keine Rolle spielte, wie gut ich vorbereitet war. Wichtig war nur sie. Auch wenn Lilith und Emily lediglich gewitzelt hatten, war Lilith wirklich wie eine Katze. Wenn ich zu schnell zu viel Druck machte, schreckte ich sie vielleicht nur ab. Statt also den Ring, den ich gekauft hatte, in Geschenkpapier einzuwickeln und ihr zu überreichen, nahm ich mir selbst das Versprechen ab zu warten. Mindestens noch einen weiteren Monat, wobei auch das nach üblichem Maßstab noch verfrüht war. Ein Teil von mir hätte sie gern erst ihren Wirtschaftsabschluss machen lassen, damit ich meinen Antrag mit dem Beginn ihrer neuen Karriere verknüpfen konnte. Aber ich bezweifelte, dass ich es aushalten würde, so lange zu warten.

Das Wetter erwies sich als außerordentlich kooperativ, und als wir wach wurden, war New York City mit einer Schicht weißen Pulverschnees überzogen. Sechzig Stockwerke über der Stadt konnten wir weder das Gehupe der Fahrer hören, die sich durch den Schnee kämpften, noch ihre Frustration spüren. Stattdessen hatten wir eine fantastische Aussicht, untermalt von leiser Weihnachtsmusik aus der Stereoanlage.

Lilith trug den Pyjama, den ich ihr geschenkt hatte. Er war mit lauter Weihnachtsmännern in Bikerkluft auf Motorrädern bedruckt, und zwischendurch jagten sie immer mal wieder Dinge mit Granaten und Maschinengewehren in die Luft. Jeden Tag lächelte Lilith ein wenig mehr und schien weniger Angst zu haben, mich ihr Glück sehen zu lassen. Dennoch war ihr Ironie meistens noch immer lieber als Ernsthaftigkeit.

»Ich gebe es zu«, sagte sie, als wir uns mit unseren Kaffeetassen vor den Weihnachtsbaum setzten. »Dies ist das perfekteste Weihnachten, das ich je erlebt habe. Das könnte auch eine Szene aus einer Weihnachtswerbung oder aus einem Hallmark-Channel-Film sein.«

»Und hat meine düstere, sarkastische Lilith deswegen das Gefühl, in einem Albtraum gefangen zu sein?«

»Nein. Ganz und gar nicht.« Sie lächelte mich schief an. Die Hand, mit der sie ihre Tasse hielt, verschwand fast völlig unter ihrem weiten Ärmel. »Ich fühle mich, als hätte man mir erlaubt, es zu genießen, falls das irgendwie sinnvoll klingt. Als hättest du mir beigebracht, mir selbst die Erlaubnis zu erteilen.«

»Danke für die Lorbeeren.«

Sie kaute auf ihrer Lippe herum und stand auf, um ein kleines Päckchen unter dem Baum hervorzuholen. Es war eine rosa Schachtel, die derjenigen verdächtig ähnlich sah, die vor einem Monat versehentlich in meinem Briefkasten gelandet war – der, mit der all das zwischen uns begonnen hatte. »Das ist für dich«, sagte sie. »Ich habe auch noch ein paar andere Sachen für dich, aber dies ist gewissermaßen die Krönung.«

»Du hat mir einen Dildo gekauft? Das wäre doch nicht nötig gewesen ... Nein, ernsthaft. Ich werde mir kein Urteil anmaßen, aber ich habe wirklich nicht das geringste Verlangen, das Ding an mir auszuprobieren, insofern ...«

»Mach das Päckchen auf, du Idiot.«

Ich grinste und zog an der Schleife. Ich spürte, wie sich meine Augen verengten, als ich den Inhalt sah.

Ein Schwangerschaftstest. Ein positiver.

»Das dürfte nicht möglich sein«, sagte ich leise. »Wir haben doch verhütet.«

»Offenbar hast du hoch motivierte Spermien, dies ist nämlich schon der vierte, den ich gemacht habe, und alle zeigen dasselbe Ergebnis.«

»Dies ist *deiner?*«

»Nein«, erwiderte sie trocken. »Ich habe einer Schwangeren ihre Pisse geklaut, über den Test gekippt und mir gedacht, was für ein cooles Weihnachtsgeschenk. *Ja*, es ist meiner, und du sagst jetzt hoffentlich bald, wie begeistert du bist, sonst zerbröselt noch mein ganzes Selbstbewusstsein.«

Ich setzte mich auf die Couch und starrte verblüfft den Test an. »Ein Baby?«, fragte ich.

»Ja. Sex führt zu Schwangerschaft. Schwangerschaft führt zu Babys. Falls es dir noch nicht klar ist, Babys sind diese kleinen haarlosen Dinger, die sich irgendwann in Menschen verwandeln.«

Ich zog sie an mich und umarmte sie. »Bis gerade eben wusste ich noch gar nicht, dass ich ein Baby möchte.«

Sie schlang die Arme um mich und lachte. »Nun, das ist gut, denn du bekommst eins, ob du willst oder nicht.«

»Ich will«, erwiderte ich. Die Worte riefen etwas in mir wach, und ich löste mich aus der Umarmung, weil ich beschloss, dass es nicht zu früh war.

Ich stand auf, ging auf ein Knie und zog den Ring hinten aus meiner Hosentasche. »Tut mir leid, dass ich ihn nicht eingepackt habe, aber ich hatte eigentlich noch warten wollen, damit du mir nicht verschreckt davonläufst. Wie es aussieht, hast du mich jetzt ohnehin am Hals, möchtest du es also offiziell machen?«

»Wie romantisch.« Sie lachte und betrachtete dann lächelnd den Ring. »Ja, ich möchte.«

Ich schob ihn ihr auf den Finger und erhob mich, um sie zu küssen. Lilith hatte es nicht so mit langen, überschwänglichen Umarmungen, aber sie beschwerte sich nicht, als ich sie fest in meine Arme nahm und nicht wieder losließ. Ich wollte den Moment genießen und mich erinnern, wie er war, und meine sarkastische Verlobte hatte das gefälligst auszuhalten.

Als ich sie schließlich losließ, fiel mir wieder ein, was ich ihr schon den ganzen Tag hatte erzählen wollen. »Da wir gerade von guten Neuigkeiten reden – Florian hat mir heute Morgen eine Nachricht geschickt.«

»Was, will sie uns wegen des Dildos verklagen?«

Ich lachte. »Seit dem Vorfall mit dem Dildo hat Celia mir keine einzige passiv-aggressive Nachricht mehr geschickt. Höchstwahrscheinlich haben wir ihr endlich gezeigt, dass wir nicht davor zurückscheuen, ihr ernsthaft zu schaden.«

»Ich würde mir nur wünschen, Florian wäre noch unser Informant, damit wir mehr als nur den gestohlenen Polizeibericht hätten, um uns zu amüsieren. Wobei mir die Zeile ›fiel mit einem vernehmlichen dumpfen Schlag aus der Vagina des Subjekts‹ den Eindruck machte, dass die Szene dramatisch genug war, um bei den Polizisten einen bleibenden Eindruck zu hinterlassen. Das zumindest haben wir erreicht.«

»Ja, das haben wir, und jetzt haben wir dies hier. Florian brennt mit Celia durch. Er hat ihr gebeichtet, was wir geplant hatten, und gestanden, dass er kein Milliardär ist. Ihr war das egal. Sie liebt ihn wirklich, zumindest soweit er das beurteilen kann, und er sagt, er liebt sie ebenfalls.«

Lilith sah mich an, als wären mir die Augen aus den Höhlen gefallen. »Ist das dein Ernst?«

»Ja.« Ich lachte. »Das war nicht geplant, aber ja. Statt ihr Leben zu ruinieren, haben wir sie offenbar verkuppelt, und das auch noch verdammt erfolgreich. Der einzige Verlierer ist Walter. Ich weiß nicht mal, ob er bereits bemerkt hat, dass sie fort ist.«

»Walter war ein Widerling. Ich habe ihn eines Abends, als ich mich schuldig gefühlt habe, gegoogelt. Da war jede Menge Zeugs über Skandale und Bestechungen. Nichts davon war ihm tatsächlich nachzuweisen, aber dass er kein Saubermann war, schien ziemlich eindeutig.«

»Gut. Dann können wir das rundum als Gewinn verbuchen, nicht wahr? Celia findet die Liebe ihres Lebens und wird sich in absehbarer Zeit wohl kaum in eine verbitterte, durchgetickte Irre verwandeln, was bedeutet, dass sie uns vermutlich in Ruhe lassen wird. Florian hat jemanden gefunden, der ähnlich soziopathisch ist wie er und damit zu ihm passt. Es ist perfekt.«

»Ja«, erwiderte sie, richtete den Blick auf meine Lippen und fuhr mit dem Finger darüber. »Perfekt.«